KB201044

오십부터
삶이
재미있어졌다

박경희 에세이

오십부터
삶이
재미있어졌다

빛나는 후반기 인생을 위한 여행의 의미

드림셀러

칠십이라는 숫자가 쌓이는 동안
삶의 아름다움도 그만큼 쌓인다는 것을 전해주는 책

_**김성민** (박경희 작가의 딸이자 《아름답고 쓸모없는 독서》,
　　　　《고독은 연결된다》의 저자)

엄마는 글을 봐달라고 하셨어요. 엄마가 20년 동안 모은 여행의
기록을요. 오십에 시작해 칠십까지 이어진 여행을 엄마는 늘 글로
남기셨지요. 헤아려보니 제 나이 20대에서 40대를 통과하는 시간
이었어요. 대학을 졸업하고 바로 결혼해 가정을 이루고 출산과 양
육이 이어지는 시기여서 엄마의 여행을 자세히 몰랐던 저는 엄마
의 여행기를 보며 엄마를 새롭게 알게 된 기분이었어요. 아, 엄마
가 이토록 많은 곳을 여행했었구나. 엄마의 시간에서 벗어나 '박
경희'라는 이름으로 여행한 시간이었구나.

프라하, 파리, 엑상프로방스, 니스, 밀라노, 마드리드, 톨레도, 세
비야, 류블랴냐, 아바나, 아스완, 트레비소, 리스본, 산토리니⋯.
도시의 이름은 끝없이 이어져요. 이 많은 도시를 여행한 엄마의
글을 읽으며 저도 따라서 도시를 거닐었어요. 제가 모르는 낯선
도시를요. 엄마의 경험과 감상이 녹아든 글을 길잡이 삼아서 거닐
고 나니 그 도시들이 낯설지 않았습니다. 거기엔 여행 가기 전 여
행지를 공부한 엄마의 기대와 즐거움이 있었어요. 읽는 이에게도

전염될 만큼 여행에 대한 깊은 애정과 설렘이요.

엄마는 여행기를 쓰며 다시 한번 여행하는 기분이었을까요? '딸과 함께 여행한다는 것'에는 저와 함께 한 파리 여행기가 담겨 있어요. 처음이자 마지막으로 남아있는 둘만의 모녀 커플 여행 이야기가요. 덕분에 20여 년 전의 여행을 떠올리며 기억이 이토록 다르게 적히는구나를 실감했어요. 나의 기억 속 겨울의 파리는 황량하고 잿빛인데 엄마의 기억 속 파리는 화사하고 반짝이는 빛을 간직한 곳이었거든요. 엄마와 여행하며 옥신각신한 일은 사소한 에피소드가 되었고, 여러 시행착오는 웃으며 추억할 일이 되었어요.

엄마는 저와 달리 빛을 보는 사람이었어요. 기억이 하나의 사물이라면 기억에 빛을 비출 때 그림자가 생기기 마련일 텐데 엄마는 빛에 시선을 고정하는 사람이었어요. 엄마, 여기 그림자가 있잖아요. 왜 그림자를 외면하나요. 우리를 괴롭힌 일이 그림자처럼 버젓이 있는데 엄마는 그림자가 아닌 빛에 시선을 두었어요. 빛을 오래 바라볼 때 마치 안 좋은 일도, 괴로움도 다 물러날 것처럼요. 나와 다른 엄마를 보며 궁금했어요. 엄마가 빛을 바라보는 시선은 어디에서 오는지를요.

엄마의 여행기를 보며 그 답을 찾은 것 같아요. 주어진 시간을 오롯이 누리는 기쁨과 여행이 선사하는 풍경에 잠기는 모습을 읽으며 엄마가 삶을 얼마나 사랑하는지 느꼈어요. 하나라도 더 보려다가 발이 아프고 고단해도 눈으로 확인하고 싶어서 포기할 수 없는 열심, 아름다움과 대면한 후 감동의 여운을 기록한 글. 이 여행의 기록은 미지의 삶을 향한 동경이자 소망을 현실로 바꾼 체험이었어요. 엄마의 빛은 삶을 향한 사랑에서 오는구나. 삶을 향한 애정이 없다면 이루어지지 않았을 사랑의 기록이라는 것을요.

칠순이 되어 출간하게 된 이 책은 지난 20년의 여행 기록을 정리하고 묶는 것일 뿐 아니라 사랑을 기억하는 일이었어요. 삶을 사랑하는 마음을 거두지 않는 것. 여행을 통해 발견한 삶의 아름다움을 환기하며 기억하는 것. 그러한 마음을 간직한다면, 인생의 후반부에 들어설 저도 두려움과 막연함이 조금 덜어지는 것 같아요. 이러한 마음이 저뿐만이 아니라 이 책을 읽는 모든 분들에게도 전해지면 좋겠어요. 칠십이라는 숫자가 쌓이는 동안 삶의 아름다움도 그만큼 쌓인다는 것을 이 책이 전해주고 있네요.

여행은 일상에서 벗어나
다른 삶을 체험하고
자신을 재발견하는 여정

2005년 오십이 되던 해에 아버지로부터 소포 하나를 받았다. 아버지가 손수 쓰신 신약과 구약 성경이었다. 아버지는 필사하신 성경을 인쇄해 기념할 만한 사진과 기록들을 넣어 여덟 자녀의 집으로 보내신 것이다. 그것은 다름 아닌 80년을 넘게 살아오신 아버지의 삶의 이야기들이었다. 나는 아버지의 귀하고 아름다운 신앙의 유산을 보며 꿈꾸었다. 나도 50대가 되면 그동안 쓴 글을 모아 환갑이 될 때 한 권의 책을 만들고 싶다는 꿈을.

누군가 '사랑은 기억하는 것이다'라고 했다. 아버지는 자식들이 자신을 기억해주기를 바라는 마음이 들어서였을까? 내 아들 딸은 나를 어떤 모습으로 기억해줄까? 하는 생각이 들었다. 나도 자녀들에게 무언가 남기고 싶었지만 환갑 때 그 꿈을 이루지 못했다. 나의 이야기를 글로 쓰고 사람들 앞에 내어놓는 일에는 성실함과 부지런함뿐만 아니라 무엇보다 큰 용기가 필요했다.

젊은 시절 며느리로 아내로 엄마로 그리고 내게 맡겨진 일에 충실히 사느라 쏜살같이 시간이 흘러갔다. 그리고 어느덧 인생 후반기에 접어들었다. 누구에게나 자신의 인생에 힘이 되고 원동력이 되는 내적 동기들이 있다. 자신을 재발견하고 성장하고 싶은 갈망도 있다. 아버지의 소포는 내가 좋아하는 일을 해보고 싶다는 생각을 갖는 전환점이 되었다. 이렇듯 뭔가를 재발견하고 성장하고 시작하는 일은 나이와는 상관없는 듯하다.

세월은 빠르게 지나 순식간에 칠십이 되어 있었다. 칠십이 이렇게 빨리 올 줄은 몰랐다. 다시 용기를 내었다. 글의 소재를 여행으로 하고 여행할 때마다 남긴 기록들을 다듬어 한 권의 책으로 만들고 싶었다.

여행은 일상에서 벗어나 다른 삶을 체험하고 자신을 재발견하는 여정이다. 행복의 핵심은 긍정적인 감정, 기쁨과 즐거움을 자주 경험하는 것이라고 한다. 여행은 기쁨과 즐거움을 선사하므로 나에게 여행은 행복과 동의어다.

여행을 가기 전에 관련된 자료와 책을 보면서 설레고 상상하는 시간을 즐긴다. 어린 시절부터 문학과 음악, 그림과 같은 예술에 관심이 있었던 나는 여행지에 가면 내가 읽었던 책 저자의 행적이 있는 곳을 방문하고, 음악회와 미술관을 찾았다. 학창시절에 읽고 상상만 했던 세계문학 속의 문장을 여행지에서 체험하는 순간은 즐거움 그 자체였다. 또한 성경 속의 이야기들이 가득한 유럽의 미술관을 방문해 감동의 순간을 맛보았다.

오십 이후 나의 시간을 조금씩 더 가지기 시작하면서 좀 더 적

극적으로 여행을 계획하고 다니기 시작했다. 나의 생활은 여행의 기억으로 가득해지고 그 이야기들로 삶이 더 재밌고 충만해졌다. 바쁜 삶의 해답은 더 많은 시간이 아니라 잠시 삶의 속도를 늦추고 가장 중요한 것을 중심으로 삶을 단순화하는 것임을 알았다.

물론 여행을 위해서 시간과 경제적 여유 그리고 무엇보다 건강이 필요하다. 누구보다 오늘을 열심히 살아가고 있을 젊은이들에게 그리고 나와 함께 나이를 먹어가는 사람들에게 자신이 하고 싶은 일과 자신의 인생에 힘과 원동력이 되는 것들을 위해 준비하라고 말하고 싶다. 행복한 삶이란 오랜 시간이 지나도 잊혀지지 않을 좋은 기억을 많이 가진 삶이라고 한다. 나는 그 의미를 여행을 통해서 더욱 잘 알게 되었고, 부족하지만 내가 경험한 여행의 기록들을 나누면서 행복의 의미를 전하고 싶었다. 칠십이 된 지금, 이 책이 바로 그 시작이다.

'여행길에서 본 아름다움을 붙들고 그것을 소유하는 방식은 무엇일까? 기록으로 남기는 것이다'라는 말이 생각난다. 무엇을 기록한다는 것이 시간을 엮는 일임을 알았다. 아버지께 소포를 받은 2005년 이후 20여 년간 했던 여행 중에서도 인상 깊었던 여행지를 고르고, 흩어져 있던 여행의 기록들을 모아 책으로 엮었다. 이야기는 사람과 사람을 이어주고 연결한다. 반복되는 일상의 루틴 속에서 낯선 곳으로 떠나는 여행이란 일탈이며 빛나는 순간이기도 하다.

여행을 통해 일상에 대한 새로운 시각을 얻고 일상의 문제들을 새로운 관점에서 바라본다. 여행은 돌아와서 다시 맞이하는 일상을 더 가치 있게 만들어주어 일상의 힘이 된다.

《오십부터 삶이 재미있어졌다》가 나에게 그리고 독자들에게 살아갈 날들을 위한 작은 힘이 되었으면 좋겠다.

박경희

2부 _ 드넓은 미지의 세계를 목격하며

3부 __ 쉼과 휴식을 통해 더 풍요로운 일상을 만드는 여행

1부

지적인 감동과
흥미가
넘치는 곳

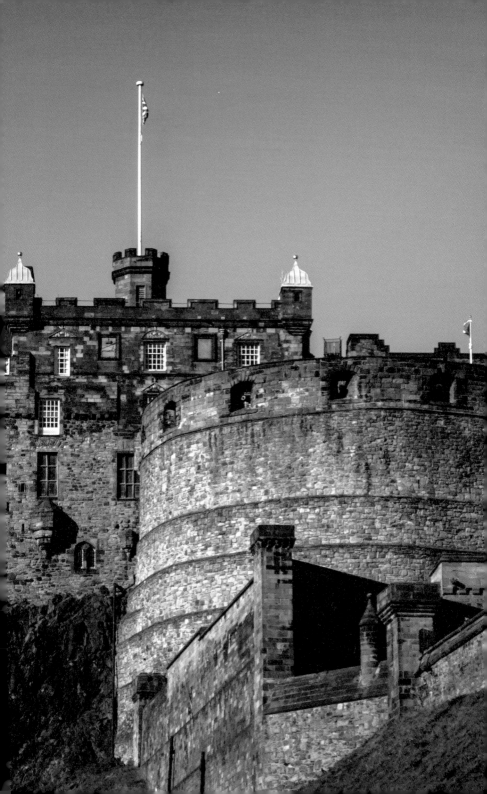

문화를 즐긴다는 것

Shakespeare
staging the world

The BP exhibition

19 July –
25 November 2012

n late Fridays
nbers free
k now

ibition entrance
osite the Ticket Desk

rted by BP   In collaboration with

p
E

영국 · 스코틀랜드

이야기가 살아 숨 쉬는
잉글랜드
-

2012년은 런던 올림픽이 열린 해다. 세계 각국 사람들을 위해 준
비했다는 그들의 풍부한 문화 콘텐츠를 보기 위해 영국 여행을 결
정했다. 경기 관람이 목적이 아니었기에 올림픽 경기가 끝난 8월
말경에 영국으로 갔다.

　런던에서 제일 먼저 간 곳은 웨스트민스터 사원 Westminster Abbey이
다. 서쪽의 대사원이라는 뜻인 웨스트민스터 사원은 고딕 양식의
거대한 성공회 성당이다. 수도원 중의 수도원이라는 의미로 'The
Abbey'라고도 불린다. 사원의 역사는 10세기로 거슬러 올라간

다. 영국의 왕과 역사적 위인이 잠들어 있는 이곳에서는 전통적으로 영국 왕의 대관식 등 왕실 행사를 거행한다. 왕실뿐 아니라 영국의 주요 위인을 안장한 명예로운 장지다. 셰익스피어, 《캔터베리 이야기》의 작가 제프리 초서, 찰스 디킨스, 토머스 하디, 윌리엄 워즈워스 같은 문학가, 음악가 헨델, 과학자 뉴턴까지 역사적 인물들의 묘비와 기념비로 가득 차 있다. 40명이 넘는 왕이 대관식을 치른 영국 왕실의 역사가 응축된 곳이 바로 웨스트민스터 사원이다. 나는 수많은 문인의 이름이 새겨진 묘지 바닥을 바라보며 윌리엄 워즈워스의 '초원의 빛'이라는 시를 떠올렸다.

초원의 빛이어

꽃의 영광이어

그 시절을 다시 돌이킬 수 없다 해도

우리는 슬퍼하기보다 차라리 뒤에 남은 것에서 힘을 얻으리.

낭만주의 문학의 선구자, 자연주의 시인이며 호반의 시인은 영국의 계관시인 윌리엄 워즈워스를 수식하는 말이다. 나는 많은 사람들의 이름이 새겨진 웨스트민스터 성당 바닥 위에 서서 그들의 이름이 주는 끈질긴 생명력과 영원성을 생각했다. 슬퍼하기보다 차라리 그들이 남긴 것에서 우리가 힘을 얻는 것처럼.

영국은 내가 어릴 적 만난 문학의 고향과 같은 곳이다. 당시 나는 찰스 디킨스의 《데이비드 카퍼필드》, 윌리엄 새커리의 《허영의 시장》, 샬럿 브론테의 《제인에어》, 토머스 하디의 《귀향》 등 영국 문학에 탐닉했다. 그중에서도 19세기 영국의 보수적이고 가부장적인 사회 분위기 속에서 당당한 여성으로 주체적인 삶을 살고자 했던 《제인에어》를 무척 좋아해서 읽고 또 읽었던 기억이 난다. 그때의 독서가 나를 많이 성숙시킨 것이 아닌가 생각한다.

이처럼 영국은 이야기의 나라다. '수백 년간 이어진 영국인의 책 사랑은 영문학을 탄생시켰다. 영국의 공간은 낡았지만 농축된 이미지를 갖는다. 그 이유는 이야기를 곳곳에 심으려는 노력과 이야기가 담긴 공간을 무너뜨리지 않으려는 사회적 경향성에 있다'고 생각한다. 영국 사람들의 삶의 일부이기도 한 스몰 토크, 독서 클럽 등의 문화가 부럽기도 하다.

대영박물관 | The British Museum

인류의 거대한 유산을 품고 있는 세계 최대의 박물관인 대영박물관에는 인류의 기억이 가득하다. 대영박물관은 의사이자 박물학자인 한스 슬론 경이 1753년에 8만 점에 달하는 자신의 수집품을 기증하면서 시작되었다. 현재 소장품은 약 800만 점에 이른다고 한다. 대영박물관을 빠짐없이 돌아보려면 꼬박 일주일은 걸린다고 하지만 관광객인 우리는 단시간에 봐야 하니 보고 싶은 소장품을 정하고 전시 장소를 미리 알아놓은 후 효율적으로 움직여야 한다.

대영박물관 입구 중앙홀 한가운데에 '원반 던지는 사람'이 설치되어 있었다. 이 작품은 원래 그리스·로마 조각실에 위치해 있지만 올림픽 기간 동안 중앙홀로 옮겨 특별 전시를 한 것이다.

1층 정면 오른쪽, 그레이트 코트 서쪽에는 이집트 조각 갤러리가, 그리고 안쪽에 그리스 로마 코너가 이어진다. 수많은 이집트 조각과 로제타석 등 '엘긴 마블'로 불리는 대리석으로 만든 그리스의 조각상 등 유명한 컬렉션이 이곳에 있어 견학의 출발점으로 좋다.

이집트에서 가장 돌려받고 싶어 하는 유적이 대영박물관에 있는 로제타석이라고 들었는데, 람세스 2세와 아멘호테프 3세 두상 등 고대 이집트 왕의 거대한 석상을 볼 수 있었다.

출발 전 영국에서 열리는 올림픽 경기를 계기로 대영박물관에 셰익스피어의 '로미오와 줄리엣' 무대를 만들었다는 기사를 보았다. 실제로 보니 '셰익스피어: 세계를 무대에 올리다'라는 제목이 붙은 대영박물관의 특별전은 전시장을 셰익스피어 연극이 상연되는 원형극장처럼 꾸며 놓았고, 진열장 안에는 16세기 괘종시계가 있었다. 그 옆에는 로미오를 애타게 기다리는 줄리엣의 대사도 전시되어 있었다. 영국은 그들의 대표 선수인 셰익스피어를 대영박물관에 유치한 것이다. 많은 사람이 찾는 이곳에서 셰익스피어를 전시함으로써 그들의 가장 자랑스러운 유산을 세계인에게 보여주는 것이다.

테이트 모던, 데이미언 허스트

-

대영박물관의 셰익스피어 전시가 격조와 품위가 있다면 방치되었던 발전소를 리모델링해서 만든 현대미술관인 테이트 모던이 2012년 런던 올림픽을 기념해 마련한 전시회에서 데이미언 허스트의 작품을 보며 큰 충격을 받았다.

나처럼 허스트에 대한 지식이 별로 없는 관람자는 그의 작품이 예술이라는 것을 이해하기조차 힘들 듯하다. 허스트의 작품은 죽음에 숨어 있는 지독한 아름다움, 그리고 아름다움에 내재된 불가피한 부패를 묘사한 것이라고 한다.

허스트는 2012년 테이트 모던에서 〈사랑의 안과 밖〉이라는 전시회를 열었는데, 23주간 살아 있는 나비를 전시에 이용해 매주 400마리를 계속 채워 넣었고 9,000마리의 나비가 죽었다. 이에 사람들이 항의하자 테이트 모던 전시 관계자는 "나비가 자연에서보다 오래 살았다"고 답변했다고 한다. 허스트는 이 전시회에서 번데기에서 태어난 나비가 짝을 이뤄 알을 낳고 죽고 다시 태어나는 과정의 반복을 통해 삶과 죽음의 순환을 보여준다.

그의 작품 '분리된 엄마와 아이'는 반으로 갈라진 소와 송아지를 전시함으로써 영국 테이트 브리튼이 제정한 터너상을 받았다. 죽어서 박제된 동물을 통해 역설적으로 삶에 대해 다시 생각해보는 계기를 마련했다는 것이다.

작품 '천년'은 구더기가 파리로 변화하는 과정을 보여준다. 유리관 내부에 죽은 소머리를 넣어두어 구더기가 생기고 파리가 되어 날아가면 전기 충격기로 파리가 죽는 구조다.

그렇게 떨어진 파리들 때문에 또 구더기가 생기고 이 구더기가 다시 하루살이가 되어 소머리 위를 날아다니는 과정을 적나라하게 보여준다. 이 또한 생명의 탄생과 죽음의 연속을 직접 보여주는 설치미술 작품이다.

'살아 있는 자의 마음속에 있는 죽음의 육체적 불가능성'이라는 긴 제목을 단 이 작품은 길이 4.3미터의 상어를 포름알데히드 용액으로 가득 채운 유리 상자 안에 넣어 박제한 작품이다. 인간에게 두려움을 주는 동물로 알려진 상어를 통해 데이미언 허스트는 인간의 본능적인 두려움을 묘사하고자 한 것이다.

데이미언 허스트의 작품은 잔인하고 끔찍한가, 아니면 예술인가. 죽음이라는 하나의 주제를 가지고 꾸준히 작업하고 있는 그는 "죽음은 우리와 무관하지 않지만 예술은 보편적인 아름다움과 편안함만 추구한다"라고 했다. 죽음을 두려워하는 내면세계를 은폐하고 아름다움만 보여주는 예술의 모순을 넘어 죽음이라는 화두에 대해 노골적이고 혐오스러운 패러다임을 제시하는 그는 현재 가장 인기 있는 예술가다.

코츠월드, 스톤헨지 등
런던 근교의 소도시

-

당일 여행에 적합한 도시를 선정하고 런던에서 버스를 예약해 몇 곳을 다녀왔다. 코츠월드Cotswolds의 아름다운 마을들과 스톤헨지의 신비로움, 블네넘 궁의 장엄함과 로마인이 세운 우아한 휴양지인 바스, 셰익스피어의 고향인 스트랫퍼드어폰에이번 등이다. 런던에서 서쪽으로 200킬로미터 떨어진 옥스퍼드 교외에서 시작해 서쪽 끝 첼트넘에 이르는 아름다운 구릉지대가 코츠월드다. 그중

▲ 코츠월드 풍경

에서 바이버리와 버튼 온 더 워터에 갔다. 바이버리는 디자이너이자 시인 윌리엄 모리스가 잉글랜드에서 가장 아름답다고 칭찬한 마을이다. 물새가 노닐고 송어가 유연히 헤엄치는 예쁜 석조의 시골집이 어우러진 곳은 전형적인 코츠월드의 풍경을 보여준다. 마을 전체가 그림같이 아름다운 곳에서 조용한 시간을 보내러 갔지만 정해진 시간 내에 도착해야 하는 1일 투어의 한계가 있었다.

스톤헨지에서는 신비함이 가득 찬 거석의 무리를 볼 수 있다. 영국에서 제일 높은 탑이 솟아 있는 솔즈베리 근교, 거대하게 펼쳐진 목초지에 돌연 모습을 드러내는 고대 유적. 도대체 무엇 때문에 만들었을까? 이유는 정확하지 않지만 보는 것만으로도 불가사

▲ 스톤헨지

의한 기분이 들었다.

처칠 수상이 살았던 블레넘 궁의 장엄함은 특별히 기억에 남는다. 숙적인 프랑스를 무찌른 블레넘 전투에서 세운 공적을 인정받아 초대 말버러 공작이 앤 여왕에게 받은 것으로, 방 개수가 200개 이상이라는 최고의 바로크 건축 걸작이다. 궁전 안에서 처칠의 생애가 담긴 사진을 볼 수 있고 넓은 잔디밭과 아름다운 정원이 있었다. 말버러 공작의 아들이며 영국 수상으로 유명한 윈스턴 처칠은 1874년 이곳에서 태어나 1965년 사망한 후 정원 남단의 묘지에 묻혔다.

셰익스피어의 고향, 스트랫퍼드어폰에이번에서 그의 생가도 구경하고 거리에서 이루어지는 셰익스피어 작품 공연도 보았다. 관광객을 위한 공연은 늘 아쉬움이 있다. 연극을 좋아하는 사람이라면 하루 묵으며 꼭 로열 셰익스피어 극장에서 연극을 보라고 했지만 일일 투어라 그렇게 하지 못했다.

런던에 오면 가장 먼저 하고 싶은 것이 셰익스피어 글로브 극장에서 셰익스피어 연극을 보는 것이었다. 셰익스피어 글로브 극장은 셰익스피어 시대를 그대로 재현해 1997년에 만든 원형극장으로 사전 예약 없이 찾았는데 다행히 〈햄릿〉을 볼 수 있었다. 〈캣츠〉의 본고장에서 뮤지컬 〈빌리 엘리어트〉도 보았다. 그 밖에 웨스트엔드에 있는 무수한 극장에서 매일 밤 우수한 명작이 상연되었다.

영국에 가면 스콘이나 샌드위치와 함께 마시는 오후의 홍차인 애프터눈 티를 우아하게 즐겨보리라 마음먹고 런던의 유서 깊은 호텔에서 애프터눈 티타임을 가졌다. 영국의 전통인 차 문화는 여유와 사교의 기품을 드러낸다. 영국의 문학작품이나 영화에 차를 마시며 대화를 나누는 장면이 많이 나오는데, 이는 차가 영국인에게 생활의 일부임을 알려준다. 영국인에게 차는 단순한 음료가 아닌 사회적, 인간적 사교가 따르는 일이었고 그중에서도 홍차는 아주 특별한 의미를 지니고 있다.

영국 사람들은 시간마다 그때그때 적합한 홍차를 골라 티타임을 갖는다고 한다. 아침에 눈을 뜨며 마시는 얼리 모닝 티, 7시경에 마시는 브렉퍼스트 티, 오전 11시에 마시는 일레븐즈 티가 있다. 미드 티는 점심 식사와 함께 마시는 홍차, 애프터눈 티는 영국인이 가장 많이 즐긴다고 알려진 티타임으로 오후 4시의 우아하고 낭만적인 시간이다. 하이 티는 저녁 식사 전에 편하게 즐기는 티타임이고, 애프터 디너 티는 저녁 식사를 마치고 가족이 모여 느긋하게 즐기는 차이며, 마지막으로 나이트 티는 잠자리에 들기 전 따뜻한 우유를 넣어 마시는 것이라고 한다. 그들의 차 문화에 놀랄 뿐이다. 이러니 영국이 이야기가 발달할 수밖에 없지 않겠는가!

누가 영국을 유럽에서 가장 밋밋한 나라라고 했던가? 전혀 그렇지 않다. 오히려 가장 강력한 소프트웨어를 갖춘 나라다.

스코틀랜드의 에든버러

-

대문호 월터 스콧은 스코틀랜드의 수도이자 문화, 교육의 중심인 에든버러를 '내 마음속 낭만의 고장'이라고 불렀다. 월터 스콧은 1771년 에든버러에서 태어나 수많은 명작을 남긴 스코틀랜드의 대표 작가다. 에든버러 기차역 이름은 월터 스콧의 소설 《웨이벌리》를 따 '웨이벌리 역'이라 명명했다. 역 근처에 세운 월터 스콧의 기념탑은 높이가 60미터이며 에든버러의 상징이다. 잉글랜드인이 가장 존경하는 위인 중 한 사람인 넬슨 제독의 동상을 트라팔가 광장에 세우자 스코틀랜드인이 에든버러 한복판에 월터 스콧의 기념탑을 세웠다. 그것도 넬슨 제독의 기념탑보다 딱 5미터높게 말이다.

같은 땅에서 우위를 점령했던 잉글랜드인을 어떻게든 이기고 싶어 하는 스코틀랜드인의 절실한 마음이 읽히는 대목이다. 브리튼섬을 지배했던 앵글로색슨족의 후예인 잉글랜드인과 그들에게 쫓겨나 오랜 세월을 싸워온 켈트족의 후예인 스코틀랜드인, 두 민족은 역사가 이어지는 내내 지금까지 사사건건 맞서왔다.

캐슬 록이라는 바위산에 세운 고대 요새로 에든버러의 상징인 에든버러 성은 12세기에 지은 것이라고 한다. 성내에서 가장 오래된 12세기 초기의 건축물인 세인트 마거릿 예배당은 스코틀랜드에서 가장 오래된 건물이다. 4세기에 걸쳐 스코틀랜드에서 일어난 전쟁의 역사를 설명하는 전쟁박물관도 볼 수 있다. 크라운 주얼은 왕실의 왕관과 주얼리를 볼 수 있는 곳이다. 런던탑의 크라운 주얼리같이 화려하지는 않지만 메리 여왕이 즉위식 때 사용한 왕관을 볼 수 있다. 에든버러는 아름다운 드레스가 잘 어울리는 궁전이 아니라 적의 공격을 방어하는 게 목적인 만큼 아주 튼튼하고 단단한 요새다.

▲ 에든버러 성

로열 마일

–

이 도시의 매력은 에든버러 성에서 홀리루드 궁전The Palace of
Holyroodhouse까지 곧게 뻗은 길인 로열 마일을 중심으로 양옆에 늘
어선 유서 깊은 유적들이다. 다양한 박물관과 유적, 대성당 등이
있고 그 사이에 특산품 상점과 레스토랑이 늘어서 있다. 이 로열
마일에 900년의 역사를 자랑하는 세인트 자일스 대성당이 있다.
16세기에는 종교개혁의 선구자 존 녹스가 이 교회의 사제가 되어
프로테스탄트를 보급하기 위해 노력했다. 존 녹스가 1561년부터

10년간 산 집, 존 녹스 하우스도 볼 수 있다.

　과거에 로열 마일은 왕족과 귀족만 다닐 수 있었기 때문에 평민은 로열 마일 양쪽에 난 좁고 긴 골목길로만 통행할 수 있었다고 한다. 홀리루드 궁전은 엘리자베스 여왕이 스코틀랜드 순방 때 공식 숙소로 이용되었다. 우리는 에든버러 성에서 1.6킬로미터에 이르는 로열 마일을 천천히 걸으며 거리 공연도 구경하면서 홀리루드 성에 도착했다. 나는 그 아름다운 성에서 여왕 즉위 60주년 The Queen's Diamond Jubilee을 기념해 만든 아름다운 찻잔 세트를 샀다. 2012년 영국은 올림픽과 함께 여왕 즉위 60주년 기념행사가 한창이었다. 엘리자베스 2세 여왕은 1952년 2월 6일 이른 나이에 왕위에 올랐다. 아버지 조지 6세가 서거하며 갑자기 물려받은 왕위였다.

조지 6세 하면 말더듬이 요크 공이 조지 6세로 거듭나는 아름다운 스피치를 들려주는 영화 〈킹스 스피치 The King's Speech〉가 생각난다. 1939년 영국 국왕 조지 6세의 연설이다. 조지 6세 역할을 맡은 콜린 퍼스에게 아카데미 남우 주연상을 안겨준 영화이기도 하다. 베토벤 교향곡 7번 2악장이 장엄하게 울려 퍼지는 가운데 제2차 세계대전 중 히틀러의 공격에 맞서 영국이 싸워야 하는 이유를 세계인을 향해 말하는 조지 6세의 연설은 참으로 감동적이었다. 명연설의 핵심은 청중을 향한 진정성과 공감이다. 그 진정성이 국민에게 전달되어 영국은 독일과의 전쟁에서 승리할 수 있었다.

조지 6세(요크 공)의 형 에드워드 8세(윈저 공)가 왕위 대신 미국인 이혼녀 심프슨 부인을 선택함으로써 말더듬이 요크 경이 대신 왕이 되고 그의 딸 메리가 엘리자베스 2세의 운명을 떠안게 되어 재위의 기록을 세웠다. 스코틀랜드 에든버러 성에서 홀리루드 성까지 이어지는 로열 마일을 걸으며 나는 문득 윈저 공이 심프슨 부인을 선택하지 않고 왕위를 선택했다면 어땠을까, 하고 역사의 갈림길에 대해 생각해보았다.

스코틀랜드의 독립 영웅, 윌리엄 월리스

-

에든버러에 도착해 호텔로 가기 위해 택시를 탔을 때 기사가 한 말이 기억난다. 우리가 2012년 올림픽 경기를 치른 영국이 승리한 경기에 대해 이야기하며 축하 인사를 건넸더니 정색하면서 스코틀랜드와 잉글랜드는 다른 나라라고 말해서 좀 민망했다. 스코틀랜드와 잉글랜드는 남북으로 갈려 중세까지 수백 년간 치열한 갈등을 겪었다. 뉴스로만 접하던 갈등을 직접 스코틀랜드인 택시 기사를 통해 느끼는 순간이었다.

스코틀랜드의 독립 항쟁을 그린 영화 〈브레이브 하트〉의 실제 주인공 윌리엄 월리스는 스코틀랜드의 독립 영웅이다. 월리스는 1298년 잉글랜드와 치른 폴커크 전투에서 포로로 잡혀 자유를 외치며 형장의 이슬로 사라졌다.

에든버러 성 입구에서 윌리엄 월리스 분장을 하고 있는 사람을 발견했다. 반갑기도 해서 그에게 다가가 영화 〈브레이브 하트〉에서 월리스 역할을 맡았던 주인공 이름이 생각나지 않는다고 하자 멜 깁슨이라고 친절히 알려주었다. 영화 〈브레이브 하트〉는 스코틀랜드 사람들에게 큰 자부심이 되었다는 이야기도 들었다.

▼ 에든버러 성 입구에서 윌리엄 월리스 분장을 하고 있는 사람

스코틀랜드는 앤 여왕 시기인 1707년 영국에 완전히 합병되어 그레이트 브리튼 왕국이 형성되었다.

하지만 민족적 자부심이 강한 스코틀랜드는 영국과 합병한 후로도 분리 독립을 향한 열망을 간직해온 것이 오늘까지도 이어지고 있는 것이다.

에든버러에 도착하는 날, 에든버러 국제 페스티벌이 막 끝나고 에든버러 궁전 앞에 설치했던 대형 무대를 치우는 것을 볼 수 있었다. 해마다 8월 중순부터 3주 동안 열리는 세계 최대 공연 축제 기간에 맞춰 다시 에든버러에 오고 싶다는 생각을 하며 여행을 마쳤다.

2장

슬픔과 애잔함이 베어 있는 곳

폴란드

쇼팽의 심장이 잠든 곳

-

2010년은 쇼팽이 태어난 지 200주년이 되는 해다. 나는 '쇼팽 탄생 200주년'이라는 이유로 폴란드 여행을 선택했다. 공항에 도착하니 'Welcome Thank you for visiting my city. This is my year'라 쓰인 현수막과 함께 쇼팽의 매력적인 사진이 크게 붙어 있었다. 바르샤바 와지엔키 공원에 있는 쇼팽의 기념비에서 따온 얼굴이었다.

쇼팽 때문에 폴란드에 왔지만 모차르트 탄생 250주년을 기념하는 빈의 분위기와는 많이 달랐다. 폴란드인이 가장 존경한다는 피아노의 시인 쇼팽 탄생 200주년을 기념하는 바르샤바의 분위기는 조용하고 차분했다. 관광객을 위해 급조된 듯한 연주회도 거의 없었던 것으로 기억한다. 나는 쇼팽을 찾아 가장 먼저 바르샤바 구시가지를 걸었다.

바르샤바 구시가지에 있는 성 십자가 교회는 쇼팽의 심장이 묻힌 곳이다. 러시아는 1795년 프로이센, 오스트리아와 함께 폴란드를 분할 점령해 이 나라를 지도에서 지웠다.

폴란드는 18세기 말부터 123년 동안 나라 이름을 잃고 '비스와 Wisła 강변 땅'으로 불렸다. 학교에서는 폴란드어가 아닌 러시아어나 독일어를 배워야 했다. 이후 1918년 폴란드가 독립할 때까지

▼ 성 십자가 교회

피로 얼룩진 독립 투쟁이 전개되었다. 그 시절, 나라를 등진 사람들 행렬에 스무 살 쇼팽도 끼어 있었다. 그는 파리에서 늘 고국을 그리워하며 곡을 썼다. 쇼팽의 음악은 슬픈 시대를 버티는 폴란드인의 희망이고 위안이었다.

쇼팽은 러시아가 바르샤바를 장악해 도시에 불을 지르고 시민들을 학살했다는 소식을 듣는다. 그는 러시아의 침략에 끓어오르는 분노를 담아 조국을 향한 격정을 음악에 담게 된다. 바로 쇼팽의 에튀드 '혁명'이다. 에튀드 12번 '혁명'은 1831년 폴란드의 11월 혁명을 주제로 작곡되었다. 이 혁명은 폴란드 독립을 위한 노력으로 시작되었으나 러시아제국에 진압된다. 쇼팽은 이 혁명의 분위기와 폴란드인의 절망을 음악으로 표현했다. 격렬한 연주와 감정적인 화음으로 가득 차 있으며 혁명의 분위기를 잘 전달하고 있다.

제2차 세계대전 때 폴란드를 점령한 독일도 쇼팽이 작곡한 곡의 의미를 잘 알고 있었다. 따라서 쇼팽의 곡을 듣는 걸 금지해 몰래 듣는 사람은 감옥에 잡아 가두기까지 했다. 늘 조국을 그리워했던 쇼팽은 프랑스에서 숨을 거둘 때 자신의 영혼을 상징하는 "심장만은 조국에 묻어달라"고 했다고 한다. 쇼팽의 심장은 성 십자가 교회 기둥 한쪽 레너드 마르코니Leonard Marconi의 작품 뒤에 밀봉된 채 보관되어 있고, 예배당 기둥에 '여기 쇼팽의 심장 잠들다'라고 쓰여 있다. 쇼팽의 심장을 나치에 빼앗겼다 돌려받는 굴곡도 겪으면서 지금의 성 십자가 교회는 고난의 역사를 이겨낸 폴란드인의 뿌리 깊은 신앙을 보여준다.

성 십자가 교회 부근에 쇼팽 박물관이 있다. 1945년에 문을 연 쇼팽 박물관에는 그가 사용했던 피아노와 직접 쓴 악보, 화려하지만 굴곡 많은 삶을 담은 그림, 일기 등을 전시해 작곡가의 모든 것을 느낄 수 있다. 쇼팽이 직접 치던 피아노, 그가 지인들과 주고받은 편지, 친필 악보, 안경이나 단추 같은 자질한 소품도 눈길을 끈다.
　특히 쇼팽 박물관은 '폴란드의 영웅' 쇼팽을 향한 폴란드인의 깊은 애정이 곳곳에서 묻어난다.

다음 날, 와지엔키 공원에서 피아노 연주회가 있다는 것을 알고 바르샤바 시내에서 좀 떨어진 공원으로 갔다. 분수와 장미 정원이 어우러진 아름다운 공원에서 듣는 쇼팽의 선율은 쇼팽 탄생 200주년을 기념해 폴란드에 온 보람을 느끼게 해주었다. 5~9월 일요일마다 장미로 둘러싸인 쇼팽 동상 아래에서 누구나 풀밭에 자유롭게 앉아 무료로 정상급 연주자들의 연주를 즐길 수 있다. '와지엔키'는 목욕탕이라는 뜻인데, 사냥을 마친 귀족들이 여기에서 목욕을 했다고 해서 붙은 이름이라고 한다. 공원 한가운데는 작은 호수가 딸린 와지엔키 궁전이 있고, 쇼팽 동상과 장미 정원이 자리한다. 쇼팽 동상은 쇼팽이 나무 아래로 눈을 내리뜨고 앉아 악상을 떠올리는 모습을 표현했다. 이 동상은 제2차 세계대전 때 히틀러가 폴란드의 정서가 함축되어 있다는 이유로 머리만 남기고 모두 녹여버린 것을 전쟁 후 복구해 지금의 모습이 되었다고 한다.

바르샤바에서 서쪽으로 50킬로미터 정도 떨어진 젤라조바 볼라 Żelazowa Wola에 있는 쇼팽의 생가를 방문했다. 쇼팽을 사랑하는 사람이라면 성지순례하듯 다녀가는 곳이라고 한다. 쇼팽 때문에 폴란드에 왔으니 그의 생가도 꼭 방문하고 싶었다.

쇼팽이 태어난 곳이기는 하나 그가 한 살까지만 살았다고 하니 그의 흔적은 거의 묻어 있지 않다. 하지만 쇼팽은 이후 여러 차례 자신이 태어난 곳을 찾아 영감을 얻었다고 한다. 쇼팽은 웅장함 대신 섬세함으로 자신의 연주 스타일을 개발해 시대적 흐름을 바꾸는 음악적 이정표를 만들어냈다. 쇼팽의 생가는 정원이 넓은 무척 아름다운 곳이었다. 일요일에는 유명 피아니스트들의 연주회가 열린다고 하는데 일정상 볼 수 없어 아쉬웠다.

다크 투어리즘
카틴 숲 학살 사건
-

유럽을 여행하다 보면 저절로 역사에 관심이 많아진다. 바르샤바의 구시가를 걷다가 많은 사람들이 촛불을 켜서 꽃과 함께 바치며 애도하는 모습을 보았다. 올해 4월 레흐 카친스키 당시 폴란드 대통령이 정부 요인들과 함께 카틴 숲 학살 발발 70주년 행사에 참석하기 위해 러시아를 찾았다가 비행기 추락으로 사망한 사건이 일어났는데, 그 추모의 현장을 직접 보게 된 것이다. 추락 사고의 원인에 대해 여러 의혹이 제기되었지만 아직 밝혀진 것이 없다고 한다. 제2차 세계대전이 발발한 직후인 1939년, 나치 독일과 함께 폴란드를 다시 분할 점령한 소련은 폴란드의 장교, 경찰 지식인 2만 2,000명을 스몰렌스크 인근 카틴 숲에서 학살했는데, 이것이 바로 유명한 '카틴 숲 학살 사건'이다.

당시 소련은 나치의 소행이라고 발뺌했지만 1989년 스탈린이 서명한 문건이 공개되고 비밀경찰이 지식인을 학살했음이 드러남에 따라 고르바초프는 자신들의 소행임을 시인하고 사과했다. 소련은 폴란드 지식인을 제거해 '폴란드의 미래'를 산산조각 내고자 했던 것이다. 제2차 세계대전 후에도 소련 공산당의 지배 아래 비극적인 역사를 이어가며 침묵할 수밖에 없던 폴란드는 사건 발생 50년이 지나서야 이를 언급할 수 있게 되었다.

쇼팽을 따라 폴란드에 갔다가 폴란드의 고난의 역사 앞에서 많은 생각을 했다. 폴란드는 러시아, 독일 등 열강의 틈바구니에서 고통스러운 역사를 이어온 나라다. 세계대전 시 화염과 폭격으로

65만 명이 목숨을 잃고 완전히 파괴된 바르샤바 시가지를 시민들이 완벽에 가깝게 복원해냈다. 이렇게 복원된 바르샤바 구시가지는 유네스코 세계문화유산에 등재되었다.

호텔에서 크라쿠프와 아우슈비츠를 방문하고자 투어 신청을 하니 내일 아침 역으로 가면 가이드를 만날 것이라고 했다. 여러 명이 함께 하는 투어인 줄 알았더니 역에서 만난 회사 직원은 크라쿠프에 도착하면 가이드가 나와 있을 것이라는 말만 전해주었다.

우리는 크라쿠프에 도착해 가이드를 만났다. 젊은 폴란드 여성으로 가이드를 시작한 지 얼마 되지 않아 서툴다면서 미안해했다. 그 말처럼 가이드로서는 서툴렀지만 참 좋은 사람이었다. 그녀가 무척 긴장하며 열심히 설명하려 애쓰는 모습이 우스워서 잠깐 웃었는데 자기가 설명을 잘 못해서 그러냐며 민망해했다. 참 착하고 순박한 여성이었다. 폴란드가 아직은 관광객을 위한 준비가 많이 부족한 것이 아닌가 생각했다.

그녀가 운전하는 차를 타고 크라쿠프와 아우슈비츠를 둘러보았다. 크라쿠프는 1320년부터 1609년까지 폴란드의 수도였던 역사적 도시로, 중부 유럽에서 체코의 카를 대학교 다음으로 오래된 야기엘론스키 대학교가 있다. 지동설을 주장한 코페르니쿠스와 교황 요한 바오로 2세가 공부했다고 해서 유명한 곳이다. 바르샤바로 수도를 이전한 후 크라쿠프는 쇠퇴하기 시작해 경제적으로 빈곤해지고 오스트리아의 지배를 받기도 했다. 제2차 세계대전 때는 독일 점령하에 유럽 각지에서 5만 5,000명의 유대인이 이곳 근교에 설치된 아우슈비츠로 끌려간 역사가 있고, 야기엘론스키 대학교 교수들이 이곳에서 처형되기도 했다. 가이드가 영화 〈쉰들러 리스트〉의 주인공 쉰들러가 살던 집이라며 손으로 저 멀리 가리킨다.

아, 쉰들러 리스트! 그의 이름을 들으며 나는 수용소에서 한 사람이라도 더 살리기 위해 몸부림쳤던 쉰들러를 떠올렸다. 크라쿠프에서 멀지 않은 곳에 아우슈비츠가 있어서인가, 중세 모습을 그대로 간직한 유서 깊은 도시 크라쿠프는 나에게 잿빛 기억을 떠올리게 한다.

다크 투어리즘이란 전쟁과 학살 등 참상이 벌어진 어두운 역사, 재난 재해 현장을 돌아보는 여행을 일컫는 말이다. 우리는 크라쿠프에 이어 그곳에서 약 54킬로미터 떨어진 곳에 있는 오시비엥침을 방문했다. 독일어 지명인 아우슈비츠Auschwitz로 더 잘 알려진 곳이다.

아우슈비츠. 〈킬링필드〉, 〈그라운드 제로〉 등 비극의 현장은 스토리를 갖춘 자원이자 살아 있는 교육의 장이다. 사람들의 발걸음과 공감이 여행지로 만들어가고 있는 셈이다.

바로 그 아우슈비츠에 내가 서 있다. 소련군이 진입하면서 급히

퇴각한 독일군이 미처 파괴하지 못해 원형이 그대로 보존되어 있는 그곳에서 약 200만 명의 유대인이 학살당했다고 한다. 원래 여기에는 정치범 수용소가 있었는데 제2차 세계대전 때 나치가 유대인, 소련군 정치범, 집시 등을 학살하기 위해 대규모로 재건했다고 한다. 현재 아우슈비츠 유적지는 박물관으로 개조되어 일반인에게 공개되고 있다.

수용소 정문에는 '일하면 자유로워진다'라는 뜻의 독일어 'Arbeit macht frei'라는 문구가 붙어 있다. 이 기만적인 문구가 붙은 문을 지나며 슬픈 마음을 감출 수 없었다.

아! 수용자들은 어떤 심정으로 이 문을 지났을까?

매일 아침 살아남거나 죽으러 가는 자로 나뉘던 유대인의 유품을 둘러보며 우리 모두 침묵했다. 수용소 안에는 28동의 수인동이 있는데 우리는 5·6·11호 동과 가스실을 둘러보았다. 5호 동에는 나치가 저지른 범죄의 증거가 있었다. 산더미처럼 쌓인 신

▼ 아우슈비츠 박물관 정문

발, 가방, 안경, 머리카락으로 짠 직물, 죽기 직전에 찍은 사진으로 도배된 벽. 죽음의 블록이라는 11동은 수인을 굶겨 죽인 기아실과 채찍대, 좁은 방 안에 사람을 몰아넣어 선 채로 꼼짝할 수 없게 만든, 서 있는 감옥 등이 남아 있다. 나는 인류의 죄가 남긴 유산 앞에서 몸서리를 칠 수밖에 없었다.

독일 수상 빌리 브란트가 참회하는 모습으로 무릎을 꿇고 있는 사진 한 장이 폴란드 사람들의 마음을 열었다. 정갈한 검은색 코트를 입고 두 손을 공손히 모은 채 무릎을 꿇고 묵념하는 1970년 12월 7일의 사진 한 장. 진눈깨비가 추적추적 내린 뒤 폴란드의 바르샤바 국립묘지 위령탑을 찾은 당시 서독 총독 빌리 브란트가 나치의 폴란드 유대인을 대상으로 저지른 만행에 대해 사죄하는 진정성 있는 모습은 국제사회가 가지고 있었던 전쟁범죄 국가 독일에 대한 생각을 바꾸어놓았다. 이에 대해 세계 언론은 이렇게 평가한다. '무릎을 꿇은 것은 한 사람이었지만 일어선 것은 독일 전체였다.'

제2차 세계대전이 끝난 후 1947년 폴란드 의회에서는 아우슈비츠를 보존하기로 결정했다. 나치의 잔학 행위에 희생된 사람들을 기억하기 위해 유네스코는 1979년 아우슈비츠를 세계문화유산에 지정했다.

 오십부터 삶이 재미있어졌다

독일 작가 브레히트는 말했다.

"우리가 이 일 이후 과연 서정시를 쓸 수 있을까?"

3장

The BP exhibition
**Shakespeare
staging
the world**

19 July –
25 November 2012

Members
free

오랜 세월 작가를 사랑하는 마음

Supported by BP
bp

In collaboration with

Do not sit on the steps

셰익스피어
서거 400주기

-

'셰익스피어 서거 400주기에 보내는 초대장'이라는 제목으로 데이비드 캐머런 영국 총리가 쓴 기고문을 신문에서 읽었다. 2016년은 셰익스피어 서거 400주기를 기념해 매일 셰익스피어의 삶과 유산을 기념한다는 내용이었다. '위대한 작가가 지속적으로 발휘해온 특별한 영향력을 기념하는 시간이 될 것이다'라는 말에 기대를 갖고 영국을 방문한 2012년이 떠올랐다.

2012년 런던 올림픽이 끝난 8월 말경 영국에 갔다. 런던을 방문하면 꼭 하고 싶은 일이 셰익스피어 글로브 극장에서 셰익스피어 연극을 관람하는 것이었다. 런던 템스 강변에 자리 잡은 셰익스피어 글로브 극장은 전 세계 연극인이나 연극 팬에게는 성지와 같은 곳이다. 흔히 '글로브 극장'으로 불리는데 지붕이 뚫린 원형의 야외 극장인 이곳에서는 남자 배우들이 여자 역까지 하는 옛날 스타일부터 21세기 실험적 스타일까지 다양한 버전의 셰익스피어 작품을 공연해 관객을 끌어모으고 있다.

남편이 호텔 프런트에 글로브 극장에서 공연하는 〈햄릿〉 예약을 문의하니 아쉽게도 전 좌석 매진이라는 대답이 돌아왔다. 순간 너무 안타까웠지만 포기하지 않고 웨이팅 리스트에 올려놓고 취소되는 표가 있으면 연락해달라고 했다. 낮에 대영박물관에 있는데, 티켓 두 장이 취소되었다는 반가운 연락을 받았다. 글로브 극장에서 본 〈햄릿〉은 실험적 스타일이었다. 여름이었지만 밤이 깊어 갈수록 쌀쌀해져 담요를 빌려 덮어야 했다. 그렇게 과장되지 않게 물 흐르듯 대사를 쏟아내는 〈햄릿〉을 관람했다.
  '사느냐 죽느냐'로 기억되는 연극 〈햄릿〉에서 아버지를 살해한 범인이 누구인지 아는 햄릿은 복수를 위해 미친 척하지만 기회가 있을 때마다 번번이 복수를 미룬다. 그는 생각이 많고 우유부단한 '꾸물거림의 달인'이다. 뭐든 쉽게 결정 내리지 못하고 행동에 옮기지 못하는 결정 장애가 있는 햄릿은 우리 내면의 모습과 닮았다.

셰익스피어는 햄릿을 통해 현대적 인간을 발명했다는 평을 듣는다. 햄릿이 등장하기 전까지 사람들은 자신의 마음속 풍경을 마주한 적이 없기 때문이다. 당장 할 수 있는 일을 이런저런 구실로 미루는 것도 인간의 보편적 습성이 아닌가. 〈햄릿〉은 세계적으로 가장 많이 공연되는 연극이다. 오늘도 햄릿은 어느 극장에선가 고통을 짊어지고 죽어간다. 햄릿이 읊는 독백은 이제 문화적 자산이 되었다. 우리는 서거한 지 400년이 지나도 여전히 셰익스피어가 남긴 선물을 즐기고 있다.

2016년 캐머런 총리는 로열 셰익스피어 컴퍼니 극단은 중국을 투어하고, 셰익스피어 글로브 극장은 이라크에서 덴마크까지 세계

▼ 글로브 극장 '햄릿' 공연 시작 전 무대

곳곳에 걸쳐 공연을 계획하고 있다며, 특별한 기회를 통해 셰익스피어의 삶과 지속적인 유산을 기념하길 바란다고 말했다. 희극이 비극을 압도하는 우리 연극 지형에서 비극이 '전석 매진'되었다는 놀라움과 함께 서울에서도 국립극장 해오름극장에서 공연하는 〈햄릿〉이 일찌감치 표가 동났다는 기사를 읽었다.

영국에는 '셰익스피어 운동'이라는 말이 있다고 한다. 젊은 연극인 사이에 셰익스피어는 고리타분한 고전이나 진부한 꼰대의 문학이 아니라 여전히 왕성한 생명력을 발휘한다.

영국은 현재와 미래의 예술이 어디에 있고 어디로 가야 하는지 400년 전 셰익스피어에게 묻고 있다.

4장

자 유 를 향 한 열 망

쿠바

비바 쿠바 리브레,
자유 쿠바 만세

-

'익숙한 것과의 결별이 여행의 목적이라면 당신이 찾아야 할 곳은 아바나다.'

쿠바 여행을 가기 전에 이런 말을 들었다.

스타벅스와 맥도날드, 스마트폰으로 현대인의 라이프스타일을 요약하지만, 50년 넘게 사회주의를 실천해온 쿠바에서는 이 모든 것을 찾아볼 수 없다. 이곳에는 스마트폰, 신용카드, 영어, 이 세 가지가 무(無)다.

쿠바 입국부터 쉽지 않았다. 짐을 찾는 곳에서 두 시간 이상 기다렸다. 상황에 대해 설명해주는 안내 방송도 없었다. 이제 막 빗장을 연 쿠바에 대한 호기심으로 사람들은 인내하며 기다렸다. 불평하는 사람도 없었다. 공항을 빠져나온 늦은 밤, 호텔로 가는 택시 안에서 바라본 어두운 거리는 시간이 멈춘 듯 고요했다.

쿠바의 수도 아바나Havana의 말레콘Malecón은 매력적인 곳이다. 이곳에 앉아 도심을 등지면 바다, 바다를 등지면 도심이 보인다. 1500년대 스페인 식민지 시절부터 아바나를 지켜온 바로크, 네오클래식, 아르누보 양식의 건축이 눈앞에 있다. 말레콘은 도시 외곽이 아니라 도심 한복판에서 푸른 파도를 막고 있는 7킬로미터의 희귀한 제방이다. 말레콘은 '방파제'라는 뜻으로 아바나의 파도를 막기 위해 해변을 따라 죽 배치한 것이다.

피델 카스트로와 체 게바라가 의기투합한 1959년 혁명 이후 사회주의를 지켜온 나라, 이제 막 빗장을 열기 시작한 나라, 쿠바. 이곳으로 오기 직전 미국 솔트레이크시티에서 열린 스포츠 쇼에 참석하고 마운틴 스미스 바이어들과 식사를 하는 자리에서 내일 남편과 쿠바로 간다고 하니 바이어들이 부러워했다. 사실 미국과 좋은 관계는 아니지만 그동안 통행이 제한되어서인지 그들은 진심으로 쿠바를 방문하고 싶어 했고, 우리의 여행을 부러워했다. 모험을 좋아하는 미국 사람들은 쿠바에 대한 적대감보다 아직도 열리지 않는 나라, 쿠바에 대한 호기심이 더 컸다.

헤밍웨이가 사랑한 나라

-

비에하는 1982년 유네스코 문화유산으로 지정된 아바나의 구도심을 말한다. 그곳에는 여행자로 넘치는 아르마스 광장부터 오비스포 거리, 조용하고 운치 있는 메르카데데스 거리, 1777년 완공된 아메리카 대륙에서 가장 오래된 바로크 양식의 건축물이며, 라틴아메리카에서 가장 아름다운 성당으로 꼽히는 산 크리스토발 대성당이 있다. 대성당 광장에서 비에하 광장으로 이어지는 각기 다른 매력의 광장을 비롯해 쿠바 고유의 매력을 물씬 풍기는 올드 아바나에 가면 비로소 이곳이 '쿠바'임을 실감하게 된다.

비에하의 아르마스 광장은 세상의 속도에 관심이 없다는 듯 중고 책 노점상이 광장을 가득 메우고 있다. 어니스트 헤밍웨이의 단골 작업실이었던 암보스 문도스 호텔이 저 앞에 있다. 차가 들어갈 수 없는 오비스포Obispo 거리 끝이다.

오비스포 거리가 시작되는 곳에는 카페 엘 플로리디타가 있다. 오비스포는 올드 아바나의 여행자 거리 중 하나로 가장 번화하고 인기 있는 곳이다. 엘 플로리디타에서 헤밍웨이가 즐겨 마셨다는 모히토를 시켜놓고 헤밍웨이 동상 옆에서 기념사진을 찍었다. 중학교 때 그의 소설 《무기여 잘 있거라》, 《노인과 바다》, 《누구를 위하여 좋은 울리나》를 읽던 시간을 생각했다. 헤밍웨이는 7년간 아바나 암보스 문도스 호텔에 기거하며 집필했고, 저녁이면 엘 플로

▲ 코히마르에 있는 헤밍웨이 동상

리디타에서 좋아하는 칵테일 다이키리를 마시며 현지인과 담소를 나누었다고 한다.

헤밍웨이가 7년간 살았던 암보스 문도스 호텔 511호를 구경하고 라 보데기타 델 메디오 바에 들러 모히토를 마시는 것이 관광 상품이다. 헤밍웨이 칵테일로도 유명한 모히토의 고향은 쿠바다. 남미 원주민이 쿠바에서 얻은 열대 풍토병 치료제에서 비롯되었다고도 하고, 19세기 쿠바의 사탕수수 농장에서 착취당하던 아프리카 노예들이 만들었다는 설도 있다. 어찌 되었든 아바나는 헤밍웨이 덕분에 멋진 관광 상품을 확보한 셈이다. 쿠바를 편애한 헤밍웨이 덕분에 쿠바가 더 매력적으로 느껴지는 건지도 모르겠다. 작가, 화가가 유독 사랑한 도시들이 있다. 그 도시에서 그들의 숨결과 언어를 찾아 많은 사람들이 이리저리 흔적을 찾아다닌다.

헤밍웨이의 소설《노인과 바다》의 배경이 된 작은 어촌 코히마르를 방문했다. 헤밍웨이가 사랑한 바닷가 마을이다. 헤밍웨이의 발자취는 전 세계 곳곳에 남아 있지만, 쿠바에서의 헤밍웨이는 더 큰 의미를 부여한다. 아바나 외곽으로 조금 벗어나면 그가 21년간 머물던 집 핀카 비히아와《노인과 바다》의 배경지로 유명한 코히마르를 만날 수 있다. 헤밍웨이는 핀카 비히아에 살며 이곳에서 낚시를 즐겼다. 바닷가에 자리한 헤밍웨이의 작은 흉상을 볼 수 있는데, 그 앞에 앉아 사진을 찍고《노인과 바다》의 배경이 된 바다를 바라보았다.

쿠바 해안의 한 늙은 어부가 오랫동안 물고기를 잡지 못하다가 마침내 배보다 큰 물고기를 잡는다. 그러나 돌아오는 길에 상어 떼의 습격을 받아 항구에 돌아왔을 때 고기 머리와 뼈만 남아 있었다는 것이 줄거리인《노인과 바다》. 노인이 조각배를 타고 망망대해로 나가 던진 미끼를 180미터 심해에서 거대한 청새치가 물었을 때 노인은 결코 서두르지 않는다. 노인은 청새치와 밤낮을 넘나들며 승부를 벌이지만 결코 흥분하지 않는다. 그리고 스스로를 향해 "진정하고 힘을 내게, 이 늙은이야_{Be calm and strong, and old man}"
라고 외친다. 노인을 연기한 대배우 스펜서 트레이시의 모습이 머릿속에 강하게 남아 있는 영화이기도 하다.

영화 〈누구를 위하여 종은 울리나〉에서 마리아 역을 맡은 데버라 커가 조던 역을 맡은 게리 쿠퍼와 키스할 때 "키스할 때 코는 어디로 가죠? 그게 늘 궁금했어요" 하는 명대사가 있다. 무척이나 인상 깊은 장면이어서 이 이야기를 열 번도 넘게 했던 중학교 국어 선생님이 생각난다. 실제로 영화 〈누구를 위하여 종은 울리나〉에서 눈부시게 아름다웠던 데버라 커는 청순한 이미지로 많은 영화 팬에게 깊은 인상을 주었다.

헤밍웨이가 죽고 나서 그의 부인은 쿠바를 방문해 카스트로와 면담하고 그가 살던 집을 쿠바 정부에 기증해 기념관으로 만들도록 허락받았다고 한다. 지금은 넓은 숲속에 그가 살던 집과 생전에 사용하던 서재 등이 있는데 수많은 책과 여러 개의 방이 있다. 그가 아프리카에서 사냥했던 사슴, 버펄로, 곰 등 박제된 여러 동물도 볼 수 있었다. 그곳은 당시 일상의 모습을 간직한 채 시간이 박제되어 있었다.

산책로를 걸어 바깥으로 나가면 그가 낚시할 때 타던 배인 필라르_{Pilar}호를 볼 수 있다. 그의 아내 폴린의 별명에서 따온 이름이다.

헤밍웨이가 쿠바에서 문학적 영감을 얻었다면 카스트로는 헤밍웨이에게 혁명의 영감을 얻었다고 말한다. "나는 늘 혁명의 전선에서 헤밍웨이의 글을 기억했다.《누구를 위하여 종은 울리나》,《무기여 잘 있거라》는 픽션이 아니라 역사다. 나는 그에게서 역사를 배웠다." 헤밍웨이는 1930년대부터 1960년 쿠바 혁명으로 미국으로 추방될 때까지 쿠바에 거주하면서 노벨 문학상 수상 작품인《노인과 바다》를 비롯한《무기여 잘 있거라》,《누구를 위하여 종은 울리나》 등 불후의 명작을 발표했다. 헤밍웨이는 쿠바를 매우 사랑해서 죽는 날까지 쿠바를 그리워하면서 미국의 땅끝 마을 키웨스트에서 여생을 마쳤다.

쿠바의
예술가들
-

아르마스 광장을 나와 카피톨리오Capitolio를 향해 걷는다. 1929년 완공된 쿠바의 국회의사당이다. 의사당 앞 플라자 호텔과 잉글라테라 호텔에는 외국인 관광객용 택시가 줄지어 있다.

쿠바의 세계적인 무용가 알리시아 알론소Alicia Alonso의 이름을 딴 아바나 국립극장 알리시아 알론소가 국회의사당 옆에 있다. 극장에 들어가니 마침 극장을 돌아보는 5분 투어를 만날 수 있었다. 알론소는 중남미 출신으로는 유일하게 전 세계를 대표하는 최상급 발레리나이며 쿠바의 살아 있는 전설적인 프리마 발레리나다. 특히 그녀가 전성기에 선보인 〈지젤〉과 〈카르멘〉 무대는 전 세계의 찬사를 받았으며, 여전히 전설로 남아 있다. 라틴 음악과 정열적인 춤으로만 기억되는 쿠바에 이렇게 세계적인 클래식 발레의 대가가 있다니, 쿠바의 새로운 면을 보는 것 같았다.

▲ 이정표 왼쪽 뒤로 알리시아 알론소 극장이 보인다.

국립극장에서 나와 프라다 거리로 향했다. 프라다 거리는 쿠바의 샹젤리제다. 양쪽으로 거리의 화가들이 그린 그림이 서 있어 천천히 걸으며 그림을 감상했다.

체 게바라를 그린 그림이 있기에 사진을 찍었더니 주인이 사진을 찍으면 안 된다고 소리치며 달려온다. 쿠바에서는 화가들이 꽤 잘산다. 화가뿐 아니라 가수, 조각가 같은 예술가가 제일 잘산다. 나는 아바나의 특징을 잘 살린 그림 두 장을 샀다.

▲ 프라다 거리에 있는 체 게바라 그림

남편이 그토록 가고 싶어 하던 부에나비스타 소셜 클럽에 가서 공연을 보았다. 한때 부에나 비스타 소셜 클럽이라는 이름으로 명성을 얻던 가수와 연주자는 1960년대 후반 공산주의 혁명 후 제대로 된 대접을 받지 못하고 점차 사라져갔다. 그러나 1990년대 후반, 〈부에나 비스타 소셜 클럽〉이라는 다큐멘터리 영화와 음반으로 전 세계에서 재조명된 쿠바의 음악은 여전히 인기 관광 상품이다. 북한과 친밀한 공산주의 국가인데도 재즈와 낭만에 환상을 갖게 한 영화가 〈부에나 비스타 소셜 클럽〉이다. 관광객이 자주 들르는 오비스포 거리를 걷다 보면 부에나 비스타 소셜 클럽의 노래를 라이브 연주로 들을 수 있다.

▼ '부에나 비스타 소셜 클럽' 공연

쿠바에 오면 상상한 것이 라틴 춤, 그중에서도 가장 먼저 떠오르는 것이 탱고_{tango}다. 이별을 앞둔 듯 비장한 표정의 두 남녀가 서로 얼굴을 마주하지 않고 추는 2박자 춤곡 탱고는 '둘이 추는 춤이니 남자의 리드를 미리 느끼고 자신의 몸을 움직이는 그 순간을 포착하는 데 필요한 건 민첩함이 아닌 한 박자 기다릴 줄 아는 인내'라고 말한다. 우리가 탱고의 '순간의 정지'에 감탄하는 것은 힘의 절제와 균형 때문이다. 성격 급한 사람이 참지 못하고 먼저 중심을 이동해버리면 춤은 끝나는 것이다. 유독 탱고를 인생에 비유하는 것은 탱고든 인생이든 원하는 대로 되지 않아서가 아닐까?

그런데 쿠바를 여행하는 동안 탱고보다 살사를 더 많이 보았다.

세상 젊은이들의 로망, 체 게바라

-

아바나의 여행지는 크게 셋으로 나뉜다. 구도심 비에하, 센트럴 아바나, 그리고 신도시 격인 베다도_{Vedado}다. 신도시 베다도에 있는 혁명 광장_{Plaza de la Revolución}에는 8층 높이의 체 게바라 동상이 있다. 내무부 건물 외벽에 철근으로 형상화한 체 게바라의 거대한 얼굴, 아르헨티나 의사의 아들로 태어나 세상 모든 가난한 자들의 구원을 꿈꿨던 남자, 쿠바는 젊어서 죽어 영원히 늙지 않는 삶의 혁명가로 불리는 체 게바라를 팔아서 산다. 거의 모든 상품에 체 게바라가 있으니 말이다.

산타클라라Santa Clara는 쿠바섬 가운데 있는 작은 도시다. 1958년 12월 31일 혁명군의 마지막 전투가 벌어진 곳, 체 게바라가 이끄는 24명의 혁명군이 불도저로 정부군의 무장 열차를 습격하고 점령해 승리에 결정적 역할을 하게 된 곳이기도 하다. 39세의 젊은 나이에 볼리비아 산속에서 죽음을 맞지만 체 게바라의 유해는 사후 30년 만인 1997년 쿠바로 돌아왔고, 이곳 산타클라라에 묻혔다. 체 게바라 기념관에는 이 도시를 특별하게 만든 그의 모든 것이 전시되어 있다. 산타클라라는 피델 카스트로, 라울 카스트로를 만나 쿠바 혁명에 동참하고 혁명을 성공적으로 이끈 체 게바라의 도시로 불린다. 여전히 수많은 여행자들은 단 하나의 이유, 체 게바라를 만나러 산타클라라에 간다.

쿠바의 모든 것,
트리니다드

-

여행자가 쿠바에 기대하는 모든 것이 존재한다는 트리니다드는 도시 자체가 유네스코 세계문화유산으로 지정될 정도로 구석구석이 아름답다. 1514년에 건설된 유서 깊은 도시다. 마을 위쪽에서 바라보는 도시 정경과 멀리 펼쳐진 바다, 오른쪽으로 보이는 산지가 어우러지는 풍경을 연출한다. 대부분의 집이 트리니다드 근교에서 나는 붉은 점토로 만들어진 붉은 기와와 붉은 벽돌로 지어졌다. 그래서인지 위에서 보는 붉은 지붕의 물결 또한 아름다운 풍경에 한몫을 더했다.

대부분의 명소가 마요르 광장과 카리요 광장 주변에 자리 잡고 있다. 마요르 광장이라고 부르지만 아담하고 작은 공원이라고 하는 게 맞다. 특별할 게 없는 이 작은 공원이 여행자에게는 트리니다드 여행의 기준이 된다. 밤마다 축제가 벌어지는 음악의 집(카사 데 라 무시카)이 있어 즐겁다. 유유히 다니면서 구석구석을 돌아보노라면 가장 쿠바다운 풍경을 목격하게 된다. 수도 아바나 다음으로 관광객이 많이 찾는다고 하는데 근사한 레스토랑과 아기자기한 골목길, 아름다운 자연과 공원 등 매력이 넘쳐난다. 그렇게 한나절을 트리니다드에서 돌아다니다가 카리브해가 멋지게 펼쳐지

▲ 트리니나드

는 앙콘 비치로 향했다.

53년 만의 침묵을 깨고 미국과 쿠바가 국교 정상화 시대를 열었다. 카스트로 정권이 고민 끝에 열었다는 빗장은 쿠바 젊은이들에게 희망의 상징으로 보였다.

 오십부터 삶이 재미있어졌다

스마트폰도, 신용카드도 없고 뒤늦게 자본주의를 시작한, 아직은 오염되지 않은 나라, 쿠바!

언젠가는 자본주의 물결이 몰려 들어와 쿠바 특유의 고색창연한 멋이 사라질지도 모른다는 생각에 서둘러 여행을 온 것도 있었다.

무역인인 아버지를 따라 평양에서 7년간 살았다는 가이드 페트르시아는 한국말을 꽤 잘했는데, 북한식 억양이었다. 남편은 쿠바의 인건비가 베트남보다 훨씬 싸다는 것을 알고 미국으로 수출하는 공장을 쿠바에서 할 수 있을까, 하고 페트르시아에게 열심히 정보를 물어보고 메일 주소도 교환했는데 그녀는 그다지 관심을 보이지 않았다. 아직도 활짝 열리지 않은 쿠바의 정치, 경제 상황에 불편한 듯 보였다. 그녀는 요즘 쿠바는 가이드와 민박집 주인, 택시 기사가 돈을 가장 잘 번다고 귀띔해주었다. 문득 우리가 탄 차를 운전해주는 모세이스가 생각났다. 그는 언제나 지각을 했는데 늘 차가 고장 나서 고치고 오느라 늦었다고 말했다. 너무 더운 날씨에 차 에어컨은 걸핏하면 고장 나서 고생도 했지만 누군가 쿠바는 가난이 아름다운 나라라고 말했던 것이 기억났다.

나는 이제 빗장을 연 쿠바, 그 숱한 아이러니와 딜레마 속에서도 끓어오르는 희망을 보았다.

'비바 쿠바 리브레Viva, Cuba Libre! 자유 쿠바 만세!'

5장

세계적인 대문호들을 찾아서

러시아

도스토옙스키의 도시,
상트페테르부르크

-

상트페테르부르크 하면 나는 중고등학교 때 탐닉했던 러시아 문학을 떠올린다. 톨스토이의 《부활》, 《안나 카레리나》, 《전쟁과 평화》와 도스토옙스키의 《백치》, 《죄와 벌》, 《카라마조프가의 형제들》 등 당시 참 많은 러시아 소설을 읽었다. 너무 오래전 어린 나이에 읽어서 거기 담긴 뜻을 잘 이해하지 못했고, 줄거리조차 희미하지만 소설에 등장하는 도시 상트페테르부르크를 기억하게 되었다. 특히 《죄와 벌》에 묘사된 상트페테르부르크 시가지를 오랜 세월 머릿속에 그리고 있었는데 안타깝게도 소련이 붕괴된

1990년까지 러시아에 가볼 수 없었다.

나는 문학작품에서 상트페테르부르크를 접한 지 40년도 훨씬 지나 그곳에 가보게 되었다.

'시대가 읽는 문학이 있다. 20세기 초 한국을 휩쓴 러시아 문학 붐은 일본에서 건너왔지만 남의 이야기 같지 않다는 동질감은 식민지 현실에서 더 큰 반향을 일으켰다. 톨스토이의 카튜사가 유린당한 처녀들의 대명사이고 도스토옙스키의 소냐는 희생당한 처녀들의 또 다른 이름이며, 가난한 대학생 라스콜리니코프는 물질적, 정신적 고통에 시달리는 식민지 청년의 분신이었던 것이다.'

상트페테르부르크는 어렸을 적 가졌던 환상 그대로 큰 감동을 주었다. 러시아의 수준 높은 정신문화 유산을 연대기적으로 응축해놓은 상징적인 공간이라는 말처럼 상트페테르부르크는 도시 자체가 거대한 박물관이다. 성 베드로의 도시, 1703년 표트르 대제가 세운 상트페테르부르크는 '러시아의 정신적 삶의 위업'이라 한다. 아무것도 없는 발트해 어귀의 황량한 늪지에 건설된 이곳은 '정교적 러시아의 영혼과 유럽의 모더니티가 있는 이종 접합'의 계획도시다. 도시 전체가 유네스코 문화유산으로 지정된 상트페테르부르크의 네바강과 강을 건너는 다리가 500개가 넘는다고 한다. 강을 바라보며 18~19세기에 세운 나지막하고 고풍스러운 건물들 사이로 천천히 운하가 흐른다.

상트페테르부르크에서 도스토옙스키보다 푸시킨에 대해 더 많은 이야기를 듣게 되었고 러시아인 전체에게 사랑받는 작가라는 것을 알았다. 나에게는 어린 시절 열심히 외웠던 '삶이 그대를 속일지라도 슬퍼하거나 노하지 말라'는 시 정도로 기억되는 작가였는데 말이다.

그러나 러시아인을 러시아 사람답게 하는 슬라브인 정신세계의 중심에 푸시킨이 자리한다는 것과 러시아 문학의 태양으로 불리는 이 또한 푸시킨이라는 사실을 상트페테르부르크에서 알게 되었다. 그리고 러시아의 대문호 도스토옙스키와 톨스토이를 만나려면 먼저 푸시킨이라는 준령을 넘어야만 한다는 것을.

어린 나에게 무한한 영감을 주고 주인공들과 함께 고민하며 나를 성숙시켰던 문학과 함께 마음속에 자리 잡은 이 도시에서 보낸 3일은 너무도 짧았다. 《부활》의 네흘류도프, 《백치》의 미시킨 공작, 《죄와 벌》의 라스콜리니코프. 줄거리조차 희미하지만 예순을 넘기고도 소설 속 주인공들의 이름만은 뚜렷이 기억하고 있다. 중학교 때 《부활》을 읽고 감명받아 쓴 독후감으로 상을 받기도 했다.

톨스토이가 회심 후 쓴 《부활》은 기독교 윤리에 바탕을 둔 톨스토이즘이 가장 뚜렷하게 드러나는 작품이다. 그가 《부활》을 완성하기까지 10년이 걸렸다. 그 시간 동안 톨스토이는 두 남녀 주인공의 문제뿐 아니라 당대 러시아 사회가 안고 있는 문제까지 작품에 녹여내며 완성도를 높였다. 주인공 네흘류도프는 당대 대중에게 기독교 정신으로 각성할 것을 촉구한다. 그들의 고뇌를 통해 깊이 있는 내면의 정신세계를 알게 되었고 한층 성숙해졌다. 그 길고도 긴 책들을 다 읽었던 것을 보면 지금의 내 감성은 그때 읽은 책에서 영향을 받은 것이 아닌가 한다.

이 도시에는 도스토옙스키가 기거하며 글을 썼던 두 장소가 남아 있다. 《죄와 벌》의 주요 무대는 센나야 광장이다. 센나야의 좁은 골목에서 그는 3개의 방을 옮겨 다녔는데, 바로 《죄와 벌》을 썼고 그 무대가 되는 곳이다. 블라디미르스카야 지하철역 근처에는 그가 마지막으로 살았던 곳이 박물관 Dostoevsky Museum 형태로 공개되고 있다. 그는 여기에서 《카라마조프가의 형제들》을 썼다고 한다.
《카라마조프가의 형제들》에는 당시 러시아의 역사와 정치, 사회, 종교, 철학, 그리고 사람들의 내면이 세밀하게 묘사되어 있는데 인간과 종교에 대한 사상이 집약된 작품이라고 할 수 있다.
'도스토옙스키의 치열한 고뇌와 톨스토이의 정결한 경건에는 공통점이 있다. 두 작가는 물질적 풍요에 얽매이지 않는 삶의 양식을 탐구했다. 위대한 작가들은 우리 삶의 비열함에서 아름다움을, 천박함 속에서 고귀함을 찾아낼 줄 안다. 덕분에 문학작품의 주인공처럼 갈등과 혼란, 고통과 불행을 견디면서 꼬이고 뒤틀린 삶에서 기어이 영적 아름다움을 추구할 수 있다. 문학은 우리에게

타락한 세계에서도 이러한 추구가 가능함을 가르친다.'

상트페테르부르크가 아름답게 여겨지는 가장 큰 이유는 도시를 몇 개의 이너 서클로 나누어 작은 섬처럼 보이게 해, 이 도시를 북유럽의 베네치아라 불리게 만드는 300킬로미터의 수로와 800개의 다리 때문인 것 같다.

　이 도시에 이처럼 운하를 많이 뚫어놓은 것은 홍수 방지와 수상교통 때문이라고 한다. 네바강 유람선도 타보았다. 유람선을 타고 이 운하를 한 바퀴 돌면 상트페테르부르크의 주요 건축물을 멀리서나마 한눈에 볼 수 있는 장점이 있다. 네바강가에 들어선 오래된 건물들이 파노라마처럼 펼쳐진다. 네바강가에서 웅장한 황금돔이 빛나는 성 이삭 성당을 본 기억이 남아 있다. 네바강의 시원한 강바람을 맞으며 아름다운 풍광에 취해보는 시간이었다.

과거 러시아 황제들이 겨울에 머물던 '겨울 궁전'을 비롯한 성 이삭 성당, 페트로파블롭스크 요새, 러시아 역사와 문화의 산실인 넵스키 대로까지 과거 러시아의 수도였던 상트페테르부르크만의 독특한 매력을 보았다. 황금빛 돔 지붕이 있는 성 이삭 성당은 세계에서 세 번째로 큰 성당이라고 한다. 성당 내부는 다양한 대리석과 프레스코화, 화려한 스테인드글라스가 전시되어 있다. 내부의 웅장한 공간은 황금으로 장식된 천장, 벽의 무늬와 그 사이 그림들이 아름다움을 표현하고 있다.

　푸른빛이 감도는 마린스키 극장은 모스크바 볼쇼이 극장과 함께 러시아 최고의 발레, 오페라 공연 극장이다. 이곳은 1890년대에 프랑스 출신 안무가 마리우스 프티파가 작곡가 차이콥스키의 음악으로 만든 '백조의 호수'와 '잠자는 숲속의 미녀' 발레를 공연한 것으로 유명하다. 중학교 때 '비창', '백조의 호수' 등 차이콥스키의 음악을 들으며 러시아를 상상해왔다. 상트페테르부르크에서 '백조의 호수' 발레 공연을 볼 수 있어 어릴 적 상상력을 충족시키는 뜻깊은 시간이 되었다.

▼ 마린스키 극장

에르미타주에서 만난
돌아온 탕자

-

겨울 궁전으로 불리는 에르미타주에 갈 때 마음이 설레었다. 옛 러시아제국의 황제였던 예카테리나 2세는 미술품에 관심이 많은 수집가였는데, 에르미타주 박물관은 그녀의 미술품으로 1764년 개관했다. 에르미타주라는 이름은 은둔자를 뜻하는 고대 그리스어 '에르미타시'에서 따왔다고 한다. 처음에는 왕과 귀족 등 특권 계층만 들어갈 수 있었기 때문이다. 에르미타주 박물관이 일반 시민에게 공개된 것은 1852년부터다.

현재 300만 점이 넘는 작품을 소장한 에르미타주는 영국의 대영박물관, 프랑스의 루브르 박물관과 더불어 세계 3대 박물관으로 꼽힌다. 300만 점을 다 감상하는 것은 불가능하지만 에르미타주가 보유하고 있는 주옥같은 작품만 골라 하루 동안 볼 수 있었다.

에르미타주의 렘브란트 방에 가면 그의 탁월한 작품을 만나볼 수 있다. 그중 '돌아온 탕자'는 '전 세계 그림 가운데 도달할 수 없는 절정'이라는 찬사를 받는 작품이다. 이 그림은 렘브란트가 1667년 경, 죽기 2년 전에 완성한 작품이다.

작품의 주제는 신약성경 누가복음 15장에 기록된 '돌아온 탕자'에 대한 이야기다. 이보다 더 아버지의 사랑을 잘 표현한 이야기가 있을까? 여기서 아버지의 사랑은 기독교 하나님의 사랑을 나타낸다. 렘브란트는 기독교 교리의 핵심 이야기를 한 장의 화폭에 충실히 담아냈다.

▲ '돌아온 탕자'(그림)

작품은 성경에서처럼 세 명을 조명한다. 둘째 아들인 탕자와 아버지 그리고 첫째 아들이다. 한쪽 신발이 벗겨진 채 남루한 옷을 걸친 작은아들은 아버지 앞에 감히 얼굴을 들 수 없어 무릎을 꿇어 용서를 빌고 있다. 아버지는 작은아들의 양어깨에 가만히 손을 얹고 자애로운 표정으로 바라보고 있다. 그리고 맨 오른쪽에는 분노한 맏아들이 서서 이 상황을 무섭게 주시하고 있다. 명암법을 즐겨 쓰는 렘브란트는 주인공을 밝게 하고 배경과 주변 인물을 어둡게 함으로써 주제를 알기 쉽게 드러냈다.

신약성경 누가복음 15장 20절에 보면 '아직도 거리가 먼데 아버지가 그를 보고 측은히 여겨 달려가 목을 안고 입을 맞추니'라고 되어 있다. 나는 이 성경 구절에서 표현한 것처럼, 아직도 거리가 먼 곳이지만 아들이 돌아온다는 소식에 아들에게로 달려가는 역동적인 아버지의 모습을 상상하곤 했다. 그러나 렘브란트의 '돌아온 탕자'에 묘사된 것은 지난날의 고통과 슬픔으로 한쪽 눈이 거의 실명된 듯한 아버지의 인자한 모습이다.

한편 큰아들은 붉은 옷과 화려한 모자를 쓴 채 지팡이를 짚고 잔뜩 심통 난 표정을 하고 있다. 아버지에 대한 불만과 동생에 대한 질투가 그대로 묻어 있다. 어둡게 처리된 그의 얼굴에서 시샘, 원망, 분노가 엿보인다. 맏이가 두 손을 마주 잡고 있는데 한 손은 검게, 다른 손은 희게 표현되어 있다. 선과 악이 교차하는 복잡한 마음을 굳게 다문 입술에서 느낄 수 있었다. 그는 아버지의 말을 거역한 일도 없이 아버지 옆에서 평생 일하며 순종했는데, 아버지의 재산을 가지고 나가 탕진하고 온 동생을 환영하는 아버지 옆에서 분노와 질투로 이루 말할 수 없는 복잡한 심경이 된다. 만일 우리가 맏아들의 자리에 있었다면 같은 감정을 느끼지 않았을까?

세 명의 중심인물 외에도 '엿보는 자'들이 있다. 뒤에 어둡게 묘사된 사람들은 아버지의 모습과 대조되어 시기와 무정과 죄악을 상징한다. 이 또한 우리의 모습이기도 하다.

렘브란트는 '돌아온 탕자'에서 특유의 명암법을 사용해 하나님의 사랑과 인간 사이의 용서를 표현하고자 한 것이다.

단지 이 한 작품을 보기 위해 세계 각국에서 상트페테르부르크를 찾는 사람들도 많다고 한다. 나 또한 위대한 명화 앞에 오래 머물면서 큰 위로를 받았다. 죄 많은 둘째 아들과 같은 나를 끝까지 기다려주시는 아버지의 모습을 보았기 때문이다. 명화가 주는 감동은 사람을 치유하고 회복하게 한다.

상트페테르부르크는 음악가 쇼스타코비치의 도시이기도 하다. 이 도시에서 우리가 기억해야 할 것은 80여 년 전 이곳에서 있었던 비극이다. 제2차 세계대전이 한창이던 1941년, 독일 나치 군대가 러시아를 침공해 상트페테르부르크를 포위한 900여 일 동안 시민 약 100만 명이 기아와 질병으로 사망했다. 독일군은 직접적인 공격을 자제하면서 포위망을 강화해 레닌그라드 말려 죽이기에 돌입한다. 레닌그라드는 상트페테르부르크의 옛 이름이다.

레닌그라드에 소련 최고의 작곡가가 있었으니 바로 드미트리 쇼스타코비치(1906~1975)다. 그는 공습과 기아 속에서도 작곡을 계속했다. 그렇게 교향곡 제7번 '레닌그라드'가 탄생했다.

도저히 연주를 할 수 없는 상황이었지만 천신만고, 우여곡절 끝에 1942년 여름 이 도시에 쇼스타코비치의 '레닌그라드'가 울려 퍼진다. 굶어 죽어가면서도 러시아의 저항 정신과 상트페테르부르크에 대한 사랑을 보여준 교향곡 '레닌그라드'는 그들의 시든 영혼에 한 줄기 빛을 비추어주었다. 전선의 독일군도 들었다. 어느 독일 장교는 "죽음을 앞두고 교향곡을 연주하는 그들을 우리는 결코 이길 수 없다"라고 말했다고 한다. 쇼스타코비치의 교향곡이 제2차 세계대전을 승리로 이끌었다고 해도 과언이 아니다.

당시 러시아 주민들은 혹독한 굶주림 속에서도 도시를 지켜내고 살아남았다. 250만 명이었던 레닌그라드 인구는 독일군이 물러났을 때 57만 명으로 줄어 있었다.

3일 동안 상트페테르부르크에서 머문 짧은 일정으로 이 도시의 참맛을 느낀다는 것은 불가능한 일이다. 쇼스타코비치와 시민들이 펼친 900일의 저항 속에서 탄생한 이야기, 인간의 존엄성과 시민의 연대성이라는 최고의 정신 위에 세워진 위대한 문화의 도시 상트페테르부르크. 기회가 된다면 이 아름다운 도시에 다시 오리라는 다짐과 함께 여정을 마무리했다.

▶ 상트페테르부르크의
   페트로파블롭스크 요새

6장

인파가 운집한 곳에 흐르는

거대한 에너지

이탈리아

밀라노가 선사한 만찬

-

이탈리아 밀라노에 도착하니 날씨부터 프라하와는 다른, 강렬한
열기와 열정이 우리를 반겨주었다. 베로나로 가기 전 하루를 밀라
노에서 묵었다.

레오나르도 다빈치의 '최후의 만찬'을 보기 위해 롬바르디아 양
식의 아름다운 성당인 산타 마리아 델레 그라치에 성당을 다시 찾
았다. 1993년 밀라노에 처음 왔을 때 본 적이 있었지만 당시에는
복원하고 있었던 때라 철제물이 세워져 있었고 벽화가 많이 손상
되어 흐려져 있었다. 첨단 과학기술을 동원해 그림을 복원한 후에

는 처음 보는 것이었다.

기대하고 갔는데 예약을 하지 않아서 바로 입장할 수 없다는 얘기를 듣고 깜짝 놀랐다. 복원을 마친 2003년 이후부터는 사람의 입김만으로도 벽화가 손상되어 하루 1,000명의 관람객, 그것도 그룹은 15명으로 제한하고 적어도 2주일 전에 예약해야 한다는 사실을 서울을 떠나기 전 깜빡했던 것이다. 사정해봤지만 2주일 전에 예약하고 다시 오라는 전화번호가 적힌 쪽지를 받았을 뿐이었다. 실망한 채 입구에서 잠시 쉬고 있는데 한 여자가 우리 앞으로 오더니 티켓 두 장을 내밀며 필요하다면 팔겠다고 했다. 그것도 원래 티켓 가격 그대로. 아마도 취소된 티켓인 듯했는데 들여보내달라고 사정하는 남편을 본 것 같았다. 밀라노에 세 번 방문했는데 '최후의 만찬'을 한 번도 못 본 친구가 있었는데, 뜻밖에도 나는 두 번 다 볼 수 있는 행운을 누렸다.

'최후의 만찬'은 "너희 중에 한 사람이 나를 배반할 것이다"라는 예수님 말씀에 깜짝 놀라며 당황하는 제자들의 다양한 몸짓과 고통, 공포, 슬픔, 체념 등의 감정을 레오나르도 다빈치가 잘 포착해 훌륭하게 표현한 작품이다. 남편은 작품을 감상하며 이 벽화 하나만으로도 밀라노에 올 가치가 있다며 감동스러워했다. 벽화 속 제자들의 모습은 상당히 호들갑스러워 보이는데 그들의 반응까지 모두 알고 있을 그리스도의 무심한 모습과 강한 대조를 이룬다.

여러 제자 중 가장 눈에 띄는 인물은 예수 바로 왼쪽에 있는 요한과 유다다. '최후의 만찬'이라는 주제는 다빈치 이전에도 다른 화가들이 자주 다루었는데 예외 없이 가롯 유다만 식탁 건너편에 따로 있다. 그러나 다빈치는 가롯 유다까지 다른 제자들과 한 무리로 그려 넣었다. 배반에 초점을 맞춘 다른 작품들과 달리 조형성을 고려했다는 것이 미술사의 중평이지만 '다빈치는 누구나 언제든 예수를 팔아넘길 수 있다'는 메시지를 각인하려 했다는 어느 작가의 생각에 동의한다. 상심한 표정의 요한은 마치 여성처럼 그려졌다.

명화는 완벽하게 복원되었고 바닥을 높여 우리 눈높이에 맞추었기에 쾌적하게 감상했지만, 웬일인지 16년 전 목을 젖히고 흐려진 벽화를 볼 때의 감동과는 다르게 느껴졌다. 너무 완벽하게 복원해서일까? 복원에 회의적인 사람들은 현재의 작품을 레오나르도가 20퍼센트, 복원사들이 80퍼센트 그린 것이라고 평하기도 했다.

▼ '최후의 만찬'(그림)

박완서 작가는 산문집《못 가본 길이 더 아름답다》에 이런 이야기를 썼다.

'성경에서 가장 좋아하는 대목은 예수가 당시 사람들을 신분에 상관없이 당신 식탁에 초대했다는 기록이다. 예수님의 식탁에 초대받은 손님은 세리, 창녀로 당시의 계급사회에서는 최하층 불가촉천민이었다. 그들 죄인과 소외 계층은 예수님과 한 식탁에 앉아 동등한 대접을 받음으로써 위로와 용서의 은총을 받았을 것이다. 예수님이 죄인과 가난뱅이를 용서하고 위로하는 방법은 바로 식탁을 같이하는 것이었다.'

박완서 작가의 글대로 성경을 보면 예수님과 식탁은 매우 밀접한 관계가 있다. 예수님은 식탁의 교제를 통해 많은 사람을 위로하셨다. 예약을 하지 않았는데도 운 좋게 '최후의 만찬'을 감상할 수 있었기에 밀라노에서 보내는 하루는 큰 기쁨을 선사했다.

아레나 디 베로나 | Arena di Verona
-

오후 9시쯤 유럽의 여름 해가 늦게 기울기 시작하면 낮 동안 그렇게 이글거리던 아레나는 세계 각국에서 몰려온, 오페라를 사랑하는 수많은 사람으로 가득 메워진다.

베로나는 셰익스피어의 《로미오와 줄리엣》의 배경이 된 도시로 알려진 중세풍 소도시인데 여름 내내 사람들로 북새통을 이룬다. '아레나'라고 불리는 콜로세움 모양의 오래된 경기장을 무대로 활용해 오페라를 개최하기 때문이다.

'아레나 디 베로나' 오페라 축제는 6월 말에 시작해 9월 1일에 끝난다. 로마 시대의 야외 유적에서 초현대적으로 연출한 정상급 오페라를 만나는 황홀감은 누구에게나 잊을 수 없는 추억거리다. 나는 몇 년 전부터 베로나에서 열리는 오페라 페스티벌에 가고 싶어 계획을 세웠다. 기원후 1세기 로마의 콜로세움보다 40년 먼저 세워졌다고 하는 거대한 원형경기장 아레나, 살벌한 검투 시합이 벌어졌던 그곳에서 야외 오페라가 열리니 오페라 마니아들은 베로나로 밀려든다. 이 도시는 두 달 축제로 1년간 먹고사는데, 베네토 지방에서 가장 잘사는 도시가 되었다고 한다.

음악과 달과 별 그리고 한여름 밤의 온화한 바람에 실려 베르디의 음악은 꿈처럼 흐른다. 오페라의 대명사로 군림해오던 아레나 디 베로나 축제는 1913년에 시작한 이래 100년 넘게 이어온, 세계에서 가장 오래된 오페라 축제 중 하나다. 이제 이곳은 문화 현상과 꿈을 동시에 충족시키는 멋진 곳이 되었다.

오페라가 시작되기 전에 즐기는 저녁 식사와 아레나 앞 브라 광장에서 공연 직전 펼쳐지는 여유로운 풍경이 인상 깊었다. 아레나 디 베로나 오페라 축제는 마리아 칼라스를 비롯해 수많은 거장을 배출했으며, 성악가가 가장 서고 싶어 하는 무대이기도 하다. 요즈음 아레나가 거장의 공백기를 겪고 있다고 하지만 피아니시모도 2만 5,000명 관중을 수용하는 공연장 가장 끝에 앉은 사람에게까지 전달되는 완벽하게 아름답고 비밀스러운 음향효과는 그야말로 '브라보'였다. 오페라 〈아이다〉는 새벽 1시가 지나서야 끝났다. 수만 명의 인파가 공연이 끝난 뒤 질서 정연하게 돌아가는 모습 또한 장관을 이루었다.

인파가 운집한 곳에 흐르는 거대한 에너지! 그 에너지를 느끼고 즐긴 사람들은 다시 페스티벌을 찾을 수밖에 없다.

▼ 공연이 끝나고 극장을 나오는 사람들

7장

인생과 예술을 통한

치유의 삶

스페인

말라가에서 만난
피카소

-

내가 말라가에 가고 싶었던 가장 큰 이유는 피카소의 생가가 있
어서였다. 피카소의 작품은 세계 곳곳에서 볼 수 있지만 말라가는
피카소가 태어나 열 살까지 살았던 고향이라 의미가 있다고 생각
했다. 말라가는 페니키아인이 세운 작은 마을로 오랜 역사를 거치
는 동안 다양한 문화의 영향을 받은 덕택에 오늘날 로마와 이슬람
문화가 함께 남아 있는 곳이다. 말라가는 코스타 델 솔Costa del Sol의
중심지로 태양의 해변을 품은 아름다운 도시였고 피카소의 생가
말고도 많은 곳을 볼 수 있었다.

서울에서 모든 비행편을 예약했지만 말라가에서 발렌시아로 가는 비행 스케줄이 여의치 않아 현지에 와서 항공편을 예약하기로 했다. 도착하자마자 제일 먼저 말라가에서 가장 크다는 엘 코르테 잉글레스라는 백화점 5층에 있는 여행사를 찾았다. 발렌시아행 비행편을 예약하고 론다가 멀지 않은 곳에 있어 일일 버스 투어까지 예약했다. 여행사에서 나와 먼저 피카소의 생가를 찾았다. 피카소 생가에 가기 위해 우버 택시를 부르니 무려 15분 후에 도착한다는 안내가 나온다. 포르투갈에서는 우버 택시를 부르면 2~3분이면 어김없이 도착해서 이동하기 편리하고 가격도 저렴했는데, 스페인과 포르투갈의 경제적 차이인 것 같았다.

▼ 메르세드 광장에 놓인 피카소 동상

1881년생인 피카소가 열 살까지 살았던 집인 피카소 생가Casa Natal de Picasso 앞에는 메르세드 광장이 있다. 그가 어릴 적 주로 놀았던 추억의 장소로 벤치에 앉아 있는 피카소 동상이 있어 그 옆에 앉아 사진을 찍었다. 프랑수아즈 질로와의 사이에서 낳은 딸의 이름이 팔로마(비둘기)인 것도

이 광장에서 함께 놀았던 비둘기를 그리워해서였다고 하는데, 피카소가 비둘기를 특별히 사랑해서인지 그의 생가와 피카소 미술관에서 비둘기를 그린 그림들을 볼 수 있었다. 생가에는 그의 작품과 자료, 가족사진과 함께 그가 쓰던 가구와 물건 등을 전시하고 있었다. 거기에 눈에 띄는 사진과 글이 있었다. 피카소의 어머니가 피카소에게 했던 말이었다.

'나의 어머니는 "네가 만약 군인이라면 장군이 될 것이고 네가 성직자라면 교황이 될 것이다"라고 말씀하셨다. 그러나 나는 화가였고 피카소가 되었다'라는 글이었다. 이 글을 읽으면서 마음에 울림이 있었고, 짧은 글이지만 그 어떤 것보다 피카소의 정체성에

▼ 피카소의 어머니가 피카소에게 한 말

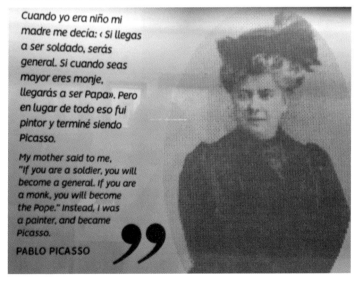

Cuando yo era niño mi madre me decía: ‹ Si llegas a ser soldado, serás general. Si cuando seas mayor eres monje, llegarás a ser Papa». Pero en lugar de todo eso fui pintor y terminé siendo Picasso.

My mother said to me, "If you are a soldier, you will become a general. If you are a monk, you will become the Pope." Instead, i was a painter, and became Picasso.

PABLO PICASSO

대해 더 잘 알게 되었다.

말라가 구시가 중심인 카테드랄은 르네상스 양식과 바로크 양식이 혼합된 형태를 띠고 있는데 모두 17개의 예배당이 있고, 18세기 바로크 양식의 화려한 파이프오르간을 볼 수 있었다. 많은 성화 중 눈에 띄는 그림이 있었다. 성경에 '그 동네에 죄를 지은 한 여자가 있어 예수께서 바리새인의 집에 앉아 계심을 알고 향유 담은 옥합을 가지고 와서 예수의 뒤로 그 발 곁에 서서 울며 눈물로 그 발을 적시고 자기 머리털로 닦고 그 발에 입 맞추고 향유를 부으니'라고 되어 있다. 이 그림은 누가복음 7장 37~38절을 토대로 그린 것처럼 보였다.

예수를 청한 바리새인 시몬이 보고 '이 사람이 만일 선지자라면 자기를 만지는 이 여자가 누구며 어떠한 자 곧 죄인임을 알았으리라'라고 생각하니 그의 생각을 알아차린 예수께서 시몬에게 "그의 많은 죄가 사하여졌도다. 이는 그의 사랑함이 많음이라 사함을 받은 일이 적은 자는 적게 사랑하느니라" 하고 말씀하신다.

바리새인들이 왜 비싼 향유를 허비하느냐고 책망하고 향유 옥합을 깨뜨린 행위에 집중하지만 예수님은 발 앞에 엎드려 울면서 눈물로 그 발을 적시고 자기 머리카락으로 닦고 그 발에 입을 맞추고 향유를 바른 여인의 사랑에 집중하신다. 용서를 받았기에 사랑하는 것이 아니라 그녀가 많이 사랑했기에 용서받은 것이다. 나도 주님을 사랑한다면 어떤 옥합을 깨뜨려야 하는지 생각하는 시간이었다.

▲ '옥합을 깨뜨린 여인'(그림)

다음 날 아침 피카소 미술관으로 향했다. 아침 일찍부터 많은 사람이 입장하기 위해 줄을 서 있었다. 피카소 미술관은 16세기 르네상스 양식과 무데하르 양식이 혼합된 부에나비스타 궁전에 자리한다. 미술관에 전시된 작품은 대부분 피카소의 아들 파울로의 부인과 피카소의 손자 베르나르도 루이스 피카소가 기증한 것이라고 한다. 쾌적하고 조용한 분위기에서 작품을 감상할 수 있는데 피카소의 첫 번째 부인 '만티야를 걸친 올가'와 그녀와의 사이에서 태어난 아들 '흰 모자의 파울로'가 눈에 띄었다.

피카소 미술관 근처 골목 안에는 멋진 레스토랑이 많이 몰려 있다. 그곳에서 점심 식사를 하는데 옆자리에 잘생긴 청년 두 명이 나란히 앉아 있는 것을 보았다. 남자들이 나란히 앉아 있는 게 이상해서 남편에게 "저 사람들은 동성애자인 것 같아"라고 했더니 "뭘 그럴까?" 하는 시큰둥한 반응을 보였다. 주문한 음식이 나오자 둘은 맥주잔을 부딪치더니 명랑한 분위기로 입맞춤을 하는 게 아닌가? 요즘 동성애자가 그렇게 대수로울 것이 있느냐고 하지만 직접 눈앞에서 보니 다소 충격을 받았다. 밤도 아니고 사람이 없는 곳도 아닌, 햇볕이 강렬한 대낮에 사람이 가득 찬 식당에서 거리낌 없이 다정하고 자연스럽게 행동할 수 있다는 것이 말이다.

말라가에서 일일 투어로 론다에 다녀왔다. 과달레빈강이 만든 타호 협곡 위에 조성된 이 도시는 험준한 자연과 인간이 만들어낸 문명이 멋진 하모니를 이룬다. 아찔한 계곡, 신시가와 구시가를 잇는 누에보 다리는 스페인의 숨은 비경이다. 미국의 문호 헤밍웨이가 론다의 풍경에 반해 집필 생활을 한 곳이기도 하고, 근대 투우의 창시자 프란시스코 로메로의 고향이자 스페인에서 가장 오래된 투우장도 이곳에 있다. 관광을 마치고 점심 식사를 한 곳이 참 마음에 들었다. 그날 매니저가 강력 추천해준 싱싱한 토마토 샐러드와 새우 요리는 최고였다. 식당 입구에 그들이 직접 재배한다는 토마토와 샐러드 소스를 전시한 것을 볼 수 있었는데 그렇게 큰 토마토는 처음 보았다. 지금도 론다의 그 식당이 잊히지 않는다.

▲ 론다 계곡

말라가에서 발렌시아에 가려고 보딩하려는 순간 분위기가 이상했다. 결국 발렌시아행 비행기가 취소되었다는 이야기를 들었다. 탑승객이 많지 않아 소란스럽지 않았지만 이상하게도 불평하는 사람도 그다지 없었다. 다시 수속을 하고 나와 다음 날 아침 7시 발렌시아로 출발한다는 것과 택시로 하루 묵을 호텔로 가야 한다는 것을 안내받았다. 남편은 그렇게 많이 해외 출장을 다녀도 비행기가 취소되는 경험은 처음이라고 하는데, 어쨌든 그런 일이 종종 있는지 이베리아항공 측이 신속하게 일을 처리해 큰 불편은 없었다. 늦은 밤 비행기였고 다음 날 아침 일찍 다시 가는 것이라 일정상 큰 변동은 없었다. 무엇보다 그들이 마련해준 호텔이 해변 바로 앞에 있는 최고급 호텔이었기에 피로를 풀 수 있었다. 덕분에 말라가 일정이 짧아 해변에 가보지 못했는데 바닷가 근처 멋진 카페에서 말라가의 마지막 밤을 보낼 수 있었다.

발렌시아

-

온화한 지중해성기후, 향긋한 오렌지, 기름진 쌀. 모두 동부 발렌시아를 이야기할 때 빼놓지 않는 수식어다. 스페인의 대표적인 먹거리인 파에야와 오렌지가 가득하기 때문이란다. 발렌시아의 대성당 보물실에는 예수가 최후의 만찬 자리에서 사용했다는 성배가 보관되어 있다고 해서 줄이 길게 서 있었다. 성배는 화려한 유리 상자에 보관해 전시하고 있었다. 최후의 만찬에서 예수님의 식탁은 새로운 언약의 자리였다. 식탁 위에서 새로운 언약을 세우고 다음 날 피 흘림이 무엇을 의미하는지 말씀하신 자리다.

발렌시아 국립 도자기 박물관의 건물은 특별히 아름다웠다. 화려하고 우아한 바로크, 로코코 양식의 도스 아과스 후작의 저택을 개조해 도자기 박물관으로 문을 열었다고 한다. 저녁에는 파에야의 본고장 발렌시아에서 여러 종류의 파에야를 제대로 먹어보았다. 발렌시아의 또 다른 특산물 오렌지 주스와 함께 많은 사람이 즐기고 있었다. 옆자리에 아이 둘을 데리고 식사하는 부부는 인도

▼ 국립 도자기 박물관 입구

출신이라면서 현재는 영국에서 변호사로 일하는데 여름휴가차 스페인의 여러 지역을 여행 중이라고 했다.

이번 포르투갈, 스페인 여행에서 하나도 아닌 두 아이를 데리고 여행하는 젊은 부부를 많이 보았다. 아이들을 데리고 여행하는 것이 어쩌면 불편할 수도 있는데, 그들은 그렇게 보이지 않았다. 요즘 대한민국은 저출산으로 고민 중인데 유럽에서 이렇게 많은 사람들이 아이들을 데리고 여행하는 것이 부럽기도 했다. 주문받는 종업원은 우리가 서울에서 온 것을 알고 한국 이민호 배우를 너무 좋아한다고 했다. 그녀의 얼굴이 너무 행복해 보여서 이민호 배우의 인기와 한류의 대단함을 실감했다.

파에야가 맛있기도 하고 조리법이 비교적 간단한 것 같아 발렌시아 공항에서 예쁘게 포장한 파에야 냄비를 샀다. 서울에 가면 가족 모임 때 만들어보겠다고 생각했는데 냄비를 아직 한 번도 쓰지 못하고 부엌에 걸어놓았다.

빌바오의
구겐하임
-

발렌시아에서 비행기로 이번 여행의 마지막 도시인 빌바오에 도착했다. 빌바오의 상징이자 여행자들의 필수 방문지인 구겐하임 미술관. 20세기 초 미국의 광산 재벌 솔로몬 R. 구겐하임은 미술품을 수집하면서 1937년 뉴욕에 구겐하임 미술관을 설립했다. 그후 베를린과 베네치아, 그리고 1997년 빌바오에도 구겐하임 미술관이 설립되었다.

나도 빌바오 구겐하임 미술관을 보기 위해 바스크 지방에 있는 빌바오로 갔다. 화려한 구겐하임 미술관이 도시의 품격을 높여준다면, 다리 건너편에 있는 18세기 건축물이 지난 세월을 이야기해주었다.

빌바오 구겐하임 미술관은 건축계의 노벨상이라 불리는 프리츠커상을 받은 미국의 건축가 프랑크 게리가 설계했다. 미술관은 바

▼ 빌바오 구겐하임 미술관 전경

스크 지방 정부와 민간 조직이 협업한 도시 재생 프로그램을 통해 건립되었다. 그 결과 빌바오는 가난한 항만도시에서 스페인의 가장 인기 있는 문화 여행지 중 한 곳이 되었고, 쇠퇴한 공업 도시를 되살릴 도시 재생 사업의 일환으로 시행한 프로젝트가 막대한 경제 효과를 불러오면서 '빌바오 효과'라는 용어가 생겼다. 정형화되지 않은 곡면을 겹겹이 쌓은 듯한 형태와 석회석, 티타늄 유리를 조합해 만든 물고기 비늘 같은 신비로운 질감이 특징이다.

네르비온강에 거대한 배 한 척이 떠 있는 듯한 모습의 이 건물은 1997년 세상에 공개되었다. 예전 도시가 전성기를 누리던 시기, 항구가 있던 자리에 위치한 미술관은 새롭게 닻을 내린 희망의 배를 상징한다. 건물 자체가 하나의 위대한 조형물인데 독특하고 혁신적인 디자인으로 현대 건축에서 가장 각광받는 작품 중 하나가 되었다.

"인간은 건물을 만들어내지만 그 이후에는 건물이 인간을 만든다." 윈스턴 처칠의 명언이다. 철강 산업의 중심지라는 지역적 특징을 예술적 아름다움으로 변화시킨 빌바오 구겐하임 미술관은 전 세계 사람들의 발걸음을 모으고 있다.

미술관 정문 입구에는 구겐하임을 대표하는 아이콘으로 생동감 넘치는 작품, 미국의 대표적인 전위예술가 제프 쿤스의 '퍼피 Puppy'가 있다. 높이 13미터로 2만 개의 화분으로 이루어졌는데 시기마다 화분을 교체해 퍼피가 새로운 옷을 입는다. 형형색색의 생화로 뒤덮인 거대한 강아지는 제프 쿤스가 1992년 행복을 주제로 제작한 것이다.

강을 따라 산책하면서 유명 작가들의 야외 조형물을 감상할 수 있어 특별한 즐거움을 준다. 미술관 뒤쪽 루이스 부르주아의 거미 형상 조형물인 '마망Maman'은 작가가 어머니를 생각하며 구상한 것이다. 한때 삼성 리움 미술관에 전시하기도 했던 이 작품은 빌바오를 비롯해 런던, 오타와, 도쿄 등 세계 여러 도시를 순회하며 존재감을 드러냈다. 알을 품은 어미 거미를 통해 모성애를 표현한 작품이다.

눈이 많이 오는 일본 홋카이도 출신의 예술가 후지코 나카야의 작품도 눈길을 끌었다. '안개의 조각'은 오브제 형태가 아니라 매시 정각에 안개가 분무되는 작품인데, 구겐하임 미술관 건물과 어우러져 깊은 인상을 주었다.

바깥에 있는 작품을 돌아보고 미술관 안으로 들어가니 마침 구사마 야요이 특별전이 열리고 있었다. 예술이 지닌 치유의 능력으로 세계적인 작가로 우뚝 선 사람이 바로 현대미술의 거장 구사마 야요이다. 그녀는 어린 시절의 상처와 아픔을 자신만의 예술 언어로 표현해 치유하고 독자적인 예술 영역을 구축하며 최고의 작가 반열에 올랐다.

그녀는 "어릴 적 시작된 장애를 치료하기 위해 계속 그림을 그렸다"라고 밝혔다.

구사마 야요이는 집착이 강한 어머니와 방탕한 아버지 사이에서 암울한 어린 시절을 보냈고, 어릴 때 겪었던 학대로 신경 강박증, 정신 착란과 분열, 환각증, 편집증 등 여러 정신 질환을 겪었다. 환청에서 시작된 정신 분열 증상은 결국 환영으로 나타났고 어느 날부터 온통 동그란 물방울이 둥둥 떠다니는 것을 경험한 그녀는 열 살 때부터 그 모습을 그리기 시작했다. '땡땡이 호박'으로 널리 알려진 구사마 야요이의 작품은 우리에게 무척 익숙하다. 그녀는 "나에게 점무늬는 삶을 빛나게 하는 중요한 의미"라고 말했다. 또 "나는 예술가가 되고자 한 것은 아니었다. 벽면을 타고 끊임없이 증식해가는 하얀 좁쌀 같은 것들을 벽에서 끄집어내 스케치북에 옮겨 확인하고 싶었다"라고도 했다.

나는 구사마 야요이의 호박 그림을 그다지 좋아하지 않았다. 그러나 어린 시절의 상처와 아픔을 자신만의 예술 언어로 표현하며 독자적인 예술 영역을 구축한 거장의 인생과 예술을 통한 치유의 삶은 큰 울림으로 다가왔다. 어린 시절의 상처와 아픔을 어떻게 이렇게 훌륭히 극복하고 치유할 수 있었을까?

빌바오 구겐하임 미술관의 대표 작품으로 리처드 세라의 '시간의 문제'와 제니 홀저의 '빌바오를 위한 설치 작품'이 있다. '시간의 문제'는 우뚝 솟은 철판을 유동적으로 구부려서 미로 같은 구조를 만들어 관람객이 작품과 주변 환경에 몰입할 수 있도록 유도하는 것이 특징이다. 더 넓은 공간에서 안으로 들어가던 기억이 남아 있는 작품이다.

제프 쿤스의 또 다른 작품 '튤립'도 주목받는 작품이다. 어릴 적 생일 잔치 같은 즐거운 추억을 상기시키는 시리즈 '셀레브레이션 Celebration ' 연작이다. 어릴 적 행복했던 추억은 평생을 통해 긍정의 힘으로 작용한다.

▲ 제프 쿤스의 '튤립'

내 생일인 7월 4일은 미국 독립 기념일이어서 어릴 내 생일만 되면 미군 부대에서 하는 불꽃놀이를 많이 보았다. 그 기억으로 나는 생일날이 되면 축제 같은 기분이 들곤 했다. 풍선으로 만든 튤립을 형상화한 이 작품은 다양한 색상으로 코팅된 크롬, 스테인리스 스틸로 제작했다. 앤디 워홀, 로이 릭턴스타인 등 팝아트 작품을 비롯한 현대미술 작품과 다양한 특별전이 열리는 구겐하임 미술관의 수많은 작품을 감상하느라 오랫동안 미술관에 머물렀다.

빌바오 미술관도 스페인 회화에 관심이 있다면 꼭 들러야 할 곳이다. 구관, 신관으로 나뉘어 있는데 구관에는 로마네스크 벽화를 비롯해 엘 그레코, 리베라 등의 스페인 고전 회화 작품이, 신관에는 스페인 현대미술 작품이 전시되어 있다. 내가 빌바오 미술관에서 특별하게 느낀 작품은 구약성경에 나오는 롯과 그의 두 딸의 이야기에 대한 그림이다.

아주 오래전 어느 목사님께서 창세기를 강의하면서 창세기 19장 30~38절은 정말 언급하기 싫다는 말씀을 한 적이 있다. 그 말씀을 들으며 '소돔과 고모라 이후 남자가 없어 아버지께 술을 먹여 후손을 잇자는 두 딸의 이야기를 기록한 하나님의 뜻은 무엇일까?' 하고 생각했던 것이 기억난다. 그 장면을 그려놓은 작품 앞에서 성경의 이런 주제로도 그린 작품이 있구나, 하는 생각을 했다. 작가의 그림 설명이 스페인어로만 되어 있어 아쉬웠다.

저녁에 구시가지로 갔다. 누에바 광장은 빌바오 대표 광장이다.

▲ 오라치오 젠텔레스키의 '롯과 그의 딸들'(그림)

주변에는 역사적인 건물이 있고 다양한 이벤트와 공연, 축제 등이 열려 현지 문화와 활기찬 분위기를 느낄 수 있다고 한다. 저녁 무렵에 도착하니 수많은 관광객이 광장의 레스토랑, 카페에서 식사하며 앉아 있었다. 광장 근처에 있는 팔마라는 식당에서 맛있는 스페인 요리를 맛볼 수 있었다. 이 식당의 음식이 너무 맛있고 독특해서 빌바오에 이틀 머무는 동안 저녁 식사를 이곳에서 두 번 다 하게 되었다. 특히 페퍼로니 피자에 있는 소시지 같은 느낌의 얇게 저민 문어는 특별하고 맛도 압권이었다.

2부

드넓은
미지의 세계를
목격하며

1장

신비롭고 몽환적인 나라

튀르키예

《아라비안나이트》의 본고장,
몽환적인 이스탄불

-

초등학교 때 《아라비안나이트》를 재미있게 읽었다. 셰에라자드
가 샤리아르 왕에게 1001일 동안 들려주는 《아라비안나이트》에
는 〈알라딘〉, 〈알리바마와 40인의 도둑〉, 〈신드바드의 모험〉 등
흥미진진한 모험과 아름다운 사랑 이야기가 담겨 있다.

유럽과 아시아에 걸쳐 있는 튀르키예는 《아라비안나이트》의 본
고장으로 비잔틴제국의 문명과 술탄의 영광이 남아 있다. 동로마
제국을 멸망시킨 오스만제국의 왕, 메흐메트 2세는 콘스탄티노플

을 함락한 뒤 제일 먼저 성 소피아 성당으로 갔다고 한다.

이스탄불 구도심 한복판에 있는 성 소피아 성당은 1,500년 전 동로마제국 전성기에 성당으로 건축되었고 비잔틴 양식의 걸작으로 평가받는다. 당시 성 소피아 성당은 기독교의 상징이었다. 그러나 메흐메트 2세는 너무나 아름다운 성 소피아 성당을 차마 파괴하지 못하고 이슬람 사원으로 바꾸어놓았다. 그래서 이 건축물에는 중세 기독교와 근대 이슬람 양식이 오묘하게 공존하고 있다. 불에 타서 다시 짓고, 무너져서 다시 짓는 우여곡절을 겪은 성 소피아 성당은 지금은 모든 사람이 자유롭게 볼 수 있는 박물관이 되었다. 1층 입구에 들어서면 거대한 공간에 기독교와 이슬람 문화의 다양한 유산이 자리 잡고 있는데 천장과 2층의 모자이크 벽화, 거대한 아랍어 캘리그래피 원판 등 동서양 기독교와 이슬람 문화가 공존한다.

▼ 성 소피아 성당

블루 모스크는 성 소피아 성당과 대치하듯 바로 앞에 있다. 블루 모스크는 오스만제국의 자존심으로 성 소피아 성당을 능가하겠다는 일념으로 건축되었다고 한다. 정확한 비례에 따른 6개 첨탑이 인상적인 돔과 조화를 이루는데, 술탄이 첨탑을 금(알튼)으로 만들라고 명령했다. 그런데 여섯(알트)으로 잘못 알아듣고 지었다는 설이 있다.

이스탄불의 밤은 몽환적이다. 곳곳의 수많은 모스크에서 구슬픈 곡소리 같은 아잔이 흘러나오면 이스탄불은 영성의 도시가 된다. 밤이 되면 두 사원 주변에 흩어져 있는 카페에 관광객들이 차를 마시며 이스탄불의 매력을 만끽한다. 우리가 차를 마신 카페에는 세마젠(수도승)이 신비한 세마(소용돌이) 춤을 추고 있었다. 이 춤은 메블라나의 사상에서 온 것으로, 정통 이슬람 사상과 다르지만 튀르키예인은 이 사상에 깊은 애착을 지니고 있다. 메블라나 세마 의식은 신과의 소통을 목적으로 하는 이슬람 신비주의 종파인 수피즘의 의식이라는데, 끊임없이 회전하며 물아일체의 경지에 이르고 자연스럽게 신과 일치하고 소통하는 춤이라고 한다.

이스탄불이 매력적인 이유는 끝없는 다양성 때문이 아닐까 생각한다. 유럽과 아시아, 고대와 현대, 기독교와 이슬람교를 융합한 종교와 동서 문화의 혼합은 여행자에게 무한한 볼거리를 제공한다. 메소포타미아와 오리엔트문명이 이곳에서 잉태되었고, 로마 비잔틴, 이슬람 등 인류 역사를 엮어나간 수많은 문명이 이곳에서 명멸했기 때문이다. 철학을 전공하고 영국에서 미학을 공부한 후 다시 신학을 전공했다는 가이드가 쏟아내는 역사와 종교 이야기는 여행에 즐거움과 풍성함을 더해주었다. 단순한 지식 전달이 아니라 확실한 자기 관점을 가지고 우리의 상상력을 자극하는 훌륭한 안내자였다고나 할까?

한 팔로는 아시아를, 다른 팔로는 유럽을 안고 있는 이스탄불은 도시 중심에 흑해와 마르마라해, 그리고 골든 혼으로 흐르는 보스포루스해협이 있다. 오스만튀르크제국의 영광을 보여주는 톱카프Topkapi 궁전과 19세기 중엽에 세운 돌마바흐체Dolmabahce 궁전은 보스포루스해협의 유럽 측 해안을 따라 해협 정면에 서 있어 바다와 어우러진 풍광이 참으로 아름답다. 궁전 안에는 각 나라에서 보내온 아름답고 진귀한 그림, 카펫, 시계 컬렉션이 진열되어 있었는데, 그중 빅토리아 여왕이 보내온 아름다운 피아노가 시선을 사로잡았다. 여왕은 이 궁전을 지은 압둘메지트 왕의 잘생긴 동생 압뒬아지즈와 염문설이 있었다고 한다. 이 궁전은 왕이 공식적인 일을 보는 셀람리크(남성들의 구역) 구역과 왕의 여자들(술탄의 후궁)이 묵었다는 하렘 지역으로 나뉘어 있었다. 튀르키예 건국의 아버지 무스타파 아타튀르크(케말 파샤)의 침대 옆에 있는 시계는 그가 서거한 시간인 9시 5분에 맞추어져 있었다.

실제로 가본 이스탄불은 《아라비안나이트》처럼 오래된 이야기가 농축된 듯 신비한 매력을 자아냈다. 《아라비안나이트》는 유럽 문학에 큰 영향을 미쳤고 많은 서양 사람들이 《아라비안나이트》를 통해 동양을 접했다. 《아라비안나이트》 속 이야기는 동양과 서양이 공존하는 이스탄불의 다양성과 맞물려 흥미를 자아낸다.

좋은 말들의 땅, 카파도키아

-

깊은 인상을 준 아나톨리아 지역의 카파도키아_{Cappadocia}는 인간의 상상력을 훨씬 뛰어넘는 광대하고 비범한 자연의 경이로움을 보여준다.

각종 기기묘묘한 바위들이 장관을 이루어 마치 달나라에 온 듯한 느낌을 주는 이 지형은 인간의 상상력으로는 도저히 이해하기 어려운 볼거리를 제공한다.

카파도키아는 '좋은 말들의 땅'이라는 뜻인데 성경적으로는 길리기아와 소아시아를 연결하는 지역이다. 카파도키아는 매우 중요한 전략적 요충지로 실크로드 등 중요한 무역 루트가 동서남북 사방에서 이곳을 지나갔다. 이처럼 왕래가 많은 탓에 역사와 문화의 복합체이기도 하고 말을 갈아타기도 하는, 서로 다른 신앙과 문화가 만나 영향을 주고받는 지역이었다.

우리 일행은 카파도키아에서 열기구를 타고 비행하며 푸른 하늘 위에서 자연의 경이를 발견하는 색다른 경험을 했다. 수많은 막대 사탕 같은 열기구들이 하늘 위에 떠 있었다. 발아래 대지는 불가사의하고 예술적이면서 웅장한 피라미드와 교회, 원뿔 또는 버섯이나 모자 모양의 분화구가 끝없이 펼쳐진 물결 모양을 이루고 있었다. 이 기암괴석의 위대한 향연은 300만 년에 걸친 화산활동과 비바람의 손길로 이루어진 자연의 걸작이다. 이곳의 버섯 바위들은 겉으로 보기에는 단단하지만 자세히 보면 구멍이 숭숭 뚫려 있는데, 이 구멍들은 인간이 바위 안에서 살았던 흔적이라고 한다.

◀ 버섯 모양의 분화구로
만들어진 기암괴석

기독교 신앙을 지키려고 로마의 박해를 피해 카파도키아 동굴로 숨어 들어온 기독교인들은 암벽에 벽화를 그리고 수도원을 만들어 공동생활을 했다. 암벽에 그려진 프레스코화를 볼 수 있었는데 촬영을 금지해 사진을 찍지 못해 아쉬웠다. 괴레메 계곡에는 60여 개의 교회가 있다고 한다.

열기구 탑승 정원이 15명이라 우리와 함께했던 샌프란시스코에서 왔다는 중년 남자 4명은 오랜 세월 풍화작용으로 생겨난 기이한 돌 계곡을 바라보며 그랜드캐니언보다 훨씬 경이롭고 아름답다고 감탄사를 연발했다. 사람이 가장 경외심을 느낄 때가 대자연을 볼 때라고 한다. 카파도키아에서 풍선 비행을 하며 바라본 세계는 자연에 대한 경외심과 하나님이 창조한 대자연의 위대함을 다시 한번 느끼게 되었다.

한 시간 30분 동안 투어를 마치고 열기구가 땅 위에 안전하게 내려오니 푸른 잔디 위 하얀 테이블보가 덮인 테이블에 샴페인이 준비되어 있었다. 우리는 '아나톨리안 벌룬스Anatolian Balloons'라는 타이틀의 비행 자격증을 받고 샴페인을 즐겼다.

걸으면 해결된다

－

우리는 토로스산맥을 넘어 코니아로 향했다. 사도바울이 1차 전도 여행 때 이 산을 걸어서 넘어가는 장면을 상상하면서 그의 여정을 따라가는 길은 가슴을 설레게 했다. 바울의 고향은 토로스산맥 근처인 다소(타르수스)였다. 토로스산은 온통 돌산이었다. 오래전 다듬어지지 않은 돌산을 바울과 그 일행은 어떤 마음으로 오르내렸을까? 리무진 버스를 타고 산을 넘고 있는 우리가 상상할 수는 없지만, '토로스산맥을 넘어 안디옥으로 가니 바울의 설교를 들은 많은 이방인과 유대인이 감동받아 회심하게 되었다'는 말씀을 떠올려보았다.

'솔비투르 암불란도Solvitur Ambulando'는 '걸으면 해결된다'라는 라틴어 경구다. 걷기는 초대교회 모습을 닮았다. 길 위의 사도였던 바울은 복음을 접하지 못한 세계인에게 예수님의 가르침을 전하기 위해 걷고 또 걸었다. 세 차례에 걸친 전도 여행을 통해 튀르키예를 비롯한 소아시아 전역에 교회를 세운다. 성서학자들은 바울이 20여 년간 2만 킬로미터 이상 걸었을 것이라고 추정한다.

사도행전 13장 13절에 '바울과 및 동행하는 사람들이 바보에서 배를 타고 밤빌리아에 있는 버가에 이르니 요한은 그들에게서 떠나 예루살렘으로 돌아가고'라고 되어 있다.

마가라고 불리는 요한은 바나바의 생질이었다. 안디옥 교회가 바울과 바나바를 중심으로 제1차 선교 팀을 파송할 때 외삼촌 바나바가 함께 데리고 간 것이다. 그러나 요한은 힘든 사역을 참지 못하고 중간에 도망가버렸다. 토로스를 넘어가는 전도의 길이 험하고 사역이 힘들어 돌아갔을 것이라는 일설이 있다. 바울은 밤빌리아에서 돌아간 요한을 신뢰하지 않게 되고 제2차 선교에서 그를 제외했다. 이 때문에 요한과 함께 사역을 하고 싶어 하는 바나바와 헤어지는 요인이 된다(행 15장 37~39). 그러나 나중에 마가는 바울에게 유익한 동업자가 되고 복음서 마가복음의 저자가 된다.

튀르키예의 아름다운 휴양지 안탈리아Antalya에서 약 40킬로미터 떨어진 곳에 로마식 극장 가운데 원형을 가장 잘 보존하고 있다는 아스펜도스Aspendos가 있다. 지금도 오페라극장으로 쓰이는 이곳은 약 1만 5,000명을 수용할 수 있으며 음향효과가 여전히 완벽한데, 그에 대한 비밀이 밝혀지지 않았다고 한다.

안탈리아에서 고대 유적을 돌아보고 아름다운 지중해에서 수영도 즐기니 완벽한 여행이 이런 것이구나 싶었다. 안탈리아 칼레이치 선착장에 있는 아름다운 카페에서 야경을 즐기며 마신 차 한 잔은 여행이 주는 고단함을 씻어주었다.

코니아는 튀르키예에서 이슬람 색이 가장 강한 지역이어서인지 아잔 소리가 새벽잠을 깨웠다. 튀르키예에서 만난 선교사는 튀르키예인의 95퍼센트 이상이 이슬람을 믿는데, 해가 뜨기 직전부터 잠자기 전까지 하루 다섯 번 기도한다는 말에 그들의 철저한 신앙생활을 느낄 수 있었다.

튀르키예어로 '목화의 성'이라는 뜻인 파묵칼레Pamukkale는 산봉우리에서 온천수가 흘러내려서 형성된 하얀 계단식 온천이 장관을 이루는 곳이다. 고대 로마 시대부터 성스러운 온천 지역으로 유명했다. 기적을 바라는 순례객들이 이곳 온천에 아픈 몸을 담그고 치료를 받곤 했다는데 지금은 발만 담글 수 있어 우리도 족욕을 하며 발의 피로를 풀었다.

사도바울의 체취가
남아 있는 에베소

–

로마 시대에 세계적인 무역의 중심 도시였던 에베소Ephesus는 소아시아의 중심이며 사도바울의 체취가 곳곳에 남아 있는 곳이기도 하다.

바울은 에베소에 약 3년간 머물면서 복음 사역을 했다. 두란노 서원에서 복음을 강론하는 데 주력하면서 양식을 얻기 위해 일하기도 하고 서신서를 집필하기도 했다. 브리스길라와 아굴라와 동

역하며 텐트를 만들어 팔면서 그 수입으로 복음을 전한 바울의 이야기가 담겨 있는 아고라 장터도 볼 수 있었다.

에베소에서 지금 발굴되는 유적만 보더라도 당시에 얼마나 번성한 도시였는지 짐작할 수 있었다. 로마 시대 뛰어난 건축물, 극장과 체육관, 아고라 목욕탕, 그리고 세계에서 가장 아름답다는 전면이 원형 그대로 남아 있는 켈수스 도서관이 있다. 그 옆에는 두란노 서원이 아니었나 짐작케 하는 터를 볼 수 있다. 두란노 서원은 에베소의 철학자이자 수사학자 티란누스의 이름을 딴 것으로, 사도행전 10장 9절에 '바울이 그들을 떠나 제자들을 따로 세우고 두란노 서원에서 날마다 강론하니라'라고 한 구절이 있다.

바울이 회당에 들어가 석 달 동안 담대히 하나님 나라에 대해 강론하며 권했지만 어떤 사람들은 마음이 굳어 순종하지 않고 무리 앞에서 이 도를 비방했기에 바울은 그들을 떠난 것으로 보인다.

쿠레테스 거리를 지나면 에베소의 하이라이트인 켈수스 도서관이 있다. 켈수스 도서관은 1층은 이오니아식, 2층은 코린트식 건축물로 조각이 화려하고 아름다워 세계에서 가장 아름다운 건축물 중 하나로 손꼽

▼ 켈수스 도서관

힌다. 수많은 유적을 지닌 도시 에베소는 아름답고 인상 깊었다.

에베소를 방문한 날은 날씨가 무척 더웠다. 고양이 한 마리가 더위에 지쳐 우리가 쉬고 있는 곳 주위를 맴돌고 있었다. 고양이가 물을 찾는 것을 어떻게 알았는지 일행 중 한 분이 들고 있던 생수를 손바닥에 부으며 고양이에게 핥아 마시게 했다. 얼마나 목이 말랐는지 눈을 감고 물을 하염없이 받아 마시던 고양이의 모습이 잊히지 않는다. 그 모습이 아름다워 사진을 찍고 있는데 지나가던 서양 여성이 우리에게 다가오더니 감동받은 목소리로 말했다. "You are a good man!" 그녀의 목소리에서 동물을 사랑하는 진심을 느낄 수 있었다. 사도 요한의 무덤을 끝으로 우리는 이스탄불로 가기 위해 이즈미르(서머나) 공항으로 향했다.

이스탄불로 되돌아와 구시가지로 들어가면서 애거사 크리스티의 《오리엔트 특급 살인》의 무대가 된 사르케지 역을 지나갔다. 5~6월이 튀르키예를 여행하기에 가장 좋은 계절이라고 한다. 아름다운 날씨와 시원한 바람을 즐기며 마지막 날 보스포루스해협 크루즈를 했다.

골든 혼을 가로지르는 갈라타 다리 부근은 도심에서 가장 붐비는 곳인데 술탄 메흐메트 거리와 갈라타 다리 주변을 걷다 보면 동서양의 분위기가 혼재되어 있음을 느끼게 된다.

작은 유리잔에 담겨 나오는 따끈하고 달콤한 사과차, 쓰디쓴 튀르키예 커피를 마시며 지나가는 갈라타 다리, 돌마바흐체 궁전, 이스탄불 대학교와 바닷가 양쪽으로 펼쳐지는 아름다운 옛 성과 울창한 숲, 별장, 레스토랑 등을 바라보며 이스탄불에서 일주일 정도 더 머물고 싶다고 생각했다. 열흘 동안의 짧은 일정이지만 참 많은 것을 보고 듣고 느끼며 생각했다. 인류 문명의 박물관 같은 도시 콘스탄티노플! 그리고 지금의 이스탄불!

▲ 크루즈를 타고 본 블루 모스크

공항으로 가는 길에 이스탄불이야말로 과거를 아는 만큼 현재가 보이고 지적인 감동과 흥미를 느끼게 하는 도시라는 생각을 했다.

2장

좋은 추억은

일상을 살아내는 힘

스페인

스페인 여행을 다녀왔다. 마드리드에서 게르니카, 톨레도에서 엘 그레코, 스페인의 문명이 시작된 세비야, 그리고 너무도 아름다운 알람브라의 그라나다, 남부 스페인의 뜨거운 햇볕과 열정을 가슴에 담고 왔다.

여행을 다녀오면 그 느낌이 한동안 계속되는데 이번 스페인 여행, 특히 안달루시아 지역에 대한 기억은 꽤 오래갈 것 같다.

자유로운 분위기가 넘치는
마드리드

–

프랑크푸르트를 경유해 마드리드에 밤늦게 도착했다. 특별할 것 없던 마드리드는 펠리페 2세 시대에 비로소 빛을 발한다. 1561년 펠리페 2세는 마드리드가 국토의 중앙에 있다는 이유로 수도를 톨레도에서 마드리드로 옮겼다. 그는 잉글랜드의 메리 1세와 정략 결혼한 후 잉글랜드를 공동으로 다스렸고, 아버지 카를로스 1세에게 광대한 영토를 물려받아 막강한 힘을 자랑했다. 그의 통치 기간이 '팍스 에스파냐'라 불리는 스페인 최고의 전성기다. '태양의 문'이라는 뜻의 푸에르타 델 솔 광장Puerta del Sol은 스페인의 중심이자 마드리드의 심장부로 스페인 각지로 통하는 9개 도로가 이곳에서 시작된다. 광장 한쪽에는 마드리드의 마스코트인 산딸기나무에서 열매를 따 먹는 배고픈 곰 동상이 있다.

　10년 전 마드리드에 와서 레이나 소피아 미술관에 갔을 때 화요일이라 안타깝게도 '게르니카'를 보지 못했다. 프라도 국립미술관, 티센 보르네미사 미술관과 함께 스페인이 자랑하는 3대 미술관 중 하나로 꼽히는 레이나 소피아 미술관은 독재자 프랑코에 이어 왕위에 올라 스페인의 민주화를 이끈 후안 카를로스 1세의 부인 레이나 소피아 왕비의 이름을 딴 미술관이다. 프라도 미술관이 15~19세기의 주옥같은 작품을 전시한다면, 레이나 소피아 미술관은 19세기 말부터 20세기까지의 현대미술품 위주로 구성되어 있다.

레이나 소피아 미술관에서 작품을 감상하고 있는데 대사 부인에게 전화를 받았다. "오늘 지방에 내려올 일이 없었으면 미술관에 함께 가서 작품 설명을 해드렸을 텐데요" 하고 아쉬워했다. 많은 분을 만나 설명해준 경험이 있어 거의 큐레이터 수준이라고 하며 웃었다.

레이나 소피아 미술관에서 드디어 피카소의 '게르니카'를 만났다. 사진으로 수없이 본 작품인데, 실제로 그 앞에 서니 거대한 크기에 놀라고 압도당했다. 사방이 하얀색 벽으로 된 넓은 전시실에는 '게르니카'만 걸려 있었다. 거대한 '게르니카'가 한쪽 벽을 가득 메우고 있었다.

'게르니카'는 스페인 내전의 참상을 통해 반전 메시지를 담아낸 그림이다. 게르니카는 스페인 북부 바스크 지방의 작은 마을로, 스페인 내란 중 1937년 프랑코군을 지원하는 독일 비행기가 이 마을을 맹렬히 폭격해 2,000여 명의 시민이 사망하는 비극적 사건이 일어난 곳이다. 이 소식을 들은 피카소는 전쟁의 참상과 나치의 잔혹성을 알리기 위해 '게르니카'라는 제목의 그림을 그리기로 결심한다. 그리고 같은 해 파리 만국박람회 스페인관 전시를 위해 그 부조리와 비극을 주제로 약 2개월 동안 단기간으로 대작 '게르니카'를 완성했다.

거대한 벽화에는 괴로워하는 사람과 상처 입은 동물이 묘사되어 있다. 구체적 참상은 드러나지 않지만 정형적이지 않은 이 작품은 흑과 백 그리고 회색의 강력한 힘이 느껴진다. 희생자를 흑백으로 기이하게 처리해 전쟁의 비극을 극적으로 연출하고 있다.
　특히 폭격으로 무너진 건물에서 아이의 시체를 붙들고 울부짖는 여인의 사진은 큰 영향을 미쳤다. 화면 중앙에는 단말마의 비명을 지르는 말이 있다. 말의 몸은 여기저기 분절된 모습으로 사물을 분할해 표현하는 입체주의 기법을 보여준다.

'게르니카' 앞 바닥에 앉아 오랫동안 작품을 감상하는 사람이 많았다. 역사상 최악의 인명 살상을 불러온 세계대전을 두 번이나 치른 20세기에 이보다 강한 메시지를 주는 작품도 없을 것이다. '게르니카'는 전쟁 참상을 알리는 반전의 상징인 동시에 스페인 정신을 보여주는 그림이기도 하다. 오랫동안 뉴욕 현대미술관 MoMA에 전시되어 있었으나, 고국에 민주화가 찾아온 후에야 이 그림을 보내겠다는 피카소의 약속에 따라 '게르니카'는 독재자 프랑코 장군이 죽은 다음 스페인으로 보내졌다. '게르니카'의 장엄하고 압도적인 광경을 통해 전 세계인이 스페인 내전을 더 생생히 기억하게 되었다.

사진 촬영이 절대로 불가한 작품이어서 대신 게르니카 페인팅을 하나 사서 아쉬운 마음을 달랬다.

마드리드에서 300년 전통의 식당 보틴Botín에서 식사를 했다. 이곳은 1725년에 영업을 시작한 이래로 무려 300년 가까이 이어온 레스토랑이다.

일반 여행자뿐 아니라 전 세계 유명 인사들이 마드리드에 오면 꼭 들른다고 하는데, 헤밍웨이도 단골이었던 곳으로도 알려져 있다.

보틴에 갔다면 새끼 돼지 통구이를 꼭 주문해야 한다는데 스페인에 가면 반드시 먹어봐야 하는 음식, 바로 애저 요리다. 스페인어로 코치니요 아사도cochinillo asado, '구운 새끼 돼지'라는 뜻이다. 생후 2~3주 된 새끼 돼지를 통째로 화덕에 넣어 구워낸다. 어린 돼지라 육질이 연하고 담백하며 껍질은 바삭하니 그 맛이 일품이다. 보틴의 대표 음식이라지만 나는 차마 먹을 수 없었다. 애저 요리는 통돼지 구이를 칼 대신 흰 접시로 자른다고 한다. 그만큼 고기가 연하다는 뜻이다. 그 뒤 접시는 던져 깨버린다. 이 풍습은 접시나 유리잔 깨기가 액운을 부수어 나쁜 기운을 없앤다는 생각에서 비롯되었다고 한다.

이 요리에는 유대인의 슬픈 이야기가 담겨 있다. 신문에서 읽은 어느 대학교수의 음식 이야기가 떠오른다.

'1492년 이슬람을 이베리아반도에서 완전히 몰아낸 스페인왕국은 통일의 위업을 완성하고자 가톨릭 국가로서의 종교적 통일을 천명하며 유대인 추방령을 발표했다. 추방을 피해 가톨릭으로 개종한 유대인은 스페인에 남았다. 스페인 정부는 가짜 개종자를 색출하기 위해 고안한 방법이 애저 요리 먹는 행사였다. 유대인에게 돼지고기는 율법이 금한 음식이다. 그래서 축제 기간에 애저 요리 시식 행사는 유대인이 가톨릭으로 개종한 것을 만천하에 알리는 풍습이 되었다. 이렇듯 애저 요리는 자신의 마지막 정체성마저 버리도록 한 슬픈 사연이 담긴 음식이다.'_ 홍익희의 음식 이야기

지나간 슬픈 역사는 오늘날 관광 테마가 되어 사람들의 발길을 끈다. 보틴의 지하로 내려가는 길도 상당히 좁고 아슬아슬해 지하 동굴로 내려가는 듯한 느낌이었다. 이 벽돌도 모두 300년 이상 되었다고 한다. 예약이 밤 10시에나 되어 걱정했지만 스페인 사람들은 8시 전에 저녁을 먹는 법이 없어서인지 10시에도 손님들의 식사가 한창이었다. 자정이 넘도록 거리의 식당에는 사람들이 나누는 이야기가 넘쳐났다.

마드리드는 '지금이 행복한 사람들의 오래된 도시'라는 말이 실감 나는 곳이다. 마드리드 여행이 행복한 것은 낙천적이고 친절한 진짜 스페인 사람들을 만날 수 있기 때문이다. 남편은 이런 자

유로운 분위기를 아주 좋아했다.

마드리드에서 스페인 대사 부부와 식사를 하게 되었는데 초대해
준 레스토랑이 근사했다. 그곳에서 완전히 다른 하몬을 먹어보았
다. 세계 미식의 유행이 된 스페인 햄 '하몬Jamón'은 이베리아반도
남서부에서 만든다. 다리 부분이 검은 이베리코ibérico 품종 돼지
는 종자부터 먹는 음식까지 철저하게 관리된다. 늦가을부터 다음
해 봄까지 도토리, 나무껍질, 솔방울, 버섯 등 자연에 있는 것만 먹
여야 하고 사료를 주면 안 된다. 그러지 않으면 '하몬 이베리코 데

▼ 하몬 이베리코 데 베요타

베요타'라는 이름을 붙일 수 없다.

베요타_{bellota}는 스페인어로 도토리다. 하몬을 만드는 데는 두 가지 재료만 필요하다. 좋은 바다 소금과 바람이다. 생고기는 소금을 덮은 후 '런던'이라고 하는 냉장 창고에 보관한다. 추운 영국 날씨를 풍자해 명명한 공간이라고 한다. 염장 후에는 천장에 매달아 2~3년 정도 건조한다. 이 공간을 '성당'이라고 부른다. 뒷다리가 매달린 모습과 좋은 결과를 소망하는 마음에서 지은 이름이다. '런던'과 '성당'이라는 이름이 참 재미있다.

늦가을은 하몬이 아주 맛있는 계절이라고 한다. 크림처럼 녹는 식감, 기분 좋은 흙냄새와 견과류의 풍미, 꽃향기가 입안 가득히 퍼진다. 하몬이 다른 햄과 무엇이 다르냐는 질문에 대사 부인은 간단한 대답했다. "완전히 다르다."

대사 부부는 경기가 없는 날이라면 레알 마드리드 경기장 안에 있는 식당에서 식사할 수 있어 좋은 추억이 되었을 텐데, 오늘 경기가 있어 다른 식당으로 초대해서 아쉽다고 말했다. 축구를 그렇게 좋아하지 않는 나도 몹시 아쉬웠다. 축구 경기를 관람하지 않아도 축구 팬의 신적 존재인 레알 마드리드 경기장을 느끼고 싶었기 때문이다.

스페인 한인 바자회에 남편이 만드는 배낭을 후원해준 덕분에 인연이 되어 우리 부부가 스페인에 온다는 소식을 듣고 초대해 대사 부부를 만나게 되었지만, 여행지에서 새롭게 만나는 사람들과 나누는 대화는 여행의 풍성함을 더해준다.

엘 그레코가 사랑한 도시,
톨레도
–

마드리드 아토차 역에서 한 시간 정도 걸려 톨레도에 도착했다.
'톨레도를 보지 않았다면 스페인을 본 것이 아니다'라는 말이 있
을 정도로 스페인의 역사가 응축된 곳이다. 유럽에서 가장 아름답
다는 톨레도 역은 바닥의 독특한 타일 문양, 기하학적 문양의 창
문과 디자인, 독특한 색감이 유럽보다 아랍 느낌에 가까웠다. 오
랫동안 지배를 받았던 이슬람의 영향이다.

　기원전 193년 로마가 켈트족과의 전쟁에서 승리하며 현재의
톨레도를 식민 도시로 만들었다. 당시 명칭은 로마 이름 '톨레툼
Toletum'이었다고 한다. 톨레도는 고대 로마 시대부터 서고트, 이슬
람 정복 시대와 가톨릭 군주 시대를 거치면서 유대교와 이슬람교,
기독교의 유산이 공존하는 역사 도시로 보존되고 있다. 이에 따라
1986년, 톨레도 전체가 유네스코 세계문화유산으로 지정되었다.

톨레도에서 인상 깊은 곳은 엘 그레코 박물관이다. 16세기에 활

동했던 천재 화가 엘 그레코가 이곳에 머물며 불후의 명작을 남겼다. 16세기에 지은 귀족의 저택을 20세기 초에 엘 그레코 박물관으로 개조했다. 내부에는 엘 그레코가 살던 집을 재현해 그가 살던 당시의 시대상을 엿볼 수 있는 생활용품과 그의 후기 작품들을 전시하고 있다. 입구는 꽤 현대적인 느낌이다. 예수의 12사도 시리즈를 전시한 방이 인상 깊었다.

엘 그레코의 예술혼이 서린 산토 토메 교회는 그의 작품 '오르가스 백작의 장례식'이 걸려 있는 것으로 유명하다. 볼거리는 오직 그림 한 점뿐이라고 해도 과언이 아닌 이 작은 교회를 세상에 알린 엘 그레코는 그리스 태생임에도 톨레도를 너무 사랑한 나머지 이곳에서 38년을 지내다 1614년 사망했다. 나도 오직 '오르가스 백작의 장례식'을 보기 위해 작은 교회를 찾아 한참을 헤맸다.

엘 그레코의 천재성이 유감없이 발휘된 걸작 '오르가스 백작의 장례식'은 1586~1588년 작품이다. 자선사업가였던 오르가스 백작의 장례식 때 하늘에서 내려온 두 성인이 백작을 친히 매장했다는 전설을 모티브로 그렸다. 그는 톨레도에 머물면서 이 작품을 비롯한 수많은 걸작을 남겼다. 사진은 절대 촬영할 수 없는데 '오르가스 백작의 장례식'을 보는 순간 충만한 기쁨으로 더위도, 지친 다리도 회복되는 것 같은 느낌이었다.

스페인의 문명이 시작된 자리, 세비야

-

대사 부인은 은퇴한 후 세비야에서 살고 싶다고 했다. 스페인의 정열적인 이미지를 가장 가까이에서 만날 수 있는 곳, 안달루시아 지방의 주도이자 15세기 콜럼버스의 신대륙 발견의 출발점이 되어 금은보화가 세비야를 통해 유입되면서 스페인이 최고의 전성기를 누리도록 해준 곳이다. 그뿐 아니라 마젤란이 세계 일주를 위해 출발한 곳이고, 스페인의 대표 화가 벨라스케스의 고향이기도 하다. 세비야의 알카사르는 이베리아반도의 무데하르 건축양식의 뛰어난 예이자 가장 아름다운 건축물 중 하나로 유명하며, 알람브라 궁전의 축소판이라고 할 정도로 흡사하다.

세비야 관광은 대성당에서 시작한다. 신대륙 무역 기지로 번영하던 15세기 말에 스페인 최대 성당이며 세계에서 세 번째로 큰 성당이다. 1987년 세비야 성당은 유네스코 세계문화유산으로 지정되었다. 정문에는 한 손에 방패, 다른 한 손에는 종려나무 잎을 들고 있는 여인의 조각상 엘 히랄디요가 있고, 대성당에는 60개의 기둥과 여러 개의 예배당이 있다. 대성당 정문으로 들어서면 15세기 스페인을 구성한 레온, 카스티야, 나바라, 아라곤의 국왕들이 콜럼버스 관을 운반하고 있는 모습을 표현한 청동상과 콜럼버스의 묘를 볼 수 있다. 콜럼버스의 묘는 대성당에서도 중요한 자리에 거대한 조각으로 서 있다. 콜럼버스는 스페인 사람이 아니라 이탈리아 사람이다. 신대륙 발견하는 것을 후원해줄 사람을 찾다가 카스티야왕국의 이사벨 여왕과 아라곤의 페르난도 2세의 후원을 받아 대항해를 떠날 수 있었다.

▲ 콜럼버스의 묘

투우와 플라멩코의 본고장으로 잘 알려진 세비야는 로시니의 오페라 〈세빌리아의 이발사〉로 우리 귀에 익숙한 도시다. 비제의 〈카르멘〉, 모차르트의 〈피가로의 결혼〉의 무대이기도 하다. 나는 세비야에서 이 도시를 배경으로 하는 오페라를 관람하고 싶었다. 그런데 놀랍게도 유럽에서 흔히 관람할 수 있는 오페라를 세비야에서는 관람할 수 없었다. 그들은 "우리는 오페라 공연은 하지 않는다. 대신 플라멩코 공연을 한다"고 말했다.

그래서 저녁에는 세비야에서 가장 유명한 '타블라오 엘 아레날'에서 플라멩코 공연을 보았다. 플라멩코는 좀 가벼운 춤으로 생각했는데, 그런 나의 고정관념이 깨졌다.

플라멩코는 집시들이 남에게 보이기 위한 춤이 아닌 주체할 수 없는 자신들의 애수와 정열을 표현하는 춤이라고 한다. 그래서인지 그들의 몸짓과 표정 하나하나에는 깊은 곳에서부터 뜨거운 감정이 표출되었다. 여성의 춤이라고만 생각했던 플라멩코는 남성의 춤이기도 했다. 여성과의 춤과는 다르게 굵고 빠르며 가슴을 쿵쾅거리게 하는 힘이 실려 있다.

침묵 속에서 서로 눈빛으로 감정을 조율하며 선율에 맞춰 발을 구르며 가수의 노래가 시작되자 무용수는 손뼉을 치며 감정을 잡는다. 무용수의 눈빛에는 비장함이 가득했고 빠른 음악이 들리며

▼ 플라멩코 공연 모습

힘은 있지만 삶의 비애를 승화시킨 구슬픈 몸짓이 보였다. 플라멩코는 안달루시아 지방에 모여 살던 집시들의 춤에서 시작되었다.

안달루시아 진짜 집시들은 플라멩코를 연주하거나 춤을 출 때 절대 웃지 않는다고 한다. 플라멩코는 그들의 떠돌이 생활을 그대로 담은 눈물겨운 역사이기 때문이다.

알람브라 궁전의 추억, 그라나다

-

여행의 마지막 목적지인 그라나다로 가는 길은 마음이 설렌다. 어릴 적 많이 듣기도 하고 직접 연주해보기도 한 '알람브라 궁전의 추억'의 기타 선율과 함께 말할 수 없는 향수를 느끼게 했으니 말이다. 애절한 멜로디의 아름다운 곡을 쓴 프란시스코 타레가가 이루지 못한 사랑에 상심해 여행 중 알람브라 궁전에서 영감을 받아 쓴 곡이다.

800년간 이슬람의 지배를 받은 그라나다는 이베리아반도에서 가장 번성한 이슬람 도시였으며 이슬람 최후의 왕조가 있던 곳이다. 1492년 가톨릭 양왕인 이사벨과 페르난도가 주도한 국토회복운

동(레콩키스타)으로 그라나다가 함락되었다. 그 후 이 도시의 화려했던 시절 이야기는 전설이 되어 역사의 뒷전으로 자취를 감췄다가 19세기 미국 작가 워싱턴 어빙의 소설《알람브라 이야기》로 사람들의 주목을 받게 되었다.

알람브라 궁전이 얼마나 아름다웠던지 이슬람 문화를 스페인에서 완전히 뿌리 뽑기 위해 탈환하는 곳마다 파괴를 명령했던 이사벨 1세도 그 아름다움에 매료되어 차마 파괴하지 못했다. 이사벨 1세는 성에 불을 지르거나 파괴하지 않는 대신 물 공급을 끊어 성안 사람들이 스스로 지칠 때까지 기다렸다. 이렇듯 알람브라는 아름다운 모습 덕분에 파괴와 보복을 면하고 가까스로 살아남아 오늘날에 이를 수 있었다.

알람브라는 크게 네 곳으로 나뉜다. 알람브라의 하이라이트인 나사리에스 궁전을 비롯해 이슬람 왕조의 마지막 수호자들의 요

▼ 알람브라 궁전의 자매의 방

새 알카사바, 르네상스풍의 카를로스 5세 궁전, 천상의 정원을 옮긴 듯한 여름 궁전 헤네랄리페다. 알람브라는 이들을 통칭하는 말이다.

아름다움의 끝을 보여주는 나사리에스 왕조의 궁전은 알람브라 궁전의 하이라이트라고 할 수 있다. 화려하다 못해 어지러울 정도로 사방팔방 바닥에서 천장까지 아라베스크 무늬와 글자로 장식되어 있다. 유럽의 로마나 파리에서도 찾아볼 수 없을 정도로 많은 기하학적 무늬가 넘쳐난다. 고개를 돌릴 때마다 도저히 인간이 만든 것 같지 않은 정교하고 현란한 무늬에 놀라게 된다. 바닥과 기둥, 천장 등을 수놓은 아랍풍의 기하학적 무늬와 태양 빛에 따라 시시각각 변하는 성벽의 오묘한 빛깔로 사람을 매료한다. 나사리에스 궁전의 하이라이트라고 불리는 두 자매 방의 화려한 천장은 이슬람 모카라베 양식에 담긴 아름다움의 극치를 보여준다.

　라이언 궁전의 사자의 안뜰은 왕의 사적 공간으로, 왕을 제외한 어떤 남성도 들어갈 수 없었다고 한다. 주변에 124개의 대리석 기둥이 있고 기둥 위쪽의 정교한 석회 세공이 감탄을 자아낸다. 사자 열두 마리가 있는 분수는 물시계 역할을 했는데, 시간마다 그 시간에 해당하는 사자 마릿수대로 물이 나왔다고 한다. 사자가 열두 마리인 이유는 그라나다에 살던 유대인 열두 부족을 뜻하는 것으로, 이들이 왕에게 분수를 선물했기 때문이라고 한다.

여름 궁전으로 건축된 헤네랄리페는 아랍어로 '모든 것을 볼 수 있는 사람이 살고 있는 정원'이라는 뜻이다. 13세기에 지은 대표적인 이슬람식 정원으로 시에라네바다산맥에서 내려오는 물을 이용한 수로와 예쁜 분수가 있다.

이슬람에서는 낙원의 3요소를 물, 바람, 과실나무로 꼽는데, 헤네랄리페는 이슬람 낙원의 전형을 제대로 보여주는 곳이다. 타레가는 헤네랄리페 궁전에서 흐르는 분수의 물소리를 듣고 '알람브라의 추억'을 작곡했다고 한다. 알람브라라는 이름이 우리에게 익숙한 건 클래식 기타 명곡 '알람브라의 추억' 덕이 크다. 스페인 출신의 기타리스트이자 작곡가 타레가의 애잔한 기타 선율은 한 왕조의 마지막을 지켜보며 쇠락해간 궁전과 더할 나위 없이 잘 어울린다.

알람브라에서 건너편을 내려다보면 하얀 집이 빼곡하게 들어찬 아름다운 언덕이 보인다. 햇살이 가득 비치는 집들이 오밀조밀 모여 있는 모습이 환상적인 이곳은 이슬람교도의 거주지였던 알바이신 지구다. 그라나다에서 가장 유서 깊은 곳으로 옛 모습을 그대로 간직하고 있다. 그라나다에 도착해 호텔 체크인을 하고 나오니 바로 앞에 화랑이 하나 있었다. 알람브라 궁전과 그 주위 알바이신 지역을 그린 그림을 전시했는데 보는 순간 마음에 들었다.

그 그림을 그라나다 여행 기념으로 사자고 하자 처음에 남편은 여행지에서 적지 않은 가격의 작품을 사는 것을 부담스러워했는데, 알람브라 궁전을 관람하고 나서 그 아름다움에 감동받아 마음이 움직였는지 그림을 사겠다고 했다. 지금 우리 집 거실에 걸려 있는 스페인 화가의 그림을 보면서 때때로 그라나다와 아름다운 알람브라를 추억한다.

그라나다 대성당 옆에 붙어 있는 왕실 예배당에는 그라나다를 탈환한 전설적인 부부 이사벨과 페르난도 부부 왕이 묻혀 있다. 그라나다를 함락하고 통일 스페인의 기반을 확립한 이사벨 여왕은 이후 콜럼버스를 지원했고 신대륙의 발견으로 스페인은 엄청난 양의 지하자원과 부를 향유하게 되었다.

그라나다 시내에 있는 콜럼버스 동상과 세비야 성당 안에는 콜럼버스의 호화로운 묘가 있다. 어릴 때는 아메리카 신대륙을 발견한 영웅으로만 생각했던 콜럼버스가 인류 역사상 가장 큰 학살을 촉발한 침략자라는 사실도 알게 되었다. 이사벨 라 카롤리카 광장에는 그의 강력한 후원자인 이사벨 여왕과 함께한 동상이 있다. 이 동상은 1892년에 신대륙 발견 400주년을 기념해 세운 것인데 콜럼버스가 자신을 후원한 이사벨 여왕에게 보고하는 모습을 표현했다.

▲ 컬럼버스와 이사벨 동상

스페인에서 빼놓을 수 없는 특별한 것은 음식이다. 여행에서 맛있
는 음식을 먹는 즐거움을 놓칠 수 없다. 안달루시아 지방은 해안
가답게 새우나 문어 등의 해산물 요리가 발달했다. 스페인은 지방
마다 대표적인 요리가 한 가지씩은 있다. 알람브라를 바라보며 낭
만적인 저녁 식사를 할 수 있었던 레스토랑 '엘 우에르토 데 후안
라나스'에서 스페인 특유의 뜨겁고 건조한 기후가 빚어낸 특별한

안달루시아의 맛을 제대로 경험할 수 있었다. 헤네랄리페가 보이는 '파라도르 데 그라나다' 레스토랑에서 먹은, 구운 문어에 갈릭 소스를 곁들인 요리는 그야말로 환상적이었다.

▲ 구운 문어 요리

코르도바의 차가운 수프인 가스파초, 스페인식 볶음밥인 파에야는 어디에서나 쉽게 맛볼 수 있다. 스페인 칵테일 상그리아에 다양한 재료로 만든 타파스를 곁들여 먹는 것도 그라나다 여행에서 잊지 못할 추억 중 하나다. 톨레도에서 엘 그레코의 집 옆에 있던 멋진 식당에서의 식사, 안달루시아 지방에서 가장 식당이 많다는 세비야의 식당에서 밤늦도록 유쾌한 이야기와 함께 맛있는 음식을 먹는 재미는 여행만이 주는 즐거움이다.

스페인의 이야기는 끝이 없다.

오십부터 삶이 재미있어졌다

3장

몰다우강의 슬프고 감성적인 선율

체코

프라하는
나를 놓아주지 않는다

-

동유럽 여행의 문이 자유롭게 열렸지만 2009년은 아직도 서유럽에 비해 여행이 대중적이지 않을 때였다. 서유럽 국가의 세련됨과 달리 동유럽만이 지닌 분위기와 정서를 더 느끼고 싶어 서둘러 체코 여행을 가기로 결정했다.

프라하에는 마흔 살 나이로 생을 마감한 그의 생애를 만날 수 있는 프란츠 카프카 박물관이 있는 곳이다. 카프카 박물관에 들어가니 그의 생애를 담은 묘한 분위기의 영상물이 '몰다우강'이라는 배경음악과 함께 흘러가고 있었다. 영상에서 이런 자막을 보았다. 'Prague doesn't let go(프라하는 나를 놓아주지 않는다).' 이 문장이 내 마음에 작은 물결을 일으켰고, 카프카에 대해 더 많이 알고 싶어졌다.

▲ 카프카 박물관

카프카는 프라하에서 부유한 유대 상인의 아들로 태어나 마흔한 살에 죽기 직전 두 달간의 요양 기간과 짧은 해외여행을 제외하고는 프라하를 잠시도 떠난 적이 없었다. 카프카 문학의 독자적 세계는 그가 프라하의 유대계 독일인이라는 환경에서 비롯되었다.

카프카는 독선적이었던 아버지 헤르만 카프카와 사이가 좋지 못했다. 자신이 무능하다는 생각을 주입한 아버지 때문에 삶의 의지가 꺾였다고 느꼈으며, 아버지에게 묶인 끈을 잘라버리고 문학으로 도피했다고 고백했다. 아버지의 형상은 카프카의 존재뿐 아니라 작품에도 어두운 그림자를 던졌으며 사실 그의 작품 세계에서 가장 인상적인 인물 유형으로 등장한다. 카프카 박물관에 아버지와 주고받은 편지들이 전시되어 있었다.

카프카의《변신》을 보면 어느 날 아침 갑자기 흉측한 벌레로 변한 주인공 그레고르 잠자가 자신의 방에 철저하게 고립 밀폐되어 있다가 밖으로 나와 가족과 합류하려고 시도하다가 저지당한다. 벌레가 된 그레고르. 그는 인간이 정해놓은 가치의 틀에서 벗어난 존재다. 그것은 아버지가 그토록 원했던 법관이 되지 못하고 보험 재해국에서 일하며 밤에 원고를 써 근근이 살아가던 카프카 자신의 모습이기도 하다.

경제 능력이 없고 할 수 있는 게 없으면 쓸모가 없어지는 사회에서 프란츠 카프카의《변신》은 인간 실존에 대한 질문과 가정 해체, 인간성이 상실된 근대사회의 모습을 풍자한다.

프라하가 왜 그를 떠나지 못하게 했을까? 카프카는 고백한다. 보헤미아의 이 고색창연한 수도가 자신의 어머니라고. 카프카는 감성적인 기질에 육체적, 정신적으로 섬세한 어머니 쪽 혈통과 강한 일체감을 느꼈다고 한다.

프라하가 나를 붙잡고 놓아주지 않는다면서 평생 프라하를 떠난 적이 없던 영원한 프라하 사람 카프카! 카프카는 프라하에서 태어나 프라하에서 학교를 다니고 프라하에서 직장 생활을 했으며, 죽어서도 프라하에 묻힌 프라하 토박이였다.

박물관을 나와 프라하 시내를 걸었다. 고딕, 르네상스, 바로크, 로코코, 아르누보 등 프라하의 다양한 건축양식이 눈길을 사로잡는다. 다리 난간, 건물 기둥, 지붕 아래 등 눈길이 닿는 곳마다 중세가 있는 곳. 유럽 최대의 중세도시가 되살아나는 듯했다.

프라하 구시가지는 중세 유럽의 건축과 문화의 중심지였던 것처럼 어디를 가든 아름다운 건축물과 성당을 만날 수 있다. 체코의 수도 프라하 구시가지 광장은 중세부터 시작된 이 도시의 1,000년 역사를 고스란히 간직하고 있다. 프라하 구시가지 광장에 있는 건축물 중 고딕 양식을 가장 잘 보여주는 것은 틴 성모마리아 성당이다.

현재 구시가지 광장의 얀 후스 동상은 1915년 얀 후스 서거 500주기를 기념해 세웠다. 얀 후스가 바라보는 곳이 틴 성모마리아 성당이다. 얀 후스 동상은 진정한 신앙과 양심으로 기득권 세력에 저항하는 모습을 상징한다. 그는 영국 존 위클리프의 가르침에 큰 영향을 받고 훗날 프라하의 저명한 종교개혁자가 된다. 체코어로 '후스'는 거위를 의미한다.

"지금 너희가 거위를 불태워 죽이지만, 100년 뒤에 나타날 백조는 어쩌지 못할 것이다." 그는 이런 말을 남기고 화형을 당했지만 100년 뒤 마르틴 루터의 개혁을 예고하며 종교개혁의 포문을 열었다. 1세기 후 마르틴 루터는 자기를 통해 후스의 예언이 성취되었다고 보았다.

시계탑에 올라 구시가지 광장을 내려다보니 광장을 둘러싼 건축물이 한눈에 들어왔다. 멀리 언덕에 있는 프라하 성이 손에 잡힐 듯 선명하게 다가왔다. 600년 전 얀 후스와 민중의 종교개혁 외침이 들리는 듯했다. 구시가지 광장은 중세 프라하의 모든 길이 모이는 종착지였다. 광장은 이 도시의 심장과도 같다.

프라하에 볼 곳이 많아서 더운 날씨에도 쉬지 않고 많은 것을 보려고 하다가 스메타나 박물관에서 갑자기 어지럽고 식은땀이 났다. 남편이 "당신 얼굴이 백지장 같아" 하는 소리에 덜컥 겁이 났다. '이 먼 곳에 와서 아프면 어떡하지?' 하는 생각에 급히 택시를 타고 가장 가까운 병원으로 가자고 했더니 택시 기사가 프라하에서 가장 큰 종합병원에 내려주었다. 남편이 다급하게 진료를 신청하고자 여기저기 묻고 다녔는데, 외국인 진료는 여러 수속을 밟아야 한다면서 이리저리 가라는 데로 옮겨 다녀야 했다. 어찌나 화가 나는지…. 그러는 사이 몸이 괜찮아져서 그냥 병원을 나왔는데 지금 생각하면 빈속에 너무 많이 걸어 다니는 바람에 혈당이 떨어진 것이 아닌가 싶다. 아픈 탓에 스메타나 박물관을 자세히 보지 못했지만 다행히 몇 가지 감상이 남아 있다.

스메타나 박물관은 카를교 구시가 쪽에 있다. 생애 처음으로 본 오페라 작품이 스메타나의 〈팔려 간 신부〉다. 중학교 2학년 때라 당시는 잘 모르고 보았지만, 스메타나는 오페라 〈팔려 간 신부〉 외에도 수많은 민족 오페라를 발표했다. 〈팔려 간 신부〉는 스메타나 최초의 성공작으로 체코의 민속적 줄거리, 민속음악적 리듬, 능란한 인물 묘사 등으로 오늘날 체코 민족 오페라의 대표작으로 손꼽힌다.

　스메타나는 만년에 청각을 잃자 프라하를 떠나 보헤미아의 들과 숲속에서 작곡 활동에 몰두했다. 이때 조국의 자연과 역사의 찬가로서의 의미를 담은 교향시 '나의 조국'을 작곡했고, 유명한 '몰다우'는 제2곡으로 쓰였다.

　민족주의자였던 스메타나는 당시 체코가 오스트리아와 헝가리의 통치하에 있었으므로 조국의 독립과 자유를 위해 이 교향시를 작곡했다고 한다. 더구나 청력을 완전히 잃은 후 쉰 살 나이에 제1편을 완성했다고 하니 아름다운 도시 프라하와 스메타나의 비극적인 운명이 이 작품에 녹아든 것 같다.

프라하의 봄

–

둡체크로 대표되는 개혁 공산주의자들이 시도한 체코슬로바키아
사회주의 공화국의 자유화 운동 '프라하의 봄'으로 잠시 자유를
맛본 프라하에 다시금 소련이 침공했다. 바츨라프 광장은 체코 독
립의 역사를 이야기하는 데 빼놓을 수 없는 장소다. 광장은 여러
차례 프라하 시민의 집회 장소가 되었다. 수많은 사람들의 희생을
딛고 자유주의를 획득한 벨벳 혁명의 역사적 현장이기도 한 이 광
장은 지금 프라하 최고의 번화가로서 호텔, 백화점, 레스토랑, 부
티크가 즐비하다.

　1968년 바르샤바조약기구군이 체코의 자유화 노선을 탄압하
기 위해 전차를 타고 바츨라프 광장에 진입해 체코인의 간절한 바
람이었던 '프라하의 봄'은 좌절되었다.

　'프라하의 봄'이란 단어의 울림이 얼마나 아름다운가?

　프라하의 봄이란 원래 체코 필하모니 결성 50주년을 기념해
1946년부터 5월마다 열린 프라하 음악제의 이름이다. 체코 사태
당시 한 외신 기자가 '프라하의 봄은 과연 언제 올 것인가?' 하고

타전한 이후 '봄'이라는 단어가 지닌 부드럽고 따뜻한 메시지는
'부다페스트의 봄', '바르샤바의 봄', '서울의 봄' 등의 명칭에서 볼
수 있듯 자유민주화 운동을 상징하는 단어로 자리매김했다.

체코 출신의 작가 밀란 쿤데라는 대표작《참을 수 없는 존재의 가
벼움》을 발표한 후 세계적인 작가의 반열에 올랐다. 1968년 프라
하를 배경으로 거대한 역사와 이데올로기의 무게에 짓눌리지 않
고 인간의 실존을 탐구한 작품이다. 역사의 상처를 짊어진 네 남
녀의 사랑이 무거움과 가벼움을 오간다.

밀란 쿤데라도 다른 작가들처럼 이념의 갈등에서 자유롭지 못
했듯 20세기 이념의 갈등 한복판에서 파란만장한 생애를 보낸다.
그는 제2차 세계대전 이후 줄곧 소련의 간섭을 받던 체코의 민주
화 운동에 참여한다. 그렇게 쟁취한 프라하의 봄은 1968년 소련
의 침공으로 끝나고 밀란 쿤데라는 프랑스로 망명한다.

그 결과 쿤데라의 소설은 체코에서 대부분 금서로 지정되었다.
그는 탄압을 피해 1975년 프랑스로 망명해 1979년 국적을 박탈
당했다가 2019년 체코 국적을 회복했다. 그의 걸작《참을 수 없는
존재의 가벼움》의 시대적 배경이 프라하의 봄이다.

체스키크룸로프에서 만난
에곤 쉴레

–

프라하에서 약 180킬로미터 떨어진 곳에 위치한 체스키 크룸로프는 중세와 르네상스 시대의 모습을 완벽하게 보존하고 있다. 1992년 유네스코 세계문화유산으로 지정된 이후 수많은 여행객이 찾아온다. 체스키는 블타바강과 오렌지색 지붕의 집들이 동화에 나오는 것처럼 아름답게 펼쳐지고 마치 중세로 시간 여행을 하는 기분을 선사한다.

체스키로 갈 때 동승했던 건축을 전공한다는 멕시코 여대생들이 내가 서울에서 왔다는 이야기를 듣고 북한 핵 문제에 대해 느끼는 감정과 위협에 대해 진지하게 질문했을 때 마음이 저릿해졌다. 그들은 북한의 인권 문제에 관심이 많았다.

나는 조국에 대한 관심과 사랑이 얼마나 진지한 것일까?

체스키 크룸로프는 프라하 성에 이어 체코에서 두 번째로 규모가 큰 성이다. 13세기 전반에 영주 크룸로프가 최초의 체스키 크룸로프 성을 세웠다. 성 내부는 고딕, 르네상스, 바로크, 로코코 양식으로 꾸며 오랜 역사를 말해준다. 성의 탑에서 바라보는 전망이 무엇보다 근사하다.

체스키 크룸로프에 에곤 쉴레 미술관이 있다. 1933년에 세워진

에곤 쉴레 미술관은 오스트리아를 대표하는 표현주의의 천재 화가 에곤 쉴레의 작품 이외에도 클림트와 피카소 등의 작품과 그의 유품을 전시하고 있다. 빈에 갔을 때 레오폴트 미술관에서 에곤 쉴레의 작품을 보고 좋아하게 되었다. 클림트가 질투한 천재적 재능, 불꽃 같은 삶을 산 천재 화가 에곤 쉴레의 짧지만 강렬했던 예술 인생을 그린 영화 〈에곤 쉴레 : 욕망이 그린 그림〉이 있다. 영화에서 가장 인상적으로 등장하는 작품은 그의 유일한 사랑으로 불리는 발리 노이칠을 모델로 한 '죽음과 소녀'다 체스키 크룸로프는 그의 어머니 고향으로 쉴레는 이곳에 자주 머물렀고 발리 노이칠과 동거하며 많은 작품을 남겼다. 어쩌면 쉴레가 가장 행복하고 평온하게 그림을 그렸던 곳이 아닐까 생각한다.

7월 중순이었지만 체코에 머무는 나흘 동안 내내 약간 추웠고 하루에도 몇 번씩 비가 왔다 개었다, 해가 났다 다시 흐리기를 반복했다. 이것이 프라하 7월의 일상적인 날씨인지 택시 기사에게 물어보았더니 날씨가 미친 것 같다고 했다. 그러면서 다음 주면 섭씨 30도 이상 올라가 더울 듯하다고 했다. 우리는 30도가 넘는 더위를 프라하에서는 느끼지 못하고 몰다우강의 슬프고 감성적인 선율만 마음 깊이 느끼며 다음 날 아침 일찍 이탈리아 베로나로 가기 위해 밀라노행 비행기를 탔다.

▲ 프라하의 야경

4장

신들이 사는 나라

그리스

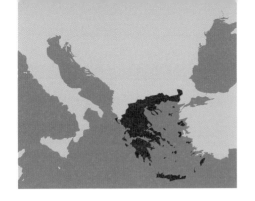

그리스에서
춤을

-

국내에 메르스 바이러스 공포가 확산되었을 때 다녀온 그리스. 약
간 불안한 마음으로 떠났는데 낙천적인 그리스 사람들을 만나고
아테네, 고린도, 짙고도 푸른 에게해의 바다, 산토리니를 포함한
4개의 섬 크루즈, 아름다운 모넴바시아, 메테오라 등을 여행하면
서 몸과 마음이 회복되는 경험을 했다. 특히 크루즈 배 안에서 영
화 〈그리스인 조르바〉 속 앤서니 퀸이 추었던 조르바 춤을 여행객
들과 배우며 함께 춤을 추었던 즐거웠던 시간이 기억에 남는다.

　누구보다도 자유로운 영혼의 소유자인 조르바를 통해 자유로운 삶을 이야기한 니코스 카잔차키스의 《그리스인 조르바》. 조르바는 진정한 자유에 대한 화두와 타인의 자유를 억압하는 것에 대한 문제를 제기한다. 조르바는 큰 실패를 겪은 뒤 낙담하는 대신 양고기를 굽고 포도주를 마시며 해변에서 춤을 추다가 춤을 통해 자신을 해방하고 진정한 자유와 행복을 누리는 자다. 영화 엔딩에서 앤서니 퀸이 추는 춤이 인상 깊게 남았는데, 생각지도 못하게 그 춤을 그리스에 와서 세계 각국 사람들과 어깨동무를 하며 함께 추게 될 줄이야.

이번 그리스 여행에서 좋았던 기억 중 하나는 '모넴바시아' 마을을 방문한 것이었다 '하나밖에 없는 통로'라는 뜻으로 192미터의 화강암 덩어리 속에 그렇게 아름다운 마을이 자리 잡고 있을 줄은 몰랐다.

여행은 낯선 곳에서 낯선 사람들과의 만남을 통해 일상을 새롭게 변화시키는 충만함을 선사한다. 문화 심리학자 김정운 씨는 이렇게 말했다. "문화를 즐긴다는 것은 무엇인가? 노는 것이다. 긴장을 풀어헤치고 진영을 나누지 않고 공동체의 울타리를 넘나들며 노는 것이다. 왜 문화를 즐기는가? 지배하거나 억압하지 않기 때문이다. 문화는 억압하지 않음과 자유로움으로 사람을 끌어들이고 그 늪 속에서 무언가 생겨나게 한다."

▲ 모넴바시아

모넴바시아의 아름다운 골목길을 지나 작은 광장에 이르니 하얀
색 엘코메노스 교회에서 마침 결혼식이 있었다. 신랑이 교회 앞에
서 성장을 한 하객들과 함께 함박웃음을 지으며 서 있었다. 신부는
어디 있느냐고 물으니 "그녀는 오고 있는 중"이라고 했다. 신랑이
교회 앞에서 신부를 기다리는 동안 나도 그 행복한 광경 속으로 들
어가보고 싶어 신랑에게 부탁해 함께 사진을 찍었다. 영화 속 같은
마을에서 신부가 가족과 함께 골목길을 내려와 신랑과 키스하고
교회로 들어갔다. 모넴바시아는 참으로 아름다운 곳이었다.

니코스 카잔차키스

-

그리스 여행을 하면서 니코스 카잔차키스에게 관심을 갖게 되었다.

여행에서 돌아와 그가 쓴《모레아 기행》을 읽었다. 카잔차키스가 평생 고민한 문제는 신과 인간의 관계였다. 하지만 그가 찾아낸 해답은 '인간의 자유'였다. 자유에 대한 갈망 외에도 카잔차키스의 삶과 작품에 큰 영향을 준 것은 여행이었다. 그가 헬레니즘의 요람이라고 하는 펠로폰네소스 지역을 여행하며 쓴《모레아 기행》은 25년간에 걸쳐 모레아를 여섯 번이나 여행하면서 숙성시

 오십부터 삶이 재미있어졌다

킨 생각을 적은 여행기다. 펠로폰네소스 기행은 그에게 그리스 민족의 참상을 생생하게 보여주었다.

'외국인이 그리스를 순례하는 것은 마음속에 아무런 갈등도 일으키지 않는 단순한 여행일 뿐이다. 과거의 정서적 뒤얽힘으로부터 완전히 자유로운 외국인은 그리스 문화의 정수를 단순히 즐길 수 있다. 하지만 그리스인의 그리스 여행은 희망과 공포, 고통과 동경, 갈등과 이완 등이 가득한 모순의 순례가 아닐 수 없다. 우리는 그리스 땅 어디에서나 때때로 수치심을 느끼는가 하면 때때로 장엄한 영광을 본다. 어떻게 저 무수한 경이로움이 창조되었으며 그런 창조자의 후예인 우리는 지금 무엇을 하고 있는가? 우리 민족이 왜 이처럼 추락한 것인가?'

최근 IMF 채무를 상환하지 못해 실질적인 국가 부도 위기에 빠진 그리스 사태를 보며《모레아 기행》서두에서 니코스 카잔차키스가 쓴 글을 다시 생각해본다.

크레타 출신인 카잔차키스의 여름 별장을 아이기나섬에서 보게 되었다. 짙은 푸른색으로 큰 창문을 가려놓은 그의 별장 앞에는 짙고도 푸른 에게해가 펼쳐져 있었다. 생각보다 그의 여름 별장은 크지 않았고 안으로 들어가볼 수 없었다. 파도 하나, 물결 하나 없이 평온한 모습의 바다를 보고 그리스 사람들은 '마치 올리브 기름을 부어놓은 듯한 바다'라고 표현한다.

기원전 7세기 지중해는 그리스의 바다였다.

그리스 섬이여, 그리스 섬이여!
사포의 타는 그리운 노래
전쟁과 평화의 예술이 꽃핀
델로스섬이 있고 아폴로가 난 곳
지금도 여전히 여름은 섬을 물들여도
모두 태양의 밖에 가라앉아버렸네.

바이런의 장시 '그리스의 섬들'에는 2,000년 전 그리스의 영광의 시절을 그리워하면서 로마, 아라비아, 튀르키예군의 지배하에 소멸해버린 장대한 문명을 애석해하며 슬퍼하고 있다. 그러나 그리스의 자연은 2,000년이 지난 오늘에도 여전히 아름답다. 아이기나섬에서 버스로 성 넥타리오 수도원에 가면서 저 멀리 살라미스섬이 보이고 펠로폰네소스반도가 실루엣처럼 펼쳐지는 파노라마를 보았다. 흰 바위산과 짙은 감청색 바다와 맑고 푸른 하늘이 한 폭의 그림을 이루고 있다. 이 자연이야말로 그리스의 흥망성쇠를 조용히 지켜본 무언의 증인인 것이다.

완벽한 클래식,
아테네

–

아테네 시내 한복판에 아크로폴리스가 있다. 아크로는 '높다', 폴리스는 '도시국가'를 뜻하니, 도시국가에서 가장 높은 언덕이 아크로폴리스인 셈이다. 고대 그리스의 거의 모든 도시국가에 아크로폴리스가 있었으나 이제는 다른 도시들의 아크로폴리스는 유명무실해졌고, 아테네의 아크로폴리스를 일컫는 고유명사가 되었다. 아크로폴리스의 중심인 신전 파르테논은 아테네가 페르시아 전쟁에서 승리한 것을 기념해 기원전 448년부터 16년에 걸쳐 완성해 지혜의 여신인 아테나에게 바친 신전이다. 고대 그리스 사람들은 인간의 눈에 절대적 아름다움이 존재한다고 믿었다.

공사 중인 파르테논 주변은 어수선했으나 직접 본 파르테논 신전은 힘이 있으면서도 부드럽고 장중하면서도 우아했다. 파르테논 신전은 얼핏 직선과 평면으로 보이지만 실제로는 곡선과 곡면으로 이루어져 있다. 기둥 간격을 균일하게 보이도록 하려고 시각효과에 따라 다르게 조절하는 등 사람의 착시까지 감안하는 과학적인 건축법을 이용했다. 파르테논 신전은 2,500년 동안 서구 건축의 모델이자 원형이 되어왔는데, 세월이 흐르며 교회, 회교도 사원, 무기고 등으로 사용되면서 많이 손상되었다. 보다 못한 유네스코는 파르테논을 첫 번째 세계문화유산으로 삼아 보호했고,

▲ 헤로데스 아티쿠스 음악당

유네스코를 상징하는 심벌로도 쓰이게 되었다.

근원적인 것을 찾으려 하는 사람, 짬을 내 고전을 읽으려 하는 사람에게 그리스는 영감을 줄 만한 것이 너무나 많다. 비록 현재는 힘없고 보여줄 게 없는 것처럼 보이지만 그들이 일구어놓은 신화와 철학, 문학과 예술, 건축, 음식 등은 우리를 설레게 하기에 충분하다. 지금도 여름밤이면 음악회가 열리는 헤로데스 아티쿠스 음악당은 그리스의 귀족이자 소피스트였던 헤로데스 아티쿠스가 죽은 아내 아스파시아 아니아 레길라를 기리며 161년 전 아테네에 기증한 음악당이다. 매년 여름이면 아테네 페스티벌이 열리는데 그리스 고전극과 콘서트, 오페라 등을 감상할 수 있다. 디오니소스 극장보다 작지만 5,000명을 한 번에 수용할 수 있다고 한다.

아크로폴리스 입구를 지나면 제일 먼저 만나는 곳이 디오니소스 극장이다. 아테네 예술의 중심지, 디오니소스 극장은 전 세계 연극인의 성지 같은 곳이다. 연극과 포도주를 관장하는 그리스 신 디오니소스에서 유래되었다. 고대 그리스에서는 매년 비극 경연 대회를 열었다. 이 경연 대회는 기원전 7~8세기에 시작해 기원전 5세기 무렵 도시국가 아테네에서 황금기를 맞았는데, 인간의 운명에 맞서 싸우는 영웅들의 이야기가 대부분이다. 당시 귀족들이 연극에 필요한 비용을 지원했다고 한다.

아크로폴리스 신전에 딸린 디오니소스 극장에서 신관의 주관 하에 열리는 연극 경연은 희극보다 비극에서 판가름이 나 그리스 3대 비극 작가로 불멸의 이름을 기록한 아이스킬로스, 소포클레스, 에우리피데스도 이곳에서 탄생했다. 비극 작가는 디다스칼로스didaskalos라고 하며 그리스 사회를 가르치는 사람, 연출가인 동시에 교육자였다.

먼 옛날에도 이 극장에서는 밤마다 공연이 열렸다고 한다. 그래서 아테네의 밤은 고대 이집트의 밤과는 대조적인 모습을 보였다. 생을 상징하는 태양이 밤의 신 누트에게 먹히는 이집트의 밤은 바

로 '죽음'을 의미하는 데 반해 그리스의 밤은 '삶의 시간'으로 기
능했다.

'정오 햇빛은 수직으로 내리꽂혔다. 가장 그리스적인 시간이다. 하나의 완
벽한 클래식이다. 정오의 태양, 그것은 진정한 고대 그리스다.'

정오쯤 도착한 아테네. 그야말로 이글거리는 태양 속에서 파르테
논 신전을 둘러보며 나는 카잔차키스가 말한 진정한 고대 그리스
가 무엇인지 알 것 같았다.

바울의 여정
-

아크로폴리스를 오르다 보면 언덕 중턱에 큼직한 바위 하나가 있
다. '아레오바고'다. '아레스의 언덕'이라는 의미로 오늘날 고등법
원 같은 곳이다. 거기가 바로 바울이 아레오바고 가운데 서서 "아
덴 사람들아, 너희를 보니 범사에 종교심이 많도다(행 17:22)"로
시작하며 강론한 곳이다. 직접 아레오바고를 보니 울퉁불퉁한 바
위 위의 좁은 장소로, 한쪽은 가파른 낭떠러지라 바울이 어디를
바라보며 강연을 했는지, 사람들은 몇 명이나 앉아서 들을 수 있

었는지 잘 이해가 되지 않았다.

'바울이 아덴에서 그들을 기다리다가 그 성에 우상이 가득한 것을 보고 격
분하여 회당에서는 유대인과 경건한 사람들과 또 장터에서는 날마다 만나
는 사람들과 변론하니 어떤 에피쿠로스와 스토아 철학자들도 바울과 쟁론
할새 어떤 사람은 이르되 이 말쟁이가 무슨 말을 하느냐 하고 어떤 사람은
이르되 이방 신들을 전하는 사람인가 보다 하니 이는 바울이 예수와 부활
을 전하기 때문이러라(행 17:16~18).'

바울이 하나님의 말씀을 가지고 인간 사상인 철학을 주장하는 스
토아 철학자, 에피쿠로스 철학자와 논쟁하며 아테네 시민에게 담
대하게 행한 연설은 사도행전 17장에 기록되어 있다. 바울이 아

▼ 아레오바고 언덕 계단 옆 바위에 설치된 동판

고라와 아레오바고에서 전한 복음을 들은 사람들 가운데는 죽은 자의 부활을 듣고 조롱하며 믿지 않는 사람들도 있었지만, 아레오바고 관리 디오누시오와 다마리라는 여자를 비롯해 하나님을 믿게 된 여러 사람이 있었다(행 17:34). 바울이 이곳에서 뿌린 복음의 씨앗으로 2,000년이 지난 오늘날 신화와 전설의 나라 그리스는 로마 시대를 거치며 그리스 정교를 믿는 기독교 국가가 되었다. 그 후 그리스 정교는 그리스인의 정신적 지주요, 그들의 일상생활이었다. 아레오바고 언덕 계단 옆에는 바위에 설치한 동판이 붙어 있는데 거기에는 사도행전 17장 22~32절 말씀이 그리스어로 기록되어 있다.

코린토스

–

고대국가 코린토스는 펠로폰네소스반도 초입에 위치해 그리스 본토와 펠로폰네소스반도를 잇는 코린토스 지협에 있는, 고대 폴리스와 현대가 공존하는 도시다.

코린토스 사람들은 선사시대부터 사랑의 신 아프로디테를 숭배했다. 그런 연유에서인지 아크로 코린트의 아프로디테 신전에는 1,000여 명의 여사제가 성적 향응을 제공했다. 그리스의 지리학자 스트라본은 '이 도시가 사람으로 붐비고 부유해진 것은 그 여인들 덕분이었다'라는 글을 남겼다. 고대 코린토스는 기독교에서도 아주 중요한데 신약성경의 고린도전서와 후서의 배경이 되는 도시다.

사도바울은 타락이 절정이던 로마제국 초기에 아덴을 떠나 고린도에 이르러(행 18:1) 1년 6개월 동안 머무르며 전도에 심혈을 기울였다.

> '1년 6개월을 머물며 그들 가운데서 하나님의 말씀을 가르치니라(행 18:11).'

특히 코린토스인에게 성적 타락을 경계하고 도덕적 순수성을 강조했다. 우상숭배와 물질문명의 중심지로 이곳에서 복음을 전파할 즈음 바울은 실라와 디모데의 합류, 아굴라와 브리스길라 부부 같은 조력자의 도움으로 복음 전파에서 괄목할 만한 성과를 거두었다.

코린토스운하는 에게해와 이오니아해를 잇는 길이 약 6.4킬로미터, 폭 약 25미터로 연간 1만 2,000척의 배가 오가는 중요한 운하다. 뱃길을 단축하려는 운하 건설은 고대 그리스에서 시작해 네로 황제를 거쳐 2,500년이 지난 19세기 말에 결실을 맺었다. 코린토스 운하가 뚫리면서 아테네에서 이탈리아까지 약 700킬로미터의 뱃길이 단축되었다. 그러나 수로가 너무 좁아 현재 운하를 이용하는 선박은 화물선보다 관광객을 유치하기 위해 운항하는 관광 여객선이라고 하는데 타보지 못해 아쉬웠다. 다리 위에서 내려다보는 운하와 주변 풍경이 절경이다.

지중해 위에 뿌려진 별, 산토리니
-

'죽기 전에 에게해를 여행할 행운을 누리는 사람은 복이 있다.'

니코스 카잔차키스는 자신의 소설 《그리스인 조르바》에서 이렇게 썼다. 에게해가 아름다운 것은 그곳에 뿌려진 섬들 때문이다. 그리고 그곳에서는 저마다 사랑과 전설이 살아 숨 쉰다. 6,000개가 넘는다는 그리스의 섬 중 사람이 살 수 있는 곳은 500여 개로 우리가 잘 아는 크레타, 산토리니, 미코노스 등이다.

아테네 공항에서 날아오른 비행기는 안정적인 고도로 접어들기 무섭게 착륙 준비 안내 방송을 한다. 잠시 후 산토리니의 모습

 오십부터 삶이 재미있어졌다

이 보이기 시작하자 작은 비행기 안은 벌써부터 술렁이기 시작한다. 눈이 시릴 만큼 깊고 푸른 코발트블루빛 바다, 바다를 향해 매섭게 다가선 절벽, 그리고 그 위에 아찔하게 자리한 하얀색 건물들, 아름다운 바다와 매혹적인 섬은 많지만 이곳만큼 극적인 감동을 선사하는 곳은 드물 것이다. 지중해 위에 뿌려진 별들 중 가장 빛나는 별, 그리고 드라마틱한 풍경, 산토리니 그리고 에게해의 바닷바람에 마음을 열면 산토리니는 햇살, 푸른 바다, 하늘, 그리고 하얀색 집!

기원전 4세기 철학자 플라톤은《플라톤의 대화 편》에서 아틀란티스의 존재를 언급하면서 그 일부가 산토리니라는 주장을 폈다. 그는 산토리니를 잃어버린 유토피아 '아틀란티스Atlantis'라고 생각했다. 플라톤이 언급한 '사라진 대륙-아틀란티스'가 티라섬이라는 말이 떠돌았다. 13세기에 섬에 들어온 로마인들은 데살로니카에 살았던 성녀 이레네Santo Irene 이름을 따서 섬을 '산토리니'라 불렀다고 한다. 사라져버린 아틀란티스라는 전설을 간직한 섬 산토리니, 지중해에서 가장 아름다운 섬 산토리니. 수천 년 전 일어난 대규모 화산 폭발이 이 경이로운 풍경을 빚어냈다. 빼어난 경관을 자랑하는 키클라데스제도의 가장 남쪽에 있는 화산섬인 산토리니를 그리스에서는 티라Thira라고 부른다.

섬의 중심 피라 마을에서 자동차로 20분을 가면 이아 마을에 닿는다. 산토리니를 대표하는 사진 한 장이 있다면 아마도 이아 마을 풍경일 것이다. 산토리니에서 가장 북쪽에 위치한 마을로 150미터 절벽에 있다. 눈부시게 빛나는 하얀색 집들, 에메랄드빛 바다와 완벽한 조화를 이루는 푸른색 돔을 뒤집어쓴 그리스정교회의 예배당 사진이 우리에게 익숙한 산토리니다. 실제로 보니 사진보다 더 아름다웠다.

그 사이에 놓인 좁은 길을 따라 걸으며 골목 사이로 파란색 지중해를 마주할 때면 숨이 멎을 것 같은 아름다움을 느끼게 된다. 지중해를 동경하는 이유 중 하나가 선명한 색채감 때문이 아니던

▼ 산토리니 이아마을 전경

가! 미로처럼 놓인 좁은 길이 당나귀들의 통행로가 되기도 한다는데, 실제로 좁은 골목길을 오르다가 중간중간 당나귀를 만나는 즐거움이 있다.

지친 다리를 쉬며 푸른 에게해가 보이는 아름다운 카페에서 갓 잡은 생선과 해산물로 점심을 먹으니 충만한 행복감이 밀려온다. 《행복의 기원》을 쓴 서은국 교수는 행복감이란 생존과 종족 보존을 위한 수단일 따름이며 행복은 아주 구체적으로 경험할 수 있는 것이어야 한다고 했다. 그가 주장하는 행복이란 한마디로 '좋아하는 사람과 맛있는 것을 먹는 데 있다.' 행복은 아주 구체적이고 감각적인 경험이라는 이야기다.

곳곳에 예비 신혼부부들이 야외 촬영을 하는 모습이 보였다. 짙은 코발트빛 바다를 배경으로 하얀 웨딩드레스를 입고 서 있는 신부의 모습이 눈부시다. 신부는 가장 아름다운 자태로 사진 촬영에 집중하고 있었지만, 뜨거운 태양 아래 양복을 벗어 어깨에 걸치고 서 있는 신랑은 어쩐지 지쳐 보여 웃음이 났다.

산토리니의 이아 마을에서 보는 일몰은 강렬하다. 눈부시게 빛나던 하얀색 건물들이 어느새 붉은색의 따뜻한 빛깔로 물들기 시작하면 세상에서 가장 로맨틱한 순간이 된다. 이곳에서 바라보는 저녁노을은 가슴속에 잊을 수 없는 추억으로 남는다. 수많은 사람들이 이 순간을 느끼려고 몰려든다.

서구 문명의 기원이라는 자부심이 대단한 그리스는 신이 인간에게 준 최고의 선물이라는 와인에서도 자부심을 드러낸다. 산토리니는 그리스에서도 유명한 와인 산지이니 그리스 여행 중 와인 테이스팅은 빼놓을 수 없는 코스다.

화산섬인 산토리니에서 주로 재배되는 포도는 토착 품종인 아시르티코Assyrtiko다. 아시르티코 포도 품종을 일반적으로 수확해 와인을 만들면 화이트 와인이 되지만, 수확한 포도를 열흘 정도 양지에서 말린 다음 와인을 빚어 최소 2년 이상 숙성하면 연분홍색을 띠는 달콤한 와인이 된다고 한다.

이 와인이 산토리니에서 가장 유명한 디저트 와인인 '빈산토'인데 5,000년의 역사를 지닌 과일 향이 나는 와인이다. 그리스인이 항해하면서 가장 필요로 했던 것은 식수다. 풍랑을 만나면 장기 항해를 할 수밖에 없고 식수가 변질될 수 있는데 그때 이 와인을 타서 마시면 탈이 나지 않았다고 한다. 미노스 해양 문명의 필수 식품이 와인이었다면 와인은 단순한 술이 아니라 생명수였다고 보아야 한다고 했다. 약 5,000년 전 미노스 문명 시대에 산토리니와 그리스 와인이 유럽에 퍼졌다고 한다. 그리스인이 자랑하는 것이 세 가지 있다. 민주주의, 와인, 파르테논 신전이다. 민주주의, 파르테논과 함께 자랑하는 것이니 그들이 와인에 대해 얼마나 자부심을 느끼는지 알 수 있다.

그리스는 특히 유럽인에게는 정신적인 고향과 같은 곳이다. 어디에서 태어나 어느 나라 말을 하든지 간에 그들의 의식과 생활양식이 탄생한 원천지가 그리스이기 때문이다. 그래서 유럽 사람들은 그리스 여행을 동경하는지도 모른다.

그리스 여행은 내게 디저트 와인 빈산토의 맛처럼 달콤하고도 긴 여운을 남겼다.

5장

중세의 이야기가 묻어나는 곳

슬로베니아 · 크로아티아

사랑의 도시,
류블랴나

-

'사랑한다'는 의미의 슬라브어에서 유래한 슬로베니아의 수도 류블랴나는 정말 이름처럼 사랑스러운 도시다. 작은 프라하라고 불리는 이곳은 류블랴니차강을 중심으로 구시가지와 신시가지로 구분된다. 슬로베니아는 영어로 'Slovenia'로 표기하는데 나라 이름에 love가 들어가 '사랑의 나라'라고도 한단다. 류블랴나 구시가지는 중세에 꽃핀 사랑의 여운이 남아 있는 듯하다.

　슬로베니아는 1335년부터 1918년까지 유럽 최대 왕가인 합스부르크 왕가의 통치를 받다가 제1차 세계대전 이후 유고슬라비아

왕국에 병합되었다가 독일에 점령당했다. 제2차 세계대전이 끝난 후에는 유고슬라비아 사회주의 연방 공화국의 수도가 되었다. 이후 1992년 슬로베니아, 보스니아, 세르비아, 크로아티아, 마케도니아, 몬테네그로 등 6개국으로 이루어졌던 유고슬라비아 사회주의 연방 공화국에서 독립하면서 류블랴나는 슬로베니아의 수도가 되었다. 아픔과 격동의 세월을 견딘 도시인 셈이다.

류블랴나 여행의 출발은 도심 중앙에 있는 프레세렌 광장부터 시작된다. 이 광장에는 슬로베니아의 낭만주의를 이끈 민족 시인 프란체 프레세렌의 동상이 있다. 슬로베니아 애국가 가사가 그의 시 '축배'에서 가져왔고 프레세렌의 사망일을 '프레세렌의 날'이라 명명해 문화 공휴일로 지정했으니 프레세렌에 대한 국민의 사랑을 느낄 수 있다. 슬로베니아 국민이 가장 사랑하고 존경한다는 프레세렌이 바라보는 곳에 그가 사랑했던 유리아의 조각상이 있다. 프레세렌은 당시 부유한 상인의 딸인 유리아를 사랑했지만 신분 차이로 헤어졌다고 한다. 사랑을 이루지 못한 프레세렌은 슬프고 비통한 마음으로 상실감에 빠져 수많은 시를 썼는데, 사랑하는 사람을 잃은 슬픈 감정과 합스부르크 왕가에 나라를 잃은 비통함이 그의 시에 잘 담겨 있다고 한다. 그의 동상 위에 월계수를 쓰고 있는 여인은 시의 여인 뮤즈Muse라는 것도 알았다. 슬픈 러브 스토리가 있는 광장, 지금은 수많은 사람들이 모이고 연인들이 프레세

렌의 동상 아래 앉아 이야기를 나눈다. 또 광장 한쪽에서 행위예
술가들이 공연을 벌이는 아름다운 광장이 되었다.

▶ 프레세렌 동상

프레세렌 광장에 핑크빛 성 프란체스코 성당이 있는데, 이 성당은
류블라나의 상징이기도 하다. 바로크 양식의 핑크빛 외관에 아르
누보 장식을 한 17세기 이탈리아 양식으로 만들었다. 주변의 회
색빛 건물과 같은 빛깔이었다면 이런 아름다운 광장의 모습을 갖

추지 못했을 것이라는 생각을 한다. 성 프란체스코 성당에 앉아 잠시 쉬면서 기도하고 있는데 뒤에서 너무도 아름다운 노랫소리가 들리는 게 아닌가? 뒤를 돌아보고 싶었지만 이상하게도 그럴 수 없었다. 마치 중세 수도사들이 부르던 단순하고 반복적인 곡조의 성가인 찬트 같은 느낌의 곡이었지만 이루 말할 수 없이 아름다웠다. 성당에 속한 찬양자가 아닌가 생각했는데 나중에 남편에게 들으니 웬 남자가 성당 문을 열고 들어오더니 뒤에 선 채 한 곡을 부르고 슬그머니 사라졌다고 한다. 정말 꿈을 꾼 것 같다. 지금 생각하면 왜 돌아보지 않았는지 몹시 후회된다.

성 프란체스코 성당 바로 옆에 있는 건물이 백화점이어서 딸과 며느리에게 줄 선물을 사면서 쇼핑을 했는데, 1903년에 문을 연 류블랴나 최초의 백화점으로 유서 깊은 갈레리야 엠포리움Galerija Emporium이라는 것을 알았다.

류블랴니차강을 중심으로 류블랴나 성이 있는 지역이 로마 시대의 유적과 르네상스, 바로크 시대의 유적이 있는 중세 분위기의 구시가지이고, 다른 한쪽은 모던 스타일의 신시가지다. 프레세렌 광장 바로 앞에 있는 다리는 세 갈래로 나뉘는데 삼중교, 트리플 다리라고 불린다. 프레세렌 광장과 구시가지를 연결하는 다리로 이 다리를 건너면 강을 따라 즐비하게 늘어선 아름다운 카페들을 만날 수 있다.

류블랴니차 강변에 있는 멋진 레스토랑에서 식사를 하며 아래를 내려다보니 젊은이들이 패들 보드를 타며 자기들만의 방식으로 강을 즐기고 있었다.

류블랴나강을 따라가다 보면 트리플 다리, 도살자 다리, 용의 다리 등 3개 다리를 지나게 된다. 용의 다리를 건너면 푸니쿨라를 타는 곳이 나온다. 류블랴나 성은 걸어서 올라갈 수도 있으나 이 푸니쿨라를 타고 구시가지에서 가장 높은 언덕에 자리한 류블랴나 성으로 올라갔다.

류블랴나 성은 15세기 합스부르크 왕가의 지배 시절 튀르키예의 침략을 막는 요새로 사용되었고, 이후 감옥과 병원 등 다양한 용도로 사용되다가 1905년에 관광지로 개발되었다고 한다. 그리 크지 않은 성안에는 레스토랑과 카페도 많은데 오래된 성을 구경한다기보다 구시가지를 구경하는 것 같은 느낌을 준다. 성 꼭대기에 있는 전망대에 오르면 붉은색 지붕들 사이로 에메랄드빛 강이 보이고 류블랴나 시내 전체가 한눈에 들어온다.

다음 날, 버스를 한 시간가량 타고 블레드 호수를 보러 갔다. 옥색 호수 가운데 그림같이 떠 있는 매혹적인 섬 블레드는 알프스의 눈동자라고 불리는데, 블레드 호수는 알프스의 만년설이 녹아내려서 생겨난 것이다. 절벽 위의 하얀 성과 에메랄드빛 호수, 그리고 한가운데 자리 잡은 섬의 조화는 아름다운 동화 속 풍경을 연상시켰다. 블레드 성은 아름다운 경치 때문에 800년간 유고슬라비아 왕가의 여름 별장으로 사용되었다고 한다. 100미터 정도 깎아지른 듯한 절벽 위에 있는 블레드 성에 오르면 블레드 호수와 마을 풍경을 볼 수 있는데, 성 위에 올라가서 보는 블레드섬의 경치는 정말 아름다웠다.

▼ 블레드 호수에 있는 성모마리아 승천 성당

성을 내려와 블레드 호수 가운데 있는 자그마한 섬에 위치한 성 모마리아 승천 성당에 가기 위해 유일한 교통수단인 전통 나룻배 '플레트나'를 탔다. 플레트나를 모는 것은 오직 이 지역 남자에게 만 허락된다고 한다. 이 뱃사공은 집안 대대로 선발된다는데 그래 서인지 자부심이 있어 보였다. 가는 도중 멀리 보이는 전 유고슬 라비아 사회주의 연방 공화국 대통령 티토의 별장이라며 가르쳐 준다. 티토와 북한의 김일성이 이곳에 있는 별장에서 정상회담을 가지면서 알려졌는데, 김일성이 블레드 호수의 경치에 반해 정상 회담 후 2주일 더 머물렀다고 한다.

성모마리아 승천 성당은 배를 타고 10분 정도 가면 도착하는데 사랑의 신으로 불리는 '에바의 여신'이 깃들어 있다고 전해져 유 럽 전역에서 많은 순례자들이 찾아온다고 한다. 성당 내부는 소박 하지만 세 번 울리면 소원이 이루어진다는 '행복의 종'이 있다. 성 당에 들어서니 바로 앞에 종을 치는 굵은 밧줄이 있었다. 나도 밧 줄을 당겨 종을 세 번 울려보았는데 청아하면서 은은한 종소리가 섬 전체에 울려 퍼지는 듯했다.

오늘날 이곳은 슬로베니아에서 가장 인기 있는 결혼식 장소가 되었다. 플레트나 뱃사공이 한국인도 이곳에서 결혼식을 많이 올 린다고 했는데 확실한지는 모르겠다.

마침 슬로베니아에서 '류블랴나 페스티벌'이 열려 호텔에서 예약했다. 뜻밖에 '슬로베니아 필하모닉 오케스트라^{Slovenia Philharmonic} Orchestra'와 훌륭한 협연자들이 함께하는 음악회에 갈 수 있어서 기뻤다. 내셔널 갤러리에서 열려 정숙한 분위기에서 수준 높은 음악을 감상할 수 있었는데, 여행지에서 듣는 음악은 풍성한 안식을 선사해주었다.

크로아티아의 수도,
자그레브를 걷다
–

유고슬라비아 연방 구성국이었던 크로아티아와 세르비아는 남슬라브 민족이다. 그중 크로아티아는 서유럽의 영향을 많이 받고 합스부르크 왕가의 지배를 받아 가톨릭이 강하고, 세르비아는 비잔틴 문화권의 영향을 받아 동방정교를 믿게 되었다. 이러한 종교적 차이로 크로아티아와 세르비아가 분쟁 중이다. 크로아티아는 독립하는 과정에서 세르비아와의 전쟁으로 큰 아픔을 겪었다. 크로아티아는 국토 가운데를 세로로 길게 큰 산맥이 지나고 해안가가 경사를 이루는 구조라 경사가 완만한 바닷가를 중심으로 마을이 형성되었다. 그런데 그 마을들이 한결같이 아름답고 낭만적인 분위기를 풍긴다.

오십부터 삶이 재미있어졌다

슬로베니아에서 버스를 타고 국경을 넘어 크로아티아의 수도 자그레브에 도착했다. 자그레브에는 반 젤라치크 광장을 중심으로 북쪽 언덕의 구시가와 남쪽의 신시가에 볼거리가 몰려 있다. 반 젤라치크 광장은 자그레브 최고의 번화가로 성 슈테판 성당이라고도 불리는 자그레브 대성당도 바로 근처에 있다. 우리가 묵는 숙소 두브로브니크 호텔에서 바라보니 광장의 모습이 한눈에 들어왔다. '자그레브에 웬 두브로브니크?' 하고 의아했지만 멋진 현대식 건물에 매력을 느껴 서울에서 올 때 예약했다.

'고르니 그라드'라고도 부르는 어퍼 타운은 중세도시의 중심지였다. 자그레브 대성당, 아름다운 성 마르크 성당 St. Mark's Church 등 중요한 랜드마크가 있는 곳이다. 성 마르크 성당에 가기 위해 고르니 그라드 언덕을 오르기 전, 길에서 소박하게 열리는 결혼식 광경도 보면서 한가로이 거닐다가 언덕 위에 다다르니 수채화 가게가 바로 앞에 있었다. 기념으로 수채화 한 점을 사려고 남편에게 어떤 것이 좋겠느냐고 의견을 묻자, "당신 이미지를 닮았다"고 하면서 골라주었는데 기분이 나쁘지 않았다.

성 마르크 성당을 찾아가는 골목길에서 아름다운 기타 소리가 들렸다. 중학교 때 본 아주 오래된 영화 〈알라모〉의 주제가 '여름날의 푸른 잎 The Green Leaves of Summer '이었다. 정말 오랜만에 듣는 곡이었다. 길거리 악사로 보이는 두 사람이 기타로 연주하고 있었는데 내가 무척 좋아하는 곡이어서인지 언덕 위에서 두 사람이 앉아 연주하던 풍경이 잊히지 않는다. 텍사스 알라모 요새에서 185명의 수비대 전원이 장렬하게 전사한 것은 미국 서부 역사상 가장 유명한 사건 중 하나다. 주제가 '여름날의 푸른 잎'은 총공격을 받기 전날 밤, 알라모 요새 장면에 코러스로 흐른다. 중학교 때 이 노래 가사를 외워서 참 많이 불렀던 기억이 난다.

마르크로브 광장이 보이고 자그레브의 랜드마크라고 할 수 있는 아름다운 성 마르크 성당이 눈앞에 있었다. 도시의 상징이기도 한 자그레브 교구 성당은 자그레브에서 가장 오래된 건물 중 하나로 잘 알려져 있다. 원색 체크무늬 타일로 만든 지붕으로 유명하고 푸른 하늘과 어우러져 동화 같은 느낌을 주는 남동유럽의 레고 같은 건물이다.

▼ 성 마르크 성당

고딕 후기 양식과 로마네스크 양식이 혼재된 성 마르크 성당은 15개의 조각상이 성당 바깥을 지키고 서 있는데, 남쪽 문 부근에 있는 예수의 열두 제자 조각상은 동유럽에서 가장 유려한 조각품 중 하나로 손꼽힌다고 한다. 이반 메슈트로비치의 작품과 화가 요조 클야코비치의 작품이다. 성당 앞 넓은 마르크로브 광장에 전통 의상을 입은 사람들이 나와 관광객과 함께 사진을 찍기도 하고 오래 머물며 이야기를 나누고 있었다.

성 마르크 성당 근처에 실연박물관이라는 특별한 박물관이 있다. 이별의 잔해를 전시하는 생소하고 특이한 박물관으로 해마다 10만 명 이상이 찾아온다고 한다. 나쁜 기억을 지워주는 지우개 등 기발한 기념품과 세계 각지에서 보내온 이별 관련 물건으로 구성된 전시에는 이별의 슬픔을 나 혼자만 느끼는 것이 아니라는 사실에 이곳을 찾는 많은 이들이 공감하고 위로를 받을 수 있게 한다.

기증자의 이름을 밝히지 않았지만 사랑의 아픔을 담은 연애편지와도 같은 실연박물관의 전시물은 흥미로운 사연을 지니고 있다. 딸의 부탁으로 실연박물관을 소개하는 책을 한 권 사고 성 마르크 성당 뒤쪽으로 나 있는 골목을 따라가 크로아티아의 유명한 조각가 이반 메슈트로비치가 살던 집을 개조한 메슈트로비치 미술관에 도착했다. 로트르슈차크 타워에서 탁 트인 자그레브 시내를 한눈에 볼 수 있다. 13세기에 지은 가장 오래된 건축물로 멋진 시내 전경을 보기 위해 올라가는 탑이다.

플리트비체 | Plitvice
국립공원
–

자그레브에서 플리트비체 국립공원에 다녀오는 차편은 서울에서 미리 예약했다. 단체 버스로 관광객과 함께 가는 줄 알았는데 뜻밖에 기사가 자동차를 가지고 왔다. 우리 부부만 단독으로 가게 된 것이다.

플리트비체 국립공원은 자그레브와 자다르 두 도시의 중간 지점에 있는 국립공원이다. 19,5헥타르 면적에 백운암층으로 이루어진 상층부와 석회암층으로 이루어진 하층부의 호수 방향으로 계단을 따라 내려가면 에메랄드빛으로 아름답게 계단을 이루고 있는 16개의 호수와 폭포수를 감상할 수 있다. 1979년 유네스코 세계문화유산으로 등재되었다.

기사 '자르'는 공원에 들어가기 전 차를 세우고 이곳이 플리트비체 전체가 보이는 전망 좋은 곳이라면서 기념사진을 찍어주었다. 플리트비체는 자연 상태 그대로 보존되어 있어 깨끗하고 물

깊이가 얕은 에메랄드빛 호수는 물속 송어들이 환히 보일 정도였다. 자르는 자그레브로 돌아오는 길에 전쟁기념관에 들러주었다.

▲ 플리트비체 전경

1991년부터 1995년까지 이어진 크로아티아의 독립 전쟁은 우리에게 인종 청소나 유고 내전으로 알려져 있다. 우리가 크로아티아를 본격적으로 여행하기 시작한 시기는 크로아티아가 2008년 유럽연합에 가입한 이후다. 유네스코 세계문화유산에 선정된 8개의 문화유산과 2개의 자연 유적지가 있는 크로아티아의 아름다운 자연과 유적을 유럽인이 여행하면서 세계적으로 명성이 퍼져나갔다. 전쟁기념관을 둘러보는 사이 남편은 자르와 오랜 시간 이야기를 나누었다.

디오클레티아누스의 꿈, 스플리트

-

자그레브에서 비행기를 타고 스플리트로 갔다. 스플리트는 밝은 에너지로 가득한 휴양지의 모습이고 도시는 엄청난 관광객으로 가득했다. 크로아티아 제2의 도시 스플리트는 유럽에서 일조량이 가장 많은 도시 중 하나로 눈부신 푸른 바다, 흰 대리석이 깔린 산책로, 야자수, 길옆 노천카페 등과 도심에서 조금만 벗어나면 해수욕장도 많아 휴양도시로 보이지만 사실은 전형적인 고대 로마 도시다. 역사가 고스란히 보존된 디오클레티아누스 궁전 등 로마의 유적이 많기 때문이다.

　로마의 황제 디오클레티아누스는 스플리트의 아름다움에 반해 로마를 버리고 여생을 이곳에서 보냈다. 궁전은 디오클레티아누스가 305년 왕위에서 물러난 후에 건축되었다. 건강 문제로 퇴위를 감행한 디오클레티아누스는 본인의 의사에 따라 왕위를 포기한 로마 최초의 황제다. 그는 이곳에서 생의 마지막 10년을 보냈다. 열주 광장, 주피터 신전, 황제의 아파트, 지하 궁전 성 도미니우스 대성당 등은 유적지로 남아 관광객을 끌어모으고 있다. 광장에서 남문 계단으로 올라가면 황제의 아파트 현관이 나온다. 황제를 알현하기 위해 신하들이 대기하던 장소였다고 하는데 천장이 뚫려 하늘을 볼 수 있는 멋진 곳이었다.

▲ 디오클레티아누스 황제 아파트 현관의 뚫린 지붕

스플리트에는 크로아티아의 대표 조각가 이반 메슈트로비치가 노년을 보낸 마르얀 언덕에 그의 미술관이 있다. 그리고 메슈트로비치 미술관에서 서쪽으로 400미터 떨어진 곳에 교회와 아트리움(화랑)의 복합 시설인 카슈레테르가 있다. 이곳에 성 십자가 교회가 있다. 성 십자가 교회에는 메슈트로비치가 40년 이상 걸려 제작한, 그리스도의 생애를 담은 28개 목판화가 벽에 늘어서 있다. 구시가지의 번잡함이 전혀 없는 마르얀 언덕 해안가에 호젓하게 서 있는 성 십자가 교회에서 예수님의 탄생부터 십자가를 지기까지 28개의 예수님 연작을 감상하며 메슈트로비치의 위대함에 감동했다.

유럽에서 해산물을 맛보려면 크로아티아로 가라는 말이 있을 정도로 해산물이 풍부한 크로아티아는 미식가들이 좋아하는 곳이다. 크로아티아의 '스톤'이라는 소도시에 있는 유서 깊은 염전은 맛 좋은 소금이 나오기로 정평이 나 있다. 예전에는 금과 소금을 바꿀 정도로 소금이 귀했다고 한다. 중세에 하얀 금이라고 불렸던 이 소금은 크로아티아의 바닷물과 태양, 바람이 만든 천연 소금이다. 스톤은 굴과 홍합 요리가 유명하다는데 어쨌든 이런 소금으로 음식을 만드니 크로아티아의 해산물이 더 맛있는지 모르겠다.
　스플리트에 도착하자마자 호텔 직원에게 좋은 해산물 식당을 추천해달라고 했더니 '노슈트로모'라는 곳을 소개해주었다. 당일 아침에 잡은 신선한 생선으로 요리하는 곳으로 유명하다는데, 그곳에서 먹은 오징어 요리가 너무 맛있어서 스플리트에 머무는 동안 계속 주문해서 먹었다.

중세의 이야기가 묻어 있는 도시,
트로기르 | Trogir

-

스플리트에서 37번 시내버스를 타고 한 시간가량 걸리는 곳에 트로기르가 있다. 중세의 이야기가 묻어 있는 트로기르는 기원전 3세기에 형성되었으며 성벽에 둘러싸인 골목들이 모여 동화 같이 예쁘고 편안함을 주는 작은 도시다. 그리스, 로마, 베네치아 등 다양한 곳의 영향을 받아 구시가지에 매혹적인 역사적 건축물과 기념물이 들어찬 작은 성곽도시이기도 하다. 그리스, 로마 등 여러 민족이 2,500년 전부터 거주했던 트로기르는 1400년대 초부터 거의 4세기 동안 베네치아의 지배를 받았다.

베네치아인은 화려한 궁전과 탑, 가옥과 요새를 건설했는데 도시에서 가장 유명한 성 로렌스 성당은 트로기르를 상징하는 건축물로 광장 중앙에 자리 잡고 있다. 13~15세기에 로마네스크 양식으로 지은 이곳은 트로기르를 대표하는 건축물이다. 특히 뛰어난 장인이었던 라도반이 서쪽 로마네스크 정문에 베네치아의 상징인 사자를 정교히 새겨놓았으며 그 위에 달마티아 지방에서 가장 오래된 아담과 이브의 누드 조각을, 맨 위에는 예수의 탄생을 섬세하게 묘사했다.

골목길을 걷다가 포도 덩굴이 멋진 '코노바 티알에스' 식당에서 점심을 먹었다. 햇볕이 좋은 날이라 테라스 자리의 연둣빛 포도 덩굴이 햇빛을 받아 싱그러운 분위기를 연출했다. 이 식당에서 가장 인기 있다는 오징어먹물 리조토를 추천받아 먹었는데 아주 맛있었다.

▼ 포도 덩굴이 멋진 코노바 티알에스 식당

낙원을 보고 싶다면,
두브로브니크

-

두브로브니크는 1991년 유고슬라비아 연방군의 포위로 성벽이 무너지는 아픔을 겪었지만 대체로 큰 피해를 입지 않고 전쟁의 아픔을 피해 간 도시다. 전쟁 이후 유럽연합에 가입하면서 유럽에서 가장 관광객이 많은 나라 중 하나로 성장했다. 두브로브니크는 아드리아해의 중심 도시로 한때 베네치아와 어깨를 견주었고, 19세기 영국 시인 바이런이 '아드리아해의 진주'라 부를 만큼 아름다운 곳이다.

두브로브니크는 크로아티아어로 '작은 떡갈나무 숲'이라는 뜻인데 '낙원을 보고 싶으면 두브로브니크로 가라'던 조지 버나드 쇼의 말처럼 나는 이 아름다운 도시의 매력에 흠뻑 빠져들었다. 구시가에서 가장 가까운 곳에 호텔을 예약해달라고 아들에게 부탁했다. 렉터 궁전 바로 앞에 있어서 관광을 위해서는 최고의 장소이기도 했다. 두브로브니크공화국의 옛 권력의 요충지였던 렉터 궁전은 도시에서 가장 아름다운 건물 중 하나다. 현재 건물 안에 문화역사박물관이 있어 다양한 16~19세기 유물이 전시되어 있다.

두브로브니크의 시작이라고 할 수 있는 필레 게이트로 들어오면 두브로브니크에서 가장 오래된 성벽인 성 로렌스 요새가 보인다. 이 성벽은 베네치아의 침략을 막기 위해 11세기에 축조되었다고 한다. 두브로브니크의 최고 관광지인 성벽은 유럽에서 가장 웅장한 요새 중 하나로 중세 성벽의 발달사를 한눈에 보여주는 건축물이다. 성벽을 따라가다 보면 부자Buza 카페를 만나게 된다. 바위에 형성된 이 독특한 카페는 성벽 투어를 할 때 만나게 되는데 너무 멋진 모습으로 거기 있었다. 부자는 '좁고 어둑한 구멍'이라는 뜻이라고 한다. 부자 카페에서 차를 마시며 아래를 내려다보니 깎아지른 듯 아찔한 높이의 절벽에서 다이빙과 수영을 즐기는 사람들의 멋진 모습에서 자유를 느꼈다.

▼ 두브로브니크의 부자 카페

두브로브니크에는 7월 10일부터 8월 25일까지 매년 여름 45일간 페스티벌이 열린다. 마침 렉터 궁전에서 열리는 안드레아스 숄 Andreas Scholl의 콘서트를 예매했다. 카운터 테너의 대명사라는 안드레아스 숄은 자작곡 '백합처럼 하얀White as Lilies'이 국내 광고 음악으로 쓰이면서 한국에서도 인기를 얻은 인물이라 무척 반가웠다. 테너보다 높은 음역대의 소리를 내는 카운터 테너인 안드레아스 숄의 목소리는 이루 말할 수 없이 아름다웠다.

음악회를 간 날은 너무도 더웠다. 그런데도 궁전이라 그런지 에어컨도 선풍기도 없었는데 그 무더위 속에서도 부채질하는 사람이 없었다. 서양 사람들의 인내심은 정말 대단하다. 2018년 여름은 정말 너무도 더웠다. 도저히 참을 수 없어 쉬는 시간에 호텔로 가서 휴대용 선풍기를 가지고 왔다. 서울에서 가지고 간 작은 손선풍기를 돌리고 있는 나를 옆에 앉아 있던 독일인이 신기한 듯 바라보았다. 휴대용 선풍기를 들고 다니는 사람들은 모두 한국 사람인 듯했다.

구시가지의 중심 거리인 플라차 거리를 현지인들은 플라차보다 스트라둔이라는 이름으로 더 많이 부른다. 스트라둔은 라틴어와 이탈리아어를 조합한 이름이라고 한다. 스트라둔 거리에서 처음 본 것은 오노프리오 분수다. 15세기의 오노프리오 분수는 식수를 도시로 끌어들이기 위해 만들어졌다고 한다. 분수를 둘러싸고 있는 난간에서 휴식을 취하고 있는 많은 관광객을 볼 수 있는데 오노 프리오 분수에서 루자 광장까지 약 300미터의 길은 여러 유적지와 연결된 두브로브니크에서 가장 번화가이기도 하다.

두브로브니크에서 마지막 날 케이블카를 타고 스르지산에 오르니 두브로브니크를 한눈에 볼 수 있었다. 해 질 녘 아름다운 풍경을 배경으로 전망대 식당에서 마지막 저녁 식사를 했다. 맛도 좋았고 전망 좋은 멋진 식당이었다. 스르지산에서 내려오니 자정이 넘은 시간인데 루자 광장 앞은 수많은 사람들로 가득 메워져 있었다. 환성을 지르는 듯한 분위기를 자아내는 한여름 밤의 꿈과 같은 광경이었다.

두브로브니크에서 아일랜드 크루즈를 예약해 섬 몇 곳을 돌아본 것이 너무 즐거웠다. 남편은 이런 곳에 살면서 개인 요트를 가지고 항해하고 싶다고 꿈꾸듯 말하면서 어린아이처럼 좋아했다.

6장

5,000년의 신비

이집트

나일강의 진주
아스완
-

이집트를 이야기할 때 나일강을 빼놓을 수 없다. 기원전 5세기 헤로도토스는 역사학자, 지리학자, 인류학자로 명성이 높았지만 그가 유명해진 이유는 '나일강은 이집트의 선물'이라는 멋진 표현 때문이다. 그의 표현대로 찬란한 이집트 문명은 나일강의 은혜로 위대한 업적을 이루어낼 수 있었다.

이번 여행은 남편과 나만의 여행이 아니라 여덟 명이 함께하는 여행이었다. 가깝게 지내는 네 쌍의 부부였다. 카이로에 도착해서 휴대전화를 켜니 일행 중 한 분의 휴대전화에 어머니가 돌아가셨다는 소식이 와 있었다. 당시 느낀 안타까움을 어떻게 말로 표현할 수 있으랴. 나 역시 시어머님의 건강이 좋지 않았는데 여행을 포기하자니 일행에게 미안한 마음이 들어 불편한 마음으로 온 여행이었다. 내 일은 아니지만 실제로 곁에 있는 사람에게 그 일이 일어난 것이었다.

부고를 접한 한 쌍의 부부가 서둘러 한국으로 돌아갈 비행기 티켓을 알아보니 다음 날 아침 일찍 출발하는 비행편이 있었다. 그렇게 헤어지고 나서 남은 여섯 명은 그날 밤 기차를 타고 아스완으로 향했다. 카이로에서 남쪽으로 980킬로미터 떨어진 곳에 있는 아스완은 인구 28만 명의 국경도시다.

아스완행 야간열차는 낭만도 있었지만 조금은 불편했다. 우리는 새벽에 아스완에 도착해 먼저 아부심벨을 찾았다.

아스완은 드라마틱한 역사를 지닌 곳이다. 이집트 왕국 3,000년 역사상 가장 번영한 시대를 이끌었던 람세스 2세는 고대 이집트의 황금기인 제19왕조(기원전 1293~1185) 최대 왕인 람세스 1세의 손자다. 아버지 세티 1세가 즉위한 후 후계자인 그의 형이 세상을 떠나자 람세스 2세가 왕세자에 오른다.

람세스 2세는 태양신 아몬Amon, 창조신 프타Ptah, 그리고 자신을 위해 거대한 신전을 건립했다. 아부심벨에는 람세스 2세 신전으로 불리는 아부심벨 대신전과 그가 가장 사랑했던 부인 네페르타리를 위한 소신전이 나란히 나일강을 바라보며 서 있다. 아부심벨 대신전 앞에는 20미터 높이로 우뚝 서 있는 람세스 2세의 거상(巨像) 4개가 있다.

신전 내부에는 오시리스 신의 모습으로 형상화된 람세스 2세의 입상(立像) 8개가 서 있다. 아부심벨 대신전 옆에 있는 왕비 네페르타리의 소신전을 보니 왕비에 대한 람세스 2세의 지극한 사랑을 알 수 있을 듯했다.

인류에게 중요한 이 유적이 40년 전 물속에 잠길 뻔했다고 한다. 이집트 정부가 1959년 나일강의 범람을 막기 위해 아스완 댐을 건설하기로 했는데 이 지점의 수위가 높아져 아부심벨이 침수될 위기에 놓이자 유네스코를 중심으로 신전을 살려야 한다는 목소리가 높아졌다. 그러면서 유네스코가 나서 전 세계적인 모금 운동을 벌였다. 막대한 비용을 들여 신전을 1,042개 조각으로 자르고, 1968년 60미터나 높은 현재의 자리로 옮긴 뒤 다시 완벽하게 재조립했다고 한다.

유네스코의 헌신적인 노력과 현대 공학의 혜택으로 신전을 원형 그대로 끌어올려 영구히 보존하게 되었다. 유네스코의 결단과 나로서는 상상조차 하기 힘든 과정 덕분에 현재의 모습을 볼 수 있으니 너무도 고마웠다.

아스완에서 빼놓을 수 없는 미완성 오벨리스크는 고대 이집트인의 건축과 조각 기술을 연구할 수 있는 귀중한 유적 자료다. 미완성 오벨리스크를 보는데 몇 명의 젊은 이집트 여성을 만났다. 한국인인 것을 눈치채고 반갑게 한국어로 인사하는 그들에게 친근감이 느껴져 함께 사진을 찍었다. 어떻게 한국어를 그렇게 잘하냐고 묻자 한국 드라마를 보며 익혔다고 한다. 여기서도 한류의 인기를 느낄 수 있었다.

아스완은 1937년 영국의 세계적인 추리소설가 애거사 크리스티가 쓴《나일강의 죽음 Death on the Nile》을 원작으로 하는 영화〈나일 살인사건〉의 무대가 되는 곳이기도 하다.

▼ 아부심벨 대신전

나일강을 따라 이동하는 유람선에서 벌어진 살인이 주된 내용인 영화 〈나일 살인사건〉에 등장한 나일강의 풍광은 참 아름다웠다. 이집트에 대한 첫 느낌이기도 했는데 실제로 아스완에서 룩소르까지 항해한 나일강 크루즈는 멋진 경험이었다. 이집트에서 가장 매력적이라고 느낀 것 중 하나가 나일강이다. 특히 노을이 지면 금빛으로 물드는 나일강은 낭만적이었고, 바다가 아니라 강이어서 정겨움이 느껴졌다.

나일강이 내려다보이는 언덕에 자리한 아스완의 대표 호텔인 올드 캐터랙트 호텔은 100년이 넘는 오랜 역사로도 유명하지만, 애거사 크리스티가 머물면서 《나일강의 죽음》을 집필한 곳으로 더 유명하다. 이 호텔에서 하룻밤 묵고 싶었지만 룩소르행 크루즈를 예약했기에 다음을 기약해야 했다.

나일강 크루즈는 나일강과 파라오의 유적을 배로 더듬어 가는 여정이다. 이집트 유적의 대부분은 나일강 가에 있다. 크루즈로 나흘 동안 강 유역을 따라가며 찬란한 이집트 유산을 살펴보았다. 아스완을 출발한 크루즈는 나일강을 따라 룩소르까지 200킬로미터의 뱃길을 달린다. 룩소르 신전, 카르나크 신전, 호루스 신전, 콤옴보 신전, 왕들의 계곡 등이 코스에 포함된다. 나일강 크루즈는 이집트 유적을 돌아보는 데 효과적인 방법이다.

'나일강의 진주 아스완, 언젠가 다시 와보리라!'

호화찬란한 고도,
룩소르

-

이집트 문명이 문화적으로 번성했던 시기는 신왕국 시대였다.

룩소르는 '테베'라 불린 상이집트 신왕국의 수도이던 곳이다. 지금은 소도시지만 한때 인구가 100만 명에 달할 정도로 번성했다. 우리에게 잘 알려진 람세스 2세가 당시의 파라오다. 그리스의 시인 호메로스는 룩소르를 '100개의 문이 있는 호화찬란한 고도'라 칭송했고, 나폴레옹의 군대 역시 이집트 원정에 실패하고 돌아가면서도 룩소르의 매력에 한동안 퇴진을 멈췄다고 한다. 룩소르는 가장 이집트적인 유적 분위기를 온몸으로 실감할 수 있는 곳이다. 룩소르는 나일강을 통해 동서로 나뉜다.

고대 이집트인은 태양이 뜨는 나일강 동쪽에 신전을 지었고 태양이 지는 서쪽은 주로 묘지나 제전 등을 지었다. 카르나크 신전을 비롯한 룩소르 신전들은 나일강 동쪽에 자리 잡고 있다. 아침마다 동쪽에서 떠오르는 태양신을 맞이하기 위해서다. 그리고 나일강 서쪽에는 사자의 도시 네크로폴리스가 자리하는데 유명한 왕과 여왕, 귀족이 묻힌 거대한 계곡이 있다. 이집트인은 죽음의 세계가 서쪽에 있다고 생각했기 때문에 무덤을 서쪽에 두었다고 한다.

룩소르에는 카르나크 신전, 멤논의 거상, 핫셉수트 장제전, 왕들의 계곡 등의 명소가 있다. 그중 가장 돋보이는 곳은 세계 최대의 신전으로 손꼽히는 카르나크 신전이다. 이집트 역대 왕들이 2,000여 년에 걸쳐 조금씩 증축해온 것으로, 현재 이집트에 남아 있는 가장 오래되고 가장 큰 신전이다. 고대 이집트에서 최고의

▼ 카르나크 신전에 있는 거대한 기둥의 숲

신으로 받드는 아멘라를 모시기 위해 세웠다고 한다. 탑문을 통해 신전에 들어서면 회랑 양편에 숫양 머리의 스핑크스 10여 개가 도열해 있다. 신전의 수호신이다. 그 끝에 람세스 2세의 석상이 있고, 석상 뒤로 경이로운 풍경이 펼쳐진다. 수많은 돌기둥이 서 있는데 둘레 15미터, 높이 23미터에 달하는 어마어마한 기둥이다. 그 수만 무려 134개가 된다고 한다. 카르나크 신전에서 탑문, 안마당, 그리고 두 번째 탑문을 통과해서 들어갔을 때 나타나는 거대한 기둥의 숲은 그 자체로 충격이고 경외감을 불러일으켰다.

카르나크 신전은 룩소르 신전으로 이어진다. 룩소르 신전은 저녁 무렵 보는 것이 가장 아름답다. 은은한 조명을 받으며 나일강을 굽어보며 서 있는 룩소르 신전 가운데에 거대한 람세스 2세 좌상과 입상이 서 있다. 서른 살에 파라오에 즉위한 그는 67년간 이집트를 지배하며 이집트를 세상에서 가장 강력한 왕국으로 만들었다. 람세스 석상에서 나오다 보면 신전 정면 왼쪽에 오벨리스크가 하나 서 있는데, 이것과 똑같은 오벨리스크가 파리 콩코르드 광장에 있다. 나폴레옹이 전리품으로 가져간 것이다.

룩소르에서 빼놓을 수 없는 곳이 왕들의 계곡이다. 고대 이집트인은 죽은 뒤에 육체는 없어지지만 영혼은 부활해 내세에서 영생한다고 믿었다. 나무 한 그루, 풀 한 포기 없는 산에 투트모세 1세부터 람세스 11세에 이르는 제18·19·20왕조의 왕들이 묻혀 있다.

관광용 마차를 타고 룩소르 시내를 나가니 고대 왕국의 위용이나 웅장한 신전과는 별개로 사람들의 세상은 평화로운 일상으로 다가선다. 시장 풍경이 정겹다. 아이들이 "1달러, 1달러!"를 외치며 물건을 팔려고 다가온다. 그 장대한 유산을 가진 오늘날 이집트의 가난하고 초라한 모습이다.

이집트의 아픈 역사를 생각하면서 룩소르에서 세계적으로 유명한 휴양지 후르가다로 향했다. 눈이 부시도록 빛나는 홍해의 바다는 이집트의 혼잡함은 볼 수 없고 평화로움과 아늑함만이 느껴졌다. 홍해와 접해 있는 후르가다의 초록빛 바다를 보면서 지금까지 가지고 있던 이집트에 대한 모든 이미지가 수평선 너머로 날아가 버리는 것 같았다.

　나일강에서 전통 돛단배 펠루카를 타고 뱃놀이도 즐겼다. 해 질 무렵이면 저녁노을로 붉게 물든 강물 위를 한가로이 떠다니는 펠루카의 노를 저으며 누비아인들이 부르는 노래가 기억에 남아 있다. 그 아름다운 모습을 또다시 볼 수 있을까?

▲ 나일강의 저녁 노을

《어린 왕자》의
여우를 기다렸던 사막에서
보낸 하루

-

룩소르에서 다시 카이로로 돌아와 바하리야 사막에서 텐트를 치

 오십부터 삶이 재미있어졌다

고 하룻밤을 자는 1박 2일의 야영을 떠났다. 바하리야에는 2개의 사막이 있다. 흑사막과 백사막이다.

베두인_{Beduin} 가이드의 지프차로 모래언덕으로 향했다. 지프를 몰아 사막의 능선으로 올라서더니 모래바람을 만들며 질주했고, 언덕 중턱에 차를 세워 잠시 풍경을 감상할 시간을 주었을 때 바로 이게 사막이지 하고 실감했다. 이름 그대로 흑사막은 검은 모래로 덮여 있고 백사막은 하얀 석회암 모래로 덮여 있다. 흑사막은 화산재가 굳어 형성된 지형으로 모래에 철광석 성분이 많이 함유되어 있어 검은빛을 띤다. 불에 타버린 듯한 광활한 사막이다. '볼캐닉 마운틴'이라 불리는 산에 오르면 마치 우주에서 온 것 같은 돌멩이가 널려 있던 흑사막 전체를 볼 수 있었다. 오르기는 어렵지 않아 20분 정도 오르면 된다. 평소에 등산을 좋아하지 않지만 거뜬히 산에 오를 수 있었다.

피라미드를 닮은 삼각형의 검은 산들이 들판에 서 있는 모습이 경이롭게 느껴진다. 흑사막에서 다시 한 시간 정도 가면 백사막이다. 마치 지구가 아닌 어느 행성에 여행 온 듯한 느낌이다. 하얀 땅 위에 하얀 구름, 사방에 버섯처럼 생긴 흰 바위가 서 있는데 모양도 각양각색이다. 낙타를 닮은 바위도 있고 스핑크스와 새를 닮은 바위도 있었다. 마치 조각품 전시장 같은 백사막은 신비롭고 몽환적이다.

《어린 왕자》에 나올 법한 작은 여우가 가끔 나타나 텐트를 두드리고 먹을 것을 달라고 한다고 해서 좀 설레었다. 어쩌면 그런 기대 때문에 불편하지만 사막에서 하룻밤 묵기로 했는지도 모르겠다. 불편한 텐트 속에서 밤새《어린 왕자》에 나오는 작은 여우가 내려오기를 기다렸지만 끝내 보지 못했다.

중학교 때 생텍쥐페리의《어린 왕자》를 읽고 사막에서 왕자와 여우가 주고받는 이 말에 얼마나 감동을 받았던지.《어린 왕자》를 읽고 '길들이다'의 의미가 남다르게 다가왔다. 짧은 문장에 지혜가 가득 담긴《어린 왕자》에서 우정에 대한 여우의 설명이 아직도 머릿속에 남아 있다.

사막에서 별을 본 적이 있는가? 그것은 참으로 경이로운 아름다움이었다. 어린 시절 여름밤 옥상에 누워 엄마와 별을 바라보던 기억이 있다. 쏟아져 내릴 것 같은 별이었다. 그때 이후 그렇게 많은 별을 본 것은 처음인 듯했다.

바하리야 사막에서 하늘의 수많은 별을 바라본 시간은 지상의 것이 아닌 듯이 신비로웠다. '이 세상에서 부유한 사람은 상인이나 지주가 아니라 밤에 별 밑에서 강렬한 경이감을 맛본 사람이다'라는 말이 생각나 감동으로 몸이 떨렸던 기억이 난다.

하나님의 말씀을 따라 고향을 떠나 이방인으로 힘든 여정을 밟던 아브라함을 이끌고 밖으로 나가 '하늘을 우러러 뭇별을 셀 수 있나 보라 네 자손이 이와 같으니라(창 15:5).' 하나님께서 아브라함에게 보여주신 별, 바랄 수 없는 중에 바라고 믿었던 아브라함은 그렇게 믿음의 조상이 되었다. 별이란 단어와 함께 생각나는 성경 말씀이다.

▲ 바하리야 사막, 백사막

저 멀리 불빛이 흐릿하게 보이는 텐트에서 오스트리아에서 왔다는 남매가 우리 텐트를 찾아왔다. 모닥불을 피워놓고 둘러앉아 이야기를 나누었다. '캠핑을 하는 이유는 불을 피우기 위해서다'라는 문화 심리학자 김정운 씨의 글을 읽은 적이 있다. '중년 남자들이 불을 피우고 싶어 하는 이유는 잊힌 삶의 의미를 되살리고 싶은 간절함 때문이고 캠핑장에 불을 피우는 이유는 둘러앉아 의미를 공유하고 싶어서다'라는 것이다.

　사막이라는 절체절명의 공간에서 우리를 안내한 베두인족과 오스트리아에서 온 남매, 그리고 우리 일행 여섯 명은 불을 피우고 둘러앉아 이야기를 하면서 사막의 별을 바라보았다. 많은 대화를 나누지는 않았지만 사막에서 불을 피우고 여러 민족이 둘러앉은 것 자체가 의미 있다는 생각을 했다.

베두인은 아라비아반도 및 중동에서 씨족사회를 형성하며 특히 아라비아 사막에서 유목 생활을 하는 아랍인인데 전 세계적으로 2,000만 명이 산다고 한다.

　가이드가 "베두인족의 눈을 너무 똑바로 바라보지 마세요. 그들의 눈망울이 너무도 깊고 아름다워 바라보는 순간 사랑에 빠지니까요"라며 농담을 했다. 실제로 한국 여성이 베두인족과 사랑에 빠져 결혼한 후 관광객을 위한 숙박업을 한다는 이야기를 들었다.

5,000년 이집트의 신비,
그 앞에 서다
－

이집트 여행의 하이라이트는 기자Giza의 세 피라미드다. '기자의 피라미드를 보지 않고는 이집트를 말하지 마라.' 기자의 3대 피라미드를 보고 하는 말이다.

기자의 세 피라미드는 세계에서 가장 오래되고 가장 큰 석조 건축물이다. 왼쪽에 쿠푸 피라미드가 있고 가운데에 카프라 피라미드, 그리고 오른쪽에 멘카우라 피라미드가 있다. 피라미드와의 첫 대면은 감동적이었다. 세 피라미드는 누구나 어릴 때부터 사진이나 그림으로 보아왔는데 가까이에서 실제로 보니 상상했던 것보다 훨씬 크고 기하학적이며 간결한 아름다움에 놀라움을 금치 못했다.

피라미드와 멀지 않은 바위 언덕에 늠름하게 앉아 있는 대스핑크스를 만날 수 있다. 거대한 사자 몸에 사람 얼굴을 한 이 스핑크스는 세계에서 가장 큰 석조 조각으로 파라오와 신의 힘을 사자의

▼ 사막 위 스핑크스

강한 모습으로 표현한 것이다. 대스핑크스는 파라오 카프라가 피라미드를 건조하면서 만든 것이다. 머리의 코브라 장식과 코, 수염 부분은 오스만튀르크와 나폴레옹이 이집트를 침략했을 당시 떨어져나갔다고 한다. 풀 한 포기 없는 사막의 언덕 위에서 피라미드와 스핑크스를 보니 황홀했다.

카이로에서 남서쪽으로 25킬로미터, 기자의 세 피라미드를 지나 나일강을 남으로 조금 거슬러 올라가면 고대 이집트 왕조의 첫 왕도 멤피스에 이른다.

많은 관광객이 멤피스를 끊임없이 찾아오는 이유는 오직 하나, 신왕국의 위대한 파라오 람세스 2세의 거상을 보기 위해서다.

이 거상은 프타 신전 유적 입구에 있는 조그마한 조각박물관

▼ 누워 있는 람세스 2세의 거상

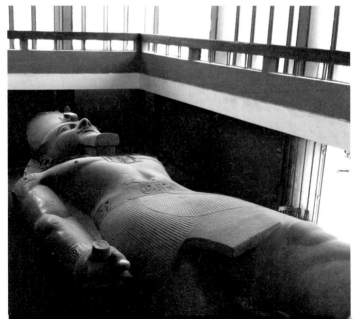

에 누워 있다. 조각박물관 안에 누워 있는 람세스 2세의 거상은 왕관 일부와 무릎 이하 한쪽 다리와 한쪽 팔꿈치가 떨어져나간 채 늪에 처박혀 있던 것을 1820년에 발굴해 이곳에 옮겨다 놓았다고 한다. 한 개의 큰 석회암을 깎아서 만든 석상인데 원래 길이는 15미터였다고 하나 지금은 파손되어 12미터만 남아 있으며, 무게는 80톤이나 된다.

콥트카이로의 발상지
올드 카이로
–

콥트 박물관에서는 초기 그리스도교의 박해와 수난의 역사 유물을 볼 수 있다. 뉴 카이로 남부에 나일강을 따라 자리한 올드 카이로, 카이로의 발상지인 이곳에 초기 그리스도교가 겪은 수난의 역사가 스며 있는 4~5세기의 콥트 교회(이집트 원주민의 기독교 교회)가 남아 있다. 일명 콥트 카이로Coptic Cairo라고도 불린다.

이집트에 그리스도교가 전파된 것은 42년 무렵으로《마가복음》을 쓴 마가가 네로 황제의 박해를 피해 로마에서 알렉산드리아로 오면서 그리스도교를 이집트에 전파했다. 바울의 제1차 선교 여행 때 힘들다고 도망갔던 마가가 선교지에서 순교한 것이다.

'바울과 및 동행하는 사람들이 바보에서 배 타고 밤빌리아에 있는 버가에 이르니 요한은 그들에게서 떠나 예루살렘으로 돌아가고(행 13:13).'

마가가 전한 복음을 듣고 애굽인이 예수를 믿고 교회를 세웠다. 그 교회가 애굽의 콥트 교회다. 애굽, 오늘날의 이집트는 국민 80퍼센트 이상이 모슬렘이다. 마가의 전도로 세운 콥트 교회 성도가 20퍼센트 정도다. 현재 개신교복음협회에 속한 콥트 교회는 약 1,200개라고 한다.

이슬람군이 이집트를 정복했을 때 이집트인은 대부분 그리스도교였는데 아랍인은 그들을 킵트Qibt라 불렀다. 이후 킵트는 영어로 콥트Copts(콥트교도라는 뜻)라고 불리게 되었다.

올드 카이로에는 다수의 콥트교도가 산다. 아기 예수 피난 교회는 요셉, 마리아와 아기 예수 성가족이 헤롯 왕을 피해 애굽으로 피란하던 중 머물던 성스러운 장소에 건축된 곳이다. 이 건물은 아직도 초기 콥트 교회의 본보기가 되고 있다.

지친 다리를 쉬며 점심을 먹으러 식당으로 갔다. 들어가다 보니 이집트 전통 의상을 입은 여인들이 우리나라 장작불 같은 곳에 빵을 굽고 있었다. 소박한 빵에서도 도시의 영혼이 보이는 듯했다.

에필로그

-

《책은 도끼다》에서 박웅현 저자가 '우리가 그 도시를 떠나올 때 다시는 이곳에 오지 못할 것이라는 아스라한 감정이 있다'고 말한 것을 기억한다.

나는 그 '아스라한 감정'을 가지고 이집트를 떠났다. 이집트 여행에서 장대한 유적을 보며 받은 충격적인 경외감과 함께 잔잔하게 마음을 울리는 감동은 오래도록 남았다.

후르가다의 눈부신 초록빛 바다, 바하리야 사막의 별을 보며 둘러앉았던 모닥불, 나일강 석양에 떠돌던 펠루카, 그리고 멤피스에서 먹었던 석류의 단맛을 잊을 수 없다.

3부

쉼과 휴식을 통해
더 풍요로운 일상을
만드는 여행

1장

압축된 인생을 경험하며

프랑스

딸과 함께
여행한다는 것

-

프랑스에서는 어머니와 딸을 '모녀 커플le couple mère-fille'이라 부른다고 한다. 10년이 넘어 다시 간 파리 여행은 그야말로 '모녀 커플'인 딸 성민이와 함께여서 특별하고 더욱 좋았다. 조금이라도 더 많은 것을 보고 싶어 하는 성민이 때문에 일주일 동안 차곡차곡 참 부지런히도 다녔다.

낭만적인 시구를 떠올리게 되는 센강과 미라보 다리, 가로수가 줄지어 서 있는 뤽상부르 공원, 가난하지만 자유로운 예술혼을 지닌 수많은 예술가를 만나볼 수 있는 몽마르트르 언덕, 세계적인 작품과 마주하는 감동을 주는 루브르와 오르세 미술관, 퐁피두 센터 등 파리에는 볼거리가 넘쳐난다.

당시 파리에는 마침 라이스 미 국무 장관의 방문으로 시내 곳곳에 배우 알랭 들롱을 닮은 잘생긴 경찰이 쫙 깔려 있어 성민이는 그들을 볼 때마다 환성을 지르곤 했다. 유람선 바토무슈가 다니는 센강은 여전히 그림처럼 아름다웠고, 루브르 박물관과 함께 10년 만에 다시 보는 오르세 미술관의 작품들은 새로운 감동으로 다가왔다.

오르세 미술관에서 만난 로댕

–

튈르리 정원 아래로 강을 따라 서쪽으로 걷다 보면 강 건너편에 우아하고 아름다운 건축물이 등장한다. 루브르, 퐁피두 센터와 더불어 파리 3대 미술관으로 꼽히는 오르세 미술관이다. 이곳에는 주로 1814~1914년 서양미술을 대표했던 작품을 전시하고 있다.

밀레의 '만종', 마네의 '풀밭 위의 식사', 고흐의 '아를의 별이 빛나는 밤', '오베르의 교회', 마티스의 '사치, 고요 그리고 즐거움', 점묘파 작가 쇠라의 작품과 고갱, 모네, 르누아르 등 주옥같은 인상파 화가들의 작품을 볼 수 있다. 성민이는 미술 시간에 교과서에 나왔던 친숙한 작품이 많아서인지 작품 앞에 오래 머무르며 그림을 열심히 감상했다. 유명세를 고려하면 루브르가 첫손에 꼽히지만 일반인에게 친숙한 인상파 작품을 주로 전시하는 오르세 미술관은 프랑스에서는 물론 세계에서 가장 많은 관람객이 다녀가는 미술관이라고 한다.

두 번째 방문한 오르세 미술관에서 내가 가장 열심히 본 작품은 로댕의 '지옥의 문'이었다.

'지옥의 문'은 단테의 《신곡》을 여러 번 읽었던 로댕이 《신곡》 '지옥 편'에서 영감을 얻어 창작한 작품이다. 로댕은 《신곡》을 주제로 삼고 단테가 지옥에서 만난 180여 명의 인물을 통해 욕망과 쾌락, 절망과 공포 등 인간의 모든 감정과 정념을 표현하고자 했다. 로댕은 30년에 걸쳐 작품을 구상하며 끊임없이 고민했다. 오르세 미술관에 남은 그의 조각은 석고형 원본이다.

1917년 로댕이 세상을 떠날 당시 '지옥의 문'은 지금 형태가 아닌 수많은 파편이었지만 이들을 모아 석고 원형으로 제작했다. 로댕은 사망하기 전에야 이 작업을 청동으로 만드는 것을 허락했다. 미완으로 남은 '지옥의 문'을 청동상으로 처음 주조한 것은 1926년으로 로댕이 죽은 뒤였다. '지옥의 문' 청동상은 현재 전 세계에 총 7개가 있는데, 모두 로댕 사후에 프랑스 정부 기관이 주도해 만든 것이며 진품으로 인정된다.

1994년 한국 삼성문화재단이 주문해 서울 로댕갤러리에 전시한
'지옥의 문'은 일곱 번째 찍어낸 작품이다. 서울 로댕갤러리는 '지
옥의 문'과 '칼레의 시민'을 상설 전시하며, 1999년 삼성생명 본관
에 개관한 미술관이다. 로댕의 작품을 감상할 수 있는 로댕갤러리
로는 세계에서 여덟 번째로 개관했다. 개관 당시 나는 로댕갤러리
에서 '지옥의 문'과 '칼레의 시민'을 관람했다. 당시 로댕갤러리의

▼ 로댕의 '지옥의 문'

큐레이터이던 친구 송남실 교수의 설명을 들으며 감상할 수 있었는데 '지옥의 문'을 서울에서 볼 수 있게 되어 얼마나 흥분했던지 송남실 교수의 반짝이는 눈동자, 격양된 목소리를 아직도 기억하고 있다. 이후 오르세 미술관이 보관하고 있는 석고 원본을 수년이 지나 감상하게 되니 감회가 새로웠다.

피카소 미술관에서 만난 '해변을 달리는 두 여인'

-

피카소의 작품을 가장 많이 소장하고 있는 피카소 미술관으로 가기 위해 지하철을 탔다. 파리를 여행하면서 유독 성민이와 다투었던 것은 지하철에서 내려 밖으로 나갈 때, 어느 출구로 언제 나가느냐 하는 것이었다. 나는 지하철에서 내려 일단 밖으로 나가서 길의 방향을 찾자고 했고, 성민이는 지하에 있는 표시판을 먼저 보고 목적지에 맞는 출구로 나가자고 했다. 지금 생각하면 길을 잘 찾는 것은 아이들이고 성민이의 생각이 옳았는데, 내가 왜 그렇게 우겼는지 모르겠다. 어쨌든 성민이 덕분에 피카소 미술관을 쉽게 찾을 수 있었다.

스페인 남부 말라가에서 태어난 피카소는 젊은 시절 파리로 옮겨와 작품 활동을 하면서 20세기를 대표하는 거장이 되었다. 피카소가 사망한 후 가족은 엄청난 유산 상속세를 내는 대신 그의 작품을 국가에 기증했고, 그 결과 이 미술관이 문을 열게 되었다고 한다. 이곳은 피카소의 청년기부터 말년의 입체파 작품에 이르기까지 시대별로 작품이 전시되어 있어 그의 광범위한 예술 세계를 접할 수 있다. 피카소의 대표작으로 널리 알려진 역동적이고 생기 넘치는 '해변을 달리는 두 여인'이 있다.

  '해변을 달리는 두 여인'은 1920년대 피카소가 프랑스 남부 앙티브를 여행하던 중 햇살 아래서 천진난만하게 지중해 해변을 달리는 여성을 보고 창작한 그림이라고 한다. 굵은 팔과 다리는 인물의 강함을 표현하고 바람에 날리는 머리카락과 벗겨진 옷은 역동성을 보여주는데, 푸른 바닷가를 시원하게 달리는 여인들의 모습은 세상 모든 굴레에서 벗어나 자유를 얻어 기쁜 마음으로 해변을 내달리는 듯하다. 피카소가 관심을 기울인 '여성'과 '자유', 두 가지를 멋지게 표현한 작품이 아닌가 하는 생각을 했다.

안과 밖이 바뀐 모습,
퐁피두 센터

–

고전을 좋아하는 나와 달리 성민이는 퐁피두 국립현대미술관을 더 좋아했다. 퐁피두 센터는 미술, 음악, 영화 등 현대 예술에 조예가 깊은 퐁피두 대통령의 제안으로 만든 초현대식 건물이다. 세계적 건축가인 리처드 로저스와 렌초 피아노가 설계한 이 건물이 1977년 모습을 드러내기 전까지 파리의 중심인 포럼 데 알과 마레 지구 사이에 있는 보부르 지역은 그저 센 강변의 작은 동네에 지나지 않았다. 우아하고 고색창연한 파리의 고전적인 건축물 사이로 짓다 만 공장 같은 건물이 모습을 드러내자 파리 시민들은 큰 충격을 받았다고 한다.

그러나 오늘날 퐁피두 센터는 새로운 것을 수용하는 문화 중심지, 파리의 상징이 되고 있다. '안과 밖이 뒤바뀐' 건물 자체가 퐁피두 센터의 특별한 매력이다. 어떤 것을 더 좋아하는지 성민이와 나는 확연한 차이가 난다. 이것이 젊음과 나이 듦의 차이일까? 퐁피두 센터 중 1~3층까지는 도서관으로 운영하는데, 책을 좋아하는 성민이는 다양한 인종의 사람들이 독서를 하는 이 공간을 특히 좋아했다.

퐁피두 센터 4~5층에 위치한 국립현대미술관은 마티스, 달리, 미로, 칸딘스키, 피카소, 폴록 등의 작품과 1960년 이후부터 현재까지의 작품 등 4만 5,000여 점을 보유하고 있다. 퐁피두 센터는 현대미술을 좋아하는 사람들에게 교과서 같은 장소인 셈이다.

바스티유 오페라

–

바스티유 오페라Opéra de Paris Bastille에서 모차르트의 〈마적〉을 보기 위해 당일 남는 표를 사려고 두 시간 동안 줄을 서서 기다렸다. 성민이는 이렇게까지 해서 꼭 오페라를 봐야 하느냐고 투덜댔지만 함께 기다려줘서 고마웠다. 성민이와 함께가 아니었다면 혼자 기다리지 못했을 것이다.

많은 젊은이가 땅바닥에 앉아 책을 읽으며 끈기 있게 기다렸다. 다행히 줄을 선 보람이 있었다. 지휘자 마르크 민코프스키Marc Minkowski의 〈마적〉은 전혀 기대하지 못한 새롭고 현대적인 무대로 충격을 주었다. 사이버 세계와 같은 무대를 보면서 무대장치는 단지 볼거리뿐 아니라 의식의 변화 과정을 묘사하는 데도 기여한다는 생각을 했다.

그러나 표를 사려고 줄을 섰던 성민이에게는 시간이 아깝고 고생한 기억으로 남아 있다고 했다. 나 또한 독일어 공연에 프랑스어 자막은 있으나 영어 자막이 없다는 점은 아쉬웠다. 관광객이 그토록 많은 도시인데 배려가 부족해서 놀라웠다. 여행 중 짬을 내 공연을 관람하는 것은 색다르게 다가온다. 여행은 압축된 인생을 경험하는 것이기도 한데, 공연은 그 안에서 또 하나의 세상으로 작은 여행을 떠나게 해주기 때문이다.

몽마르트르에서
초상화를 그리다
-

파리의 여러 미술관을 방문하기 전에 먼저 가볼 곳은 몽마르트르다. 푸치니의 오페라 〈라 보엠〉에도 등장하는 파리의 가난한 예술가, 예술과 사랑의 열정으로 삶을 불태우며 이곳을 거쳐 간 수많은 보헤미안 예술가가 떠오른다.

130미터 정도 높이의 언덕 꼭대기에 자리 잡은 몽마르트르 언덕으로 가려면 계단을 수없이 올라야 한다. 그렇게 계단을 올라가다 보면 광장이 나오고, 더 올라가면 파리의 랜드마크 사크레쾨르성당이 보인다. 백색 외관이 밝게 빛나고 비잔틴 양식의 큰 돔은우아하고 부드럽다. 성당 앞 계단에는 수많은 사람이 앉아 있었다. 우리도 파리에서 가장 높은 사크레쾨르 성당 앞 계단에 앉아

피곤한 다리를 쉬면서 눈앞에 펼쳐진 파리의 모습을 바라보며 오래도록 이야기를 나누었다.

성당을 지나면 바로 몽마르트르가 나온다. '순교자의 언덕'이라는 뜻의 몽마르트르 마을은 19세기 중반 달리, 모딜리아니, 로트레크, 모네, 피카소, 반 고흐 등 많은 예술가가 창조적 활동을 하며 안식처로 머물던 곳이다.

중앙의 테르트르 광장 주변에는 관광객의 초상화를 그려주는 무명 화가들이 있다. 많은 것을 경험하고 싶어 하는 성민이의 제안으로 우리는 각각 초상화의 주인공이 되었다. 10년 전 파리에 왔을 때는 여름 성수기라서 관광객이 무척 많았는데, 이번에는 겨울이어서 그런지 다소 썰렁하게 느껴졌다. 사람 좋아 보이는 어느 화가가 그린 내 초상화는 특징을 잘 잡아 한눈에 봐도 나라는 것을 알 수 있었지만 성민이는 좀 다른 이미지로 그려놓아 실망스럽기도 했다. 그러나 몽마르트르 언덕에 앉아 화가들의 모델이 되는 경험은 시간이 지나도 특별한 기억으로 남아 있다. 몽마르트르에서 그린 초상화는 그 순간을 간직한 채 여전히 내 방 한쪽 벽에 걸려 있다. 그 초상화를 볼 때마다 당시의 시간을 불러오며 그때를 기억해보곤 한다.

레마르크의
개선문
-

남편이 독일에서 일을 끝내고 파리에 왔다. 관광을 마치고 밤늦게 호텔로 돌아오면 프런트에서 누군가가 전화했다고 알려준다. 매일 밤 11시 가까이 되어서야 돌아왔기 때문에 우리는 남편의 전화를 받을 수 없었다. 위험한데 왜 그렇게 늦게 들어오느냐는 남편의 잔소리를 들었지만 세 명의 가족이, 그것도 여행지 파리에서 다 함께 모이니 무척 반가웠다. 샹젤리제로 나가 카바레 쇼인 리도 쇼도 보고 좋은 식당에서 맛있는 식사도 하니 그동안 성민이와 걷고 또 걸으면서 쌓인 피로가 풀리는 듯했다.

우리는 식사를 마치고 샹젤리제 거리에 있는, 레마르크가 칼바도스를 마시며 《개선문》을 썼다고 해서 유명해진 푸케 카페에서 차를 마시며 파리 여행 이야기를 나누었다. 밥 먹는 시간까지 아껴가며 하루에 두 끼만 먹어도 충분하다는 성민이가 밥을 제대로 먹지 않고 돌아다니면 어지러워지는 나이 많은 엄마를 이해하지 못해 다투었다는 이야기를 하며 웃기도 했다. 그래서 남편과 함께 하는 여행은 늘 어떤 식당에서 어떤 음식을 먹는지가 중요하다.

내가 《개선문》을 읽은 것은 중학교 때인지 고등학교 때인지 기억나지 않지만 아직도 주인공 이름인 라비크와 조앙 마두를 뚜렷이 기억할 만큼 인상 깊었다.

　제2차 세계대전의 전운이 감도는 파리의 개선문 주변을 배경으로 하는《개선문》은 전쟁 때문에 삶의 토대가 무너진 상황과 그로 인한 다양한 삶의 단면을 보게 하는 소설이다.

　이 작품에서 레마르크는 전쟁이라는 위기 앞에 급박하고 비인간적이며 비굴해질 수 있는 상황에서도 무너지지 않는 외과 의사 라비크의 태도에 초점을 맞추고 있다. 유럽의 마지막 피란처가 된 파리의 개선문 근처 싸구려 호텔에 몸을 숨긴 후 불안과 고통 속에서도 서로 사랑하고 희망을 가졌던 망명자들의 삶을 그린 이 소설은 레마르크를 반전 작가 반열에 올려놓은 걸작으로 평가받는다.

　소설 속 주인공 라비크가 불안을 느낄 때마다 칼바도스를 마셨듯 레마르크의《개선문》때문에 유명해진 카페 푸케는 지금은 관광 명소가 되어 많은 사람들이 방문해 칼바도스를 마시는 장소가 되었다.

　'주위는 너무 어두워서 개선문조차 볼 수 없었다.'

　소설《개선문》의 마지막 문장이다. 우리가 푸케를 나와 개선문을 바라보니 아름답게 불을 밝히며 찬란하게 그곳에 서 있었다.

고색창연한 성,
몽생미셸

–

우리는 새벽에 일찍 일어나 몽생미셸로 향했다. 파리에서 왕복 일곱 시간 정도 걸리는 먼 곳이었기에 남편과 함께 가려고 마지막 날 일정으로 남겨두었다. 호텔에서 새벽 6시 30분에 출발해 밤 10시 30분에 돌아오는 일정으로 점심과 저녁을 제공하는 파리 시티 비전 여행사의 몽생미셸 투어를 예약했다.

바다 위에 떠 있는 고색창연한 성인 몽생미셸은 프랑스 북부 브르타뉴와 노르망디의 경계에 자리 잡고 있다. 708년에 건축을 시작해 완공되기까지 800년이 걸렸고, 바다 위에 떠 있는 기묘한 이 수도원을 보기 위해 찾는 방문객이 1년에 250만 명이 넘는다고 한다.

켈트족 신화에는 '죽은 자의 영혼이 전달되는 바다 무덤'이라는 뜻의 몽생미셸은 708년, 주교 오베르에게 대천사 성 미카엘 Saint Michael이 나타나 산꼭대기에 성당을 지으라고 했다는 이야기에서 기원한다. 미카엘 천사는 세 번이나 꿈속에 나타났는데, 세 번째에는 말을 듣지 않는 주교의 머리를 손가락으로 꾹 눌렀다. 주교가 아침에 일어나 자기 머리에 구멍이 나 있는 것을 보고 수도원 세우기를 결심했다고 한다.

그 후 이곳을 대천사 미카엘의 이름을 따서 몽생미셸 Mont-Saint-

Michael이라 부르게 되었다고 한다. 15세기 초 백년전쟁에서 영국
군은 몽생미셸을 세 번이나 포위했지만 어떤 공격에도 끄떡하지
않았고, 영국의 통치 아래 놓이지 않은 북서 프랑스의 유일한 지
역이기도 하다. 프랑스혁명 이후 감옥으로 쓰였으나 1966년 베네
딕트 수도회에 환원되었다.

아름답고 수수한 몽생미셸은 기대를 저버리지 않았고 유럽의
어떤 화려한 성당보다도 마음에 와닿았다.

▲ 몽생미셸 전경

다음 날 성민이는 학교 일정이 있어 아쉬움을 남긴 채 서울로 가
기 위해, 남편과 나는 바르셀로나로 가기 위해 샤를 드 골 공항에

서 헤어졌다. 여행의 동반자가 딸에서 남편으로 바뀐 것이다. 사소한 의견 차이로 옥신각신한 적도 있었지만, 파리 여행은 세상에서 가장 아름다운 동행, '모녀 커플' 여행으로 기억될 것이다.

블루의 울림,
포르투갈

-

포르투갈 여행을 앞두고 파스칼 메르시어의 《리스본행 야간열
차》를 읽었다. 책 제목에서 주는 느낌에서 남녀 간의 사랑 이야기
를 예상했는데 포르투갈의 아픈 현대사가 담겨 있었다.

'우리가 우리 안에 있는 것들 가운데 아주 작은 부분만 경험할
수 있다면, 나머지는 어떻게 되는 건가?'

수많은 사람에게 알려진 이 문장을 읽으며 내가 여행하는 것도
내 안에 있는 다른 부분을 경험하고 싶어서인지도 모른다는 생각
을 했다.

'그곳에 가면 따뜻하겠지. 그리고 나는 도마뱀처럼 햇볕 속에 몸을 쭉 뻗고 힘을 얻을 수 있겠지. 그곳은 물과 대리석과 빛의 도시였으며 사고와 평온에 도움이 되는 도시였다.'

알랭 드 보통의《여행의 기술》에 나오는 글이다. 실제로 리스본에 가보니 태주강을 품은 리스본은 물의 도시며 1년 중 260일은 햇빛과 푸른 아줄레주를 어디서나 볼 수 있는 대리석의 나라다. 특히 리스본에는 지난 세월의 영광이 도심에 짙게 스며 있었다.

리스본을
향하여
-

리스본에 도착해 코메르시우 광장에서 첫 일정을 시작했다. 리스본 최대 광장으로 태주강과 맞닿아 있으며 땅과 강은 별다른 경계 없이 계단으로 이어져 있었다. 바다처럼 보이는 태주강은 대서양과 맞닿아 있다. 이곳은 한때 리스본의 관문이었다. 원래 이곳에

▼ 태주강

는 히베이라 궁전이 있었으나 1755년 11월 1일 리스본 대지진으로 파괴되었다.

현재 광장 중앙에는 주제 1세의 동상이 서 있고 동상을 중심으로 ㄷ 자 모양의 아케이드가 형성되어 있다. 뒤편 중심에는 커다란 개선문의 아치가 있다. 그곳을 통과하면 리스본에서 가장 번화하다는 아우구스타 거리이고, 좀 더 가면 호시우 광장이 나온다.

'그는 리스본에서 가장 유명한 장소인 호시우 광장에서 내려, 카몽이스의 헌책방에서 산 책들이 들어 있는 무거운 봉지를 힘겹게 들고 호텔로 갔다.'

《리스본행 야간열차》에 나오는 표현이 생각난다. 리스본에 오기 직전에 동명의 영화도 보았다. 주인공 그레고리우스 교수 역을 맡은 제러미 아이언스가 리스본 시내를 다니는 모습을 보며 리스본을 상상하기도 했다.

과연 포르투갈은 서점이 많은 나라였다. 세계에서 가장 오래된 서점 베르트랑은 1732년에 처음 문을 열었으며 300년이 다 되어간다. 포르투갈의 자랑이며 국민 작가인 페르난두 페소아에 관련된 서적이 많았다. 포르투갈에 오기 전 그의 대표작《불안의 서》를 읽으려 했지만 결국 다 읽지 못했다. 열심히 책을 구경하고 나오다가 들고 있던 포르투갈 여행 가이드 책자를 서점에 두고 나온 것을 깨달았다. 다시 돌아가서 찾으려니 그 많은 책더미 위 어느 곳에 두었는지 찾을 수가 없었다. 직원들에게 "한글로 쓰여 있으니 눈에 바로 띄어 찾기 쉬울 거예요"라고 했는데 여러 명의 직원이 흩어져서 찾았지만 결국 책은 눈에 띄지 않았다. 직원들도 포기하고 나서야 한글이 눈에 띄지 않게 뒤집혀 책더미 위에 놓여 있는 걸 발견할 수 있었다. 하마터면 길을 찾는 데 어려움을 겪을 뻔했다.

시아두 지구의 중심 광장인 카몽이스 광장에는 3개의 동상이 있다. 하나는 광장 이름이 된 포르투갈의 민족 시인 루이스 바스 드 카몽이스의 동상과 시아두 지구의 이름이 된 길거리 풍자 시인 안토니우 히베이루의 동상이다. 마지막으로 작가 페르난두 페소아의 동상으로 '카페 아 브라질레이라' 앞에 있다. 리스본에서 가장 유명한 카페 아 브라질레이라는 페소아의 단골 카페였기에 리스본 관광 명소 중 하나로 언제나 많은 사람으로 북적인다. 나도 리스본에 머무는 닷새 동안 두 번이나 갔다. 1905년에 문을 연 이곳은 페소아의 단골 카페일 뿐 아니라 당대 최고의 지성인과 예술가의 아지트로 유명했다. 카페 앞에 페소아의 동상이 있는데 그 옆에 의자를 하나 제작해놓아서 관광객들이 앉아 끊임없이 기념 촬영을 한다. 나는 포르투갈 사람들이 즐겨 마신다는 비카 커피와 함께 카페 아 브라질레이라가 자랑하는 애플파이를 먹었다. 비카 커피는 독하고 쓴 커피 원액, 즉 에스프레소다.

▲ 카페 아 브라질레이아

　어느 도시나 작가들이 사랑하고 단골로 다녔던 카페가 있다. 페소아를 비롯해 많은 동료 문인이 이 카페를 드나들면서 당대를 대표하는 문학 저널 〈오르페우〉를 펴냈다. 리스본 곳곳에 밴, 보이지 않는 정서는 페르난두 페소아의 단상이다. 골목의 낡은 벽에, 비탈길의 계단에, 오래된 식당의 탁자에 페소아의 말이 스며 있다. 많은 세월이 지난 지금도 사람들이 이곳을 찾아 그를 추억한다.

　한때 대항해시대를 주도한 포르투갈은 20세기에 다다르자 40년 이상 지속된 살라자르 독재 정권으로 다른 유럽 국가에 비해 많이 뒤처지게 되었다. 하지만 문학에서는 세계가 인정하는 많은 작가를 배출했다. 시인 루이스 바스 드 카몽이스를 비롯해 노벨 문학상을 받은 《눈먼 자들의 도시》의 저자인 주제 사라마구와 우리나라에도 많은 팬을 확보한 페르난두 페소아가 있다. 페소아는 사후에 더욱 유명해진 작가다. 생전에 시집 한 권만 낸 페르난두 페소아는 사후에 세계적 문호로 추앙받고 있다. 마흔일곱 살의 젊은 나이에 죽고 나서 그의 트렁크에서 수만 장의 원고가 발견되었다. 궤짝에 아무렇게나 담겨 있던 유고 500편을 엮어 출간해 뜨거운 호응을 얻은 것이 《불안의 서》다.

이 책은 한 도시인이 평생 추구한, 자기 내면에 대한 성찰을 극한까지 밀어붙인 명작으로 지금도 전 세계인이 공감을 보내며 읽고 있다. 리스본은 페소아가 있어 더욱 빛난다.

산타 주스타 엘리베이터로 옥상에 오르면 리스본 시내 풍경을 한눈에 볼 수 있다. 저지대에 위치한 바이샤 지구와 언덕 위의 바이루 알투 지구를 연결하는 공공 엘리베이터인 산타 주스타에서는 늘 줄을 길게 서서 기다리는 사람들을 볼 수 있다. 에펠탑을 설계한 에펠의 제자 라울 메스니에르 뒤 퐁사르가 1902년 철골로 만든 신고딕 양식의 건축물이다. 옥상에서 밖으로 나오니 자연스럽게 카르무 대성당으로 연결된다. 1755년 대지진의 참상을 말없이 전해주는 역사의 증인, 카르무 대성당은 1389년에 설립되었는데 대지진으로 뼈대만 앙상하게 남은 폐허가 되었다.

호시우 광장으로 들어가기 전 아우구스타 거리에 있는 많은 식당 중 커다란 건조 대구가 걸려 있는 작은 식당에서 점심 식사를 했다. 첫날 점심으로 포르투갈의 대표 음식이라고 하는 바칼라우 bacalhau를 먹기로 했다. 소금에 절여 말린 대구를 이틀 정도 물에 담가 소금기를 뺀 후 조리한 것으로, 올리브 오일과 마늘을 넣어 굽고 삶은 감자를 곁들인 요리다. 구운 대구와 오징어, 채소와 감자를 곁들여 먹는 맛은 괜찮았다. 포르투갈식 바칼라우는 북대서양에서 잡은 생선이 포르투갈에 도착할 때까지 상하지 않도록 하기 위해 소금에 절인 것에서 비롯되었다고 하는데, 현재 포르투갈에서 소비되는 대구의 대부분은 노르웨이에서 온 것이라고 한다.

제로니무스 수도원
-

벨렝 지구에 있는 마누엘 양식의 결정판이라고 할 수 있는 제로니무스 수도원은 리스본에 오면 제일 먼저 가보고 싶은 곳이었다. 제로니무스는 포르투갈의 부와 명성이 하늘을 찌를 당시에 세워졌다. 엔히크 항해 왕자와 바스쿠 다가마의 세계 일주를 기념하기 위해 1502년 마누엘 1세가 짓기 시작해 1672년 완공되었다. 마누엘 1세 때 유행한 마누엘 양식은 기둥이나 입구, 창 등을 주로 장식하는 건축양식이다. 프랑스나 이탈리아에서는 꽃이나 천사 등의 조각물이 많은 반면 포르투갈에는 꽈배기처럼 보이는 매듭 식물, 어패류 등이 많다. 항해 사업이 발달한 영향이라고 한다.

덕분에 다른 유럽에서는 볼 수 없는 독특한 문양과 장식을 만날 수 있었다. 다행히 대지진의 피해를 입지 않아 본래 모습을 그대로 간직하고 있는 제로니무스 수도원은 유네스코 세계문화유산으로 지정되었다. 사각형 회랑과 안뜰은 참으로 아름다웠는데 새하얀 석회암으로 지은 건축물의 세련된 조각은 너무도 세밀해 돌 조각인지 손으로 뜬 레이스인지 구별하기 힘들 정도였다.

제로니무스 수도원으로 갈 때 택시를 탔는데 기사가 프란치스코 교황이 며칠 있다가 리스본에서 올 것이라고 알려주었다. 약간 흥분한 목소리로 교황 방문을 알리는 그의 말에서 천주교가 주류인 포르투갈 국민의 기대를 읽을 수 있었다. 교황은 세계청년대회 참석차 포르투갈을 방문해 성모 발현지인 파티마 성지도 방문한다고 한다. 그래서인지 제로니무스 수도원 안 성모마리아 성당이 일주일 동안 문을 닫는 바람에 바스쿠 다가마와 카몽이스 석관을 볼 수 없었다.

바스쿠 다가마가 포르투갈에서 아프리카 희망봉을 거쳐 인도로 향하는 항로를 최초로 개척했을 당시에는 이슬람 상인들이 인도와의 무역을 독점하고 있을 때였다. 향신료는 구경도 할 수 없

▲ 제로니무스 수도원 안뜰

던 포르투갈은 직접 항로 개척에 성공한 것이다. 포르투갈 왕 마누엘 1세는 그에게 상을 내리지 않을 수 없어 원래 포르투갈 왕실의 묘비로 사용하려 했던 제로니무스 수도원을 그를 기념하기 위해 세우게 된다. 그런 이유로 제로니무스 수도원에는 대항해 역사에 한 획을 그은 모험가가 잠들어 있다.

페소아의 무덤은 제로니무스 수도원 회랑의 아케이드 1층 북쪽에 있다. 1985년에 페소아가 죽은 지 50년이 되는 해를 기념하며 이곳으로 옮겼다고 한다. 추모비에는 방문자가 지나가며 볼 수 있

▲ 페소아 추모비

는 세 면에 페소아의 대표적인 세 이명(異名)으로 발표한 각각의
시 구절이 한 면씩 적혀 있다. 리스본을 지극히 사랑했던 그는 리
스본을 알리기 위해 가이드 책을 만들기도 했다. 한 장 한 장 이방
인을 위한 가이드를 썼는데 가장 많은 분량을 할애한 것이 바로

 오십부터 삶이 재미있어졌다

제로니무스 수도원이라고 한다.

그는 수도원을 이런 글로 찬양하고 있다.

'제로니무스 수도원을 제대로 보려면 시간을 들여 천천히 둘러보아야 한다. 수도원이 지닌 아름다움을 온전히 느끼려면 구석구석 꼼꼼히 들여다봐야 하기 때문이다. 모든 이미지, 묘지 기둥, 아치형 천장, 특히 기둥 없는 트랜셉트 성화, 성당 내부를 잘 볼 수 있는 성가대석, 세계 최고의 화랑, 알렉산드르 에르쿨라노와 대시인 게하 중케이루의 묘지, 기숙사에 있던 옛 예배실, 그리스도 소성당 등을 세심히 살펴봐야 한다.' _《페소아의 리스본》 중에서

제로니무스 수도원에 얽힌 음식 이야기가 있다. 옛날 수녀원에서는 캡과 옷에 풀을 먹이기 위해 달걀흰자를 사용했다. 이에 많은 달걀이 필요했는데 그만큼 남는 노른자도 많았다. 노른자를 처리하기 위해 개발한 것이 에그 타르트다. 비밀 레시피로 남아 있다가 19세기 초 제로니무스 수도원 근처 가게에서 판매했다. 이름은 파스테이스 드 벨렝Pastéis de Belém으로 리스본 최고의 에그 타르트 맛집으로 통한다. 바로 수도원 근처에 있는데 에그 타르트 원조인 셈이다. 포르투갈 어디서나 에그 타르트를 먹을 수 있지만 이곳은 여행자들에게 소문이 나 줄을 서서 오래 기다려야 먹을 수 있다. 남편과 나도 기다려서 먹기로 했다. 파스테이스 드 벨렝의 에그 타르트는 겉은 바삭하고 속은 촉촉해 확실히 최고였다. 그러

나 긴 줄을 서서 기다린 이유는 맛보다는 그 이름과 스토리 때문이 아니었을까?

리스본에서 가장 오래된 상 조르즈 성을 구경하고 내려오는 길에 성과 주위를 그린 풍경화도 사고, 앤티크 가게가 있어 들어가 보니 포르투갈 앤티크 닭이 있었다. 수많은 포르투갈 기념품 상점에서 파는 도자기 닭은 관광용으로 만든 것이지만 이 앤티크 닭은 만든 지 50년이 훨씬 넘었다고 한다. 유럽 여행을 갈 때마다 독특한 모양의 닭이 있으면 사게 되는데, 내가 도자기에 관심을 보이니 주인 할머니가 오비두스에 가면 최고의 도자기를 만날 수 있을 거라고 귀띔해주었다. 할머니 혼자서 판매하고 많은 사람이 기다리고 있어 허술한 포장으로 싼 닭을 받아 들고 나올 수밖에 없었다. 다시 단단히 포장하지 않고 핸드 캐리어로 들고 다니니까 괜찮겠지 방심했는데 이번 여행에서 여덟 번이나 비행기를 갈아타서인지 집에 와서 풀어보니 도자기 닭이 깨져 있었다.

왜 포르투갈 닭은 특별할까. 닭은 포르투갈의 상징이며 희망과 정의를 뜻한다. 포르투갈 어디를 가도 닭 모양의 기념품이 빠지지 않는다. 갈루Galo라 불리는 닭 모양이 포르투갈의 상징이 된 것은 포르투갈 북쪽 마을 바르셀루스에서 시작되었고 다음과 같은 이야기가 전해진다.

한 수도사 청년이 순례 길을 걷던 중 바르셀루스에서 억울한 누명을 쓰고 도둑으로 몰렸다. 결백을 증명할 방법이 없어 교수형을 당할 위기에 처했고, 이에 수도사는 "내가 결백하다면 닭이 울 것이다"라고 말했다. 하지만 당시 마을엔 닭이 없었고 유일하게 한 마리 남아 있던 닭은 통구이가 되어 재판관 접시 위에 올라가 있었다. 그런데 이 닭이 접시 위에서 힘차게 울었다. 덕분에 수도사의 무고함을 입증할 수 있었고 순례를 계속할 수 있었다. 귀향한 수도사는 몇 년 뒤 다시 순례 길에 나섰다가 자신의 무죄를 밝혀준 닭 모형을 사람들에게 나누어주었고, 모든 순례자가 닭 모형을 차고 다니게 되었다는 이야기다.

포르투갈은 마음속 저 깊은 곳에서 블루의 울림이 있다. 블루는 포르투갈 모든 곳에 있다. 특히 아줄레주는 포르투갈을 대표하는 건축 장식이며 아랍어로 '윤이 나는 돌'이라는 뜻이다. 포르투갈의 마누엘 1세가 그라나다 알람브라 궁전을 여행한 후 이슬람 건축의 타일 장식에 매료되어 왕궁에 처음 도입한 것이 전국에 퍼졌다. 리스본 시내 곳곳에서도 아름다운 아줄레주를 볼 수 있다. 이 나라가 가장 부유했을 때, 곳간에 재화가 넘쳐났을 때 왕궁과 별장, 성당과 귀족의 집, 거리가 온통 아줄레주로 도배되다시피 했다.

리스본은 중심지가 7개의 언덕으로 둘러싸인 도시라 언덕 어디서나 마치 바다 같은 테주강을 바라볼 수 있다. 그래서 리스본에는 근사한 전망대가 여러 개 있다. 이들 가운데 아줄레주로 장식한 낭만적인 아름다움을 선사하는 곳이 산타 루지아 전망대다. 풍경도 좋지만 근처에 산타 루지아 교회가 있어 교회 벽면과 강을 내려다보는 테라스의 아줄레주, 그리고 테라스에 앉아 기타 연주를 들으며 아름다운 풍광 속에서 이야기를 나누는 사람들이 참 아름다워 보이는 곳이기 때문이다.

포르투갈을 대표하는 노래, 파두fado는 운명이라는 뜻의 라틴어 파툼fatum에서 유래한 말이다. 너무 가난해서 숙명적으로 바다로 나가지 않으면 안 되었던 포르투갈. 그 바다로 나가 돌아오지 않았던 수많은 남자들과 그 남자들을 사랑하고 미워했던 여자들의 눈물과 탄식이 담겨 있다. 포르투갈의 대표 민요 파두는 15세기 대항해시대가 시작된 후 해외에서 들어온 노래가 포르투갈의 전통음악과 뒤섞이며 시작되었다는 이야기가 정설로 받아들여지고 있다.

우리는 아르헨티나의 탱고, 브라질의 삼바, 스페인의 플라멩코를 기억한다. 포르투갈은 단연코 파두다. 왜 파두처럼 슬픈 노래가 포르투갈 국민의 사랑을 받는 '국민 가요'가 되었을까? 한때 베네치아를 우습게 알 정도로 정점에 올라섰던 포르투갈은 조국의 쇠락을 슬퍼하며 대항해시대의 영광을 추억한다. 사람들은 이런 파두를 들으면서 삶에 대한 용기와 희망을 얻었으리라.

'프라드스의 식탁'이란 뜻을 지닌 '메자 드 프라드스'는 리스본 최고의 파두를 들을 수 있는 곳이라고 소개했는데 관광객을 위한 파두가 아니라고 했다. 오후 9시부터 두 시간 동안 식사를 하고 11시가 되어서야 공연이 시작된다는 리스본 최고의 파두를 경험하고 싶어서 알파마 지구에 있는 이 식당을 어렵게 찾았다. '발로 뛰고 사람의 땀방울이 닿아봐야 숨은 장소도 발굴할 수 있다'는 말이 맞다.

알파마 지구는 여행자들이 가장 사랑하는 장소 중 하나다. 테주강에 접한 작은 마을인 알파마는 리스본에서 가장 오래된 지역이다. 알파마는 1755년 대지진에서 살아남은 유일한 지역이기에 도시 전체를 거의 파괴한 대재앙 이전의 리스본 모습을 볼 수 있는 곳이기도 하다. 그리고 알파마야말로 파두의 탄생지라고 들었다. 리스본에 도착한 첫날 예약을 하기 위해 직접 알파마 메자 드 프라드스에 갔는데 예약이 꽉 차 리스본에 머문 나흘 중 마지막 날 저녁에 겨우 예약할 수 있어 그나마 다행이었다.

메자 드 프라드스는 예전에 작은 성당이었다고 하는데 성당이 문을 닫으면서 식당으로 바뀌었다. 식탁이 10개 정도 되는 작은 곳이지만 벽이 아줄레주로 장식되어 품위 있었다. 파두의 선율은 아줄레주와 함께할 때 더 절실하고 사무치며 마음속 깊이 들어오

기 때문일까? 특유의 색감과 공간이 만드는 분위기 탓인지 화려
한 아줄레주 앞에서 파두를 즐기는 기분은 특별했다. 파두와 함께
한 리스본에서의 마지막 밤이 깊어갔다.

▲ 성당을 개조한 메자 드 프라드스 식당 내부

정어리 통조림 가게와 낭만주의 별장, 그리고 유럽의 땅끝
-

리스본에서 80킬로미터 떨어진 곳에 자리한 오비두스에 다녀왔다. 왕이 첫눈에 반한 부인에게 아름다운 오비두스를 통째로 선물했다는 이야기가 있는 매우 낭만적인 마을이다. 마을 초입 성문에서부터 화려한 아줄레주가 관광객을 맞이한다. 오비두스는 성채 혹은 성채 마을이라는 뜻을 지닌 오피둠에서 비롯되었다.

아름다운 도자기로도 유명한 오비두스에서 포르투갈의 아이콘인 정어리가 그려진 예쁜 그릇을 샀다. 대서양의 여왕이라 불리는 정어리는 포르투갈 사람들의 정신에서 매우 특별한 위치를 차지한다고 한다. 정어리 통조림 가게에 통조림이 서점의 책처럼 멋지게 진열되어 있었다.

이 통조림 회사는 '우리는 포르투갈의 가장 대표적인 아이콘인 정어리를 화려한 빛과 환상적인 세계로 100년 이상 기념하고 있다'고 했다. 이곳에서 가족에게 줄 선물로 정어리 통조림을 구입했다.

낭만적인 오비두스에서 부겐빌레아가 화려하게 피어 있는 아름다운 식당에서 점심 식사를 했다. 싱싱한 샐러드와 빵, 포르투갈에서 거의 매일 먹는 문어 요리는 오늘도 예외가 아니다. 남편은 대구 요리, 바칼라우를 주문했다. 나는 문어를, 남편은 대구를

▲ 부겐빌레아가 피어있는 식당

좋아해서 매일 바칼라우와 문어가 빠지지 않는데 문어와 바칼라우가 반반씩 나오는 카랄라우스 두엘Caralhau's Duel이라는 요리가 있다는 것도 알게 되었다.

오비두스에서 리스본에 도착해 택시를 탔는데 호텔로 가는 길이 심상치 않았다. 세계 각국에서 온 청년들이 교황 방문을 앞두고 에두아르두 7세 공원으로 모이고 있었다. 우리가 묵고 있는 인터콘티넨털 호텔은 공원 바로 옆이었다. 결국 기사가 여기서 내려

공원 쪽으로 가로질러 5분만 걸으면 호텔이라면서 거듭 미안하다며 사과했다.

그런데 택시 기사 말과 달리 이미 공원 쪽은 차단되었고 밀려드는 청년들을 피해 공원 외곽을 돌아 호텔까지 걸어가면서 엄청난 인파와 어마어마한 열기와 마주했다. 교황을 구심점으로 하는 가톨릭 청년들의 열정을 보며 '개신교 청년들도 한마음으로 모일 수 있을까?' 하는 생각을 하면서 3년 뒤 한국에서 열릴 세계청년대회를 떠올렸다.

바위곶이라는
호카곶

-

신트라에서 17킬로미터 정도 떨어진 곳에 유명한 호카곶이 있다. '바위곶'이라는 뜻의 호카곶은 포르투갈이 보호구역으로 지정한 신트라-카스카이스 자연공원에 포함되어 있다. 유라시아 대륙의 최서단이라는 상징적 의미만이 아니라 깎아지른 절벽으로 이루어진 해안 풍광이 아름답다. 호카곶을 더욱 유명하게 만든 것은 황량한 벌판에 서 있는 십자가 탑의 글귀다. 포르투갈의 민족 시인 카몽이스의 서사시 '우스 루지아다스'에서 표현한 '이곳에서 땅이 끝나고 바다가 시작된다'는 구절이 새겨져 있다.

바다를 친구 삼아 우뚝 서 있는 십자가는 신대륙으로 향하던 유럽인의 설렘과 모험심을 보여주는 듯하다. 우리를 안내해준 이란 출신 부부는 아주 열정적이고 분주하게 다녔다. 한국에서 왔다고 하자 막내딸이 이민호 배우의 열성팬인데 언젠가는 한국에 가보고 싶다고 한다. 다시 한번 한류를 실감한 순간이었다.

◀ 호카곶에 서 있는 십자가 탑

아름다운 항구,
포르투

-

리스본에서 비행기로 한 시간 만에 포르투갈 제2의 도시 포르투에 도착했다. 포르투는 '항구'라는 뜻의 오래된 도시로 유네스코 세계문화유산으로 지정되었다. 포르투에 도착하면 제일 먼저 가야 할 곳이 있다. 바로 상 벤투 역이다. 포르투에는 세상에서 가장 아름답다는 장소가 두 군데 있는데 상 벤투 역과 렐루 서점이다. 나는 호텔에 짐을 풀자마자 상 벤투 역으로 갔다. 듣던 대로 우아하고 화려한 아줄레주로 장식된 상 벤투 역은 그 어떠한 역도 따라올 수 없을 만큼 아름다웠다.

▼ 상 벤투 역 안

상 벤투 역의 아줄레주는 벽화를 연상시키는데 포르투갈의 역사를 아줄레주 장식으로 표현했다. 건축가 조제 마르케스 다 실바가 19세기 파리의 건축물에서 영감받아 설계했으며, 주앙 1세의 포르투갈 입성과 그의 셋째 아들 엔히케 왕자의 아프리카 세우타 정복 등 포르투갈의 중요한 역사적 사건을 묘사했다. 아줄레주로 표현한 포르투갈의 역사적 순간과 다양한 지역의 농촌 풍경은 이곳을 '세계에서 가장 아름다운 기차역 중 하나'로 만들었다. 황홀할 정도로 아름다운 청백의 아줄레주를 배경으로 한 상 벤투 역에서 사람들은 만나고 헤어지고 떠나고 다시 돌아온다.

상 벤투 역을 나와 오른쪽으로 고개를 돌리니 역시 아줄레주가 아름다운 성당이 보였다. 산투 안토니우 두스 콩그레가두스 성당이라고 했다. 무엇보다 아줄레주 끝판왕 같은 알마스 성당을 보고 감탄했다. 외벽 전체를 아줄레주로 장식한 것이다. 알마스 성당 옆에 포르투에서 가장 번화한 산타 카타리나 거리가 있다. 예배당이 있는 거리의 이름을 따서 산타 카타리나 예배당으로도 불리는 알마스 예배당은 인근 성당과는 달리 실내에도 아름다운 아줄레주가 있다. 성당 벽면 전체를 뒤덮은 아줄레주는 아름답지만 너무 화려해서 당시의 권력과 금력을 과시하기 위해 만든 것이라는 말을 실감하게 된다. 그런데 알마스 예배당 안은 아줄레주가 적당한 양으로 적절히 균형을 이루고 있어 마음을 차분하게 가라앉혀주었다. 알마스의 '알마'는 영혼이라는 뜻이라고 한다. 바깥의 화려함과는 달리 사람들이 앉아서 조용히 기도하고 있는 작은 예배당 내부가 인상적이었다. 또 하나, 포르투갈 최대 규모의 아줄레주를 볼 수 있는 카르무 성당이 있다. 정말이지 포르투는 아줄레주 야외 박물관 같은 곳이다.

렐루 서점에 들어가려면 줄을 서서 오래 기다려야 한다고 해서 서울에서 예약했다. 포르투에 도착한 날 오후 3시로 예약했기 때문에 상 벤투 역에서 바로 렐루 서점으로 갔다. 인기 소설《해리 포터》시리즈가 탄생하기까지 저자 조앤 롤링은 포르투갈에서의 경험을 바탕으로 다양한 아이디어를 얻었다고 한다. 렐루 서점 역시 그중 하나로 작가가 포르투에서 영어를 가르치던 시절 작품에 대

▼ 렐루 서점의 아름다운 나선형 계단

한 영감을 얻고자 자주 들른 곳으로 알려지면서 전 세계 여행자가 방문하는 인기 관광 명소로 거듭났다.

아르누보 양식의 아기자기한 건물 외관은 마치 동화책을 펼쳐놓은 것 같다. 내부는 더욱 화려한데 들어서는 순간 '천국으로 가는 계단'으로 칭송받는 나선형 계단이 서점 한가운데에서 시선을 압도하고 스테인드글라스 천장이 선명하게 색을 드러냈다.

책을 좋아하는 딸을 위해 페소아의 책을 찾았지만 웬일인지 그의 책이 가득했던 리스본 베르트랑 서점과 달리 책을 찾을 수 없었다. 직원에게 부탁해 영어로 된 그의 자서전을 겨우 한 권 살 수 있었는데 관광객을 위해서인지, 참 예쁘게 만든 책이 많았다. 렐루 서점은 출판사를 따로 보유하고 있다고 했는데 나는 예쁘게 디자인한《어린 왕자》와 노트를 샀다.

그런 다음 향한 곳은 1921년 문을 연 마제스티그 카페로 이곳역시 조앤 롤링의 단골 카페로 유명하다. 입구부터 고전적이고 우아한 기품이 느껴지는 화려한 조명과 장식의 아르누보 양식으로 꾸몄는데 지식인과 보헤미안의 사교 중심지로 잘 알려져 있다. 음식 값이 상당히 비싸서 깜짝 놀랐지만 많은 관광객이 자리를 메우고 있었다. 조앤 롤링은 이곳에서《해리 포터와 마법사의 돌》을 집필했다고 한다.

포르투에서 빼놓을 수 없는 것으로, 오늘날 포르투 정체성의 가장 큰 부분을 차지하고 있는 것이 와인이다. 백년전쟁의 결과로 보르도 지방을 프랑스에 빼앗긴 영국에게 가장 큰 아픔은 보르도 와인을 마시기 힘들어졌다는 사실이었다. 그러나 100년 이상 양질의 와인에 익숙해진 영국 소비자는 보르도 와인을 포기할 수 없었는데, 영국의 와인 판매상이 보르도에서 새롭게 눈을 돌린 곳이 포르투였다. 질 좋은 와인을 원하는 영국 와인업자들이 포르투 지역의 와인 생산과 제조에 직접 개입한 것이 오늘날 포트와인을 대표하는 브랜드 가운데 영국 회사가 많은 이유다.

도루강을 사이에 두고 대항해시대를 이끈 엔히크 왕자가 태어난 북쪽의 '카이스 다 히베이라'와 포르투갈을 대표하는 특산품 포트와인 생산지인 남쪽의 '빌라 노바 드 가이아', 두 마을은 비슷하면서도 색다른 분위기의 포르투 대표 관광 지구다. 와인은 바쁜 일상생활에 느림의 여유를 주고, 만족감과 즐거움을 선사해 좋아하는 사람과 나누고 싶은 마음을 불러일으키기에 사랑받는 것이 아닌가 한다.

아름다운 히베이라 광장, 강변 레스토랑에서 저녁 식사를 하면서 바라보니 동 루이스 1세 다리가 바로 앞에 보이고 언덕 위 동그란 원형 건물이 눈에 들어온다. 동 루이스 다리와 함께 유네스코 세계문화유산으로 등재된 세하 두 필라르 수도원이다. 밤에 보는 다리와 수도원의 조화가 아름다웠다. 다리를 중심으로 포르투의 아름다운 밤과 낮을 즐길 수 있다. 낮에는 동 루이스 1세 다리에서 출발해 도루강 상류에서 하류까지 있는 6개 다리를 돌아보는 도루강 크루즈를 하면서 강을 따라 세계문화유산으로 등록된 강변의 구시가 풍경을 감상할 수 있었다.

▲ 동 루이스 1세 다리와 세하 두 필라르 수도원 야경

식사하면서 아래를 내려다보니 강변에서 거리 공연인 버스킹이 한창이었다. TV 예능 프로그램인 〈비긴어게인〉을 촬영해 한국 여행자들에게도 많이 알려진 곳이다. 도루 강변의 전망 좋은 식

당에서 맛있는 음식을 먹으며 바로 아래에서 울려 퍼지는 음악을 들으니 기분이 좋았던지 남편은 다음 날 저녁도 이곳에서 식사를 하자고 했다. 두 번째로 가니 사장님이 우리를 알아보고 가장 전망 좋은 자리로 안내했다. 식사하는데 비둘기가 날아오르는 듯하면서 갑자기 빠르게 강하해 앞 테이블 손님의 접시에 담긴 음식을 물어 갔다. 식사 도중 손님들이 깜짝 놀라 소리를 질렀지만 가끔 있는 일이라는 설명을 들었다. 유럽에는 아름다운 야경을 자랑하는 물의 도시가 참 많지만 동 루이스 다리가 보이는 도루 강변의 야경은 정말 황홀했다. 포르투에서 마지막 날이자 포르투갈의 마지막 밤은 그렇게 깊어갔다.

3장

도시 자체가 한 폭의 명화

이탈리아 · 오스트리아

베네치아,
피렌체,
빈

–

열흘간의 유럽 여행은 남편이 30여 년을 한결같이 거래한 인터스포츠의 오프닝으로 시작되었다. 스위스 베른 본사 건물을 새로 단장한 것을 기념하는 행사였다. 오후 2시에 시작된 오프닝은 개회식에 이어 빌딩 투어, 저녁 식사, 콘서트 등으로 이어져 밤 10시가 되어서야 끝났다. 여덟 시간 이상 느긋하게 진행하며 모인 사람들과 자유롭게 얘기할 수 있도록 배려한 행사에서 세계 각국에서 온 인터스포츠 관련자를 만났다. 베른 시장도 참석했는데 인사말에서 자전거를 타고 이곳에 왔다고 했다. 유럽에서 전성기를 맞이한 친환경 교통수단인 자전거 타기를 실천하는 시장이었다. 인터스포츠를 이끄는 CEO의 경영 철학과도 무관하지 않았다.

남편이 30년간 쌓아온 신용과 소중한 인간관계를 볼 수 있는 좋은 시간이었다. 남편의 절친 바이어인 스테판이 "오프닝 행사에 참석하러 이곳에 왔나요?"라고 물었다. 이곳에 온 건 행사 때문만은 아니었다. 올해가 결혼 25주년 되는 해였기에 인터스포츠 준공 날짜에 맞춰 열흘 정도 여행을 계획한 것이다. 분주함에서 잠시 벗어나 완벽한 휴식과 자유로움을 꿈꾸며 베네치아로 향하는 비행기에 올랐다.

정감 넘치는 베네치아

-

베네치아로 가는 비행기 안에서부터 아이들을 포함한 서너 명 정도 되는 가족 단위 여행객이 눈에 많이 띄었다. 베네치아는 결혼과 연관된 베스트 여행지로 선정되었다고 하는데, 나 역시 결혼 25주년을 기념하기에 잘 어울리는 여행지가 아닌가?

베토벤의 피아노협주곡 5번 '황제'가 당당하게 흐르는 호텔 식당에서의 첫날 아침 식사가 여행을 마치고도 잊히지 않았다. 작은 호텔이었지만 참 아름다웠고, 이탈리아의 장인 정신이 느껴졌다. 좁은 골목길을 걸어 다니며 정감 있는 베네치아 분위기를 만끽하고 산 마르코 광장에 이르러서는 웅장한 베네치아 도시를 느꼈다. 한여름 밤 산 마르코 광장의 유서 깊은 카페 플로리안에서 아름다운 음악을 듣고 있으니 가슴이 충만해졌는지 남편은 언젠가 베네치아에 아이들과 꼭 다시 오고 싶다고 했다.

베네치아의 산 마르코 광장에 자리 잡은 카페 플로리안은 1720년 12월 29일 문을 열어 여전히 영업 중인 세계에서 가장 오래된 카페 중 하나다. 괴테가 이곳에서 커피를 마시며 시를 썼다고 해서 수많은 사람들이 찾는다. 여러 사람이 모여 앉아 커피를 마시며 대화를 나누는 곳인 카페는 15세기에 오스만튀르크 제국에서 생겨나 유럽과 이슬람권의 가교, 베네치아에 처음 전파되었다고 한다. 괴테와 루소, 바이런, 찰스 디킨스, 바그너, 토마스 만, 니체 등 수많은 예술가와 사상가의 토론 장소로 애용되었고, 카사노바의 활동 무대이기도 했으며, 나폴레옹을 비롯한 많은 명사가 찾은 것은 단순히 커피 맛 때문만은 아니었을 것이다.

괴테는 자신의 본질인 예술 문제에 몰두하기 위해 서른일곱 살 때 독일을 떠난 뒤 1년 9개월 동안 이탈리아 전역을 두루 여행했다.

18~19세기 유럽의 지식인이나 예술가에게 베네치아는 뉴욕과 파리 같은 곳으로 누구에게나 상상력을 자극하고 지혜를 채워주는 문화와 문명의 원천이었다.

배움을 위해 떠나는 긴 여행은 유럽에서는 17세기에 시작되어 18세기에 절정을 이루었다. 17세기 말부터 영국 귀족 계급과 지식인 계층은 견학 목적으로 청소년 자녀에게 개인 교사를 붙여 이탈리아로 보냈다. 이를 '그랜드 투어Grand Tour'라고 불렀다. 그랜드 투어는 영국뿐 아니라 북부 다른 나라에서도 '체험을 통한 학습' 차원에서 장려되었고, 인문학 공부나 독서와 더불어 빼놓을 수 없는 상류층 교육으로 자리 잡았다.

괴테는 이 여행을 통해 자신의 본령은 글쓰기임을 깨달았다. 그리하여 죽기 전까지 집필했던 《파우스트》라는 대작을 완성하는 예술적 원동력을 얻었다.

베네치아에 가면 꼭 들러야 할 미술관이 있다. 바로 페기 구겐하임 미술관이다. 아름다운 정원이 있는 페기 구겐하임 미술관은 미술품 수집가이자 후원자로 명성을 떨치며 20세기 미술계에 가장 중요한 영향력을 행사한 인물 중 한 사람인 페기 구겐하임(1898~1979)의 수집품을 전시하는 미술관이다. 그녀는 베네치아에서 살다가 그곳에서 죽었다. 뉴욕 구겐하임 미술관 설립자 솔로몬 R. 구겐하임의 조카이기도 하다.

페기 구겐하임 미술관에서 살바도르 달리, 막스 에른스트, 자코메티, 칸딘스키, 미로, 피카소, 샤갈 등 현대미술을 중심으로 유럽의 전위적 작가들의 전시까지 다양하고 뛰어난 작품을 볼 수 있어 큰 기쁨이었다. 우리에게 익숙한 알렉산더 칼더, 마크 로스코, 잭슨 폴록 등도 구겐하임의 지원을 통해 세상에 등장했다. 그녀의 탁월한 안목이 증명되는 대목이다. 평범한 가정집 모습의 페기 구겐하임 미술관에는 그녀의 인생과 철학, 취향과 숨결이 담겨 있다.

▲ 페기 구겐하임 미술관 입구

베네치아는 유리공예가 유명한데 이름하여 무라노 글라스다. 산마르코 광장 주위를 빙 둘러가며 기념품 가게, 레스토랑, 카페, 화랑이 있는데 무라노 글라스 전문점에 들어갔다. 섬세한 장인 정신으로 만든 베네치아 무라노 글라스의 아름다운 오리 제품이 눈에 띄었는데 품위 있고 은은한 컬러가 마음에 들었다. 그 가게는 모든 제품이 정찰제였다. 남편은 어떤 제품을 사든 깎지 않은 적이 없는 사람이다. 그러나 결국 1달러도 깎지 못했다. 얼마나 오랫동안 흥정을 했는지 지친 가게 주인이 어떻게 이런 남편과 사느냐고 나한테 감탄하듯 말한 기억이 나서 웃음이 난다.

어둠이 내리는 시간에 곤돌라를 타고 가며 물 위에 펼쳐지는 감각적인 빛의 아름다움을 감상했다. 곤돌라 면허 따기가 하늘에 별 따기만큼 어렵다는데, 정말 우리가 탄 곤돌라의 곤돌리에는 좁은 수로를 아슬아슬 날렵하게도 빠져나갔다. 11월이 되면 물이 차올라 곤돌라를 운항할 수 없다는 설명도 해준다. 지중해와 콘스탄티노플까지 장악하며 14세기까지 이탈리아 최강의 공국으로 막강

▼ 베네치아 전경

한 세력을 과시했던 베네치아! 지금은 지구온난화에 따른 해수면 상승과 건물을 받치고 있는 지반 침하로 존립 자체를 위협받고 있다고 한다. 그러나 여전히 이 멋진 물의 도시를 보기 위해 몰려든 관광객이 넘쳐나고 정겨운 골목 안 카페에서는 밤늦도록 유쾌한 이야기 소리가 끊이지 않았다.

르네상스 서막을 연, 피렌체

–

베네치아의 산타루치아 역에서 기차로 세 시간을 달려 르네상스의 서막을 연 곳, 토스카나 지방의 주도이자 꽃의 도시 피렌체에 도착했다. 피렌체는 중세 100년의 암흑기를 끝내고 그리스·로마 문명의 부활과 인문주의를 추구하며 완전히 새로운 시대를 연 천재들의 도시이기도 하다. 미켈란젤로, 단테, 레오나르도 다빈치를 배출한 피렌체 사람들의 자부심이 하늘을 찌른다고 하는데, 나도 중세 그대로의 모습과 르네상스의 화려한 유산을 볼 수 있는 도시 피렌체의 매력에 흠뻑 빠져들었다.

피렌체는 '꽃의 도시'라는 뜻처럼 르네상스 예술이 화려하게 꽃피었던 곳이다. 레오나르도 다빈치, 미켈란젤로, 라파엘로 같은

▼ 브루넬레스키의 돔

천재 예술가들이 피렌체를 거쳐 갔고, 이들 뒤에는 부유한 상인 출신인 메디치 가문의 후원이 있었다. 15~17세기 피렌체를 지배한 메디치 가문의 군주들은 대를 이어 인문과 예술 발전에 지원을 아끼지 않았다.

피렌체에 자리한 우피치 미술관은 메디치 가문이 200년에 걸쳐 수집한 르네상스 예술품을 모아둔 곳으로, 르네상스의 예술 컬렉션으로는 세계 최고의 미술관으로 꼽힌다. 우피치 Uffizi는 이탈리아어로 '집무실'을 의미한다. 우피치에는 너무도 유명한 보티첼리의 작품 '비너스의 탄생', '봄'을 비롯해 레오나르도 다빈치의 '수태고지' 등 수많은 작품이 있다.

피렌체 시뇨리아 광장은 르네상스 시대가 추구한 아름다움을 가장 잘 보여주는 곳이라 할 수 있다. 미켈란젤로는 이 광장을 예술적으로 장식할 방법을 조각상에서 찾았다. 그 결과 1504년 인간의 아름다운 육체를 표현한 미켈란젤로의 다비드상이 베키오 궁 입구에 배치되었고, 이것을 시작으로 다른 조각상들도 광장에 자리 잡았다.

조토의 종탑 계단으로 꼭대기까지 올라가 산타 마리아 델 피오레 대성당의 화려하고 아름다운 빨간색 지붕을 바라보니 이 지붕을 얹은 건축가가 브루넬레스키라는 생각이 났다.

'브루넬레스키의 돔'이라고 일컫는 이 아름다운 팔각형 돔은 가분수처럼 보이지만 놀라운 공학 기술과 예술적 디자인이 완벽한 조화를 이룬다. 피렌체를 르네상스의 고향이자 시작으로 만들어준 위대한 건축물이며 피렌체인의 자부심이 되었다. 이 돔을 완성한 예술가는 시계공이자 금세공사였던 필리포 브루넬레스키다. 브루넬레스키는 경이로운 천재였다. 목재에 공중 부목을 설치하지 않고 세계에서 가장 큰 돔을 건설한 그는 천재라는 칭송과 함께 과거의 방식과 개념을 깨고 르네상스 건축의 아름다움을 보여준 위대한 거장이다. 미켈란젤로는 그를 향해 "두오모보다 더 큰 건축물을 지을 수는 있으나 이보다 더 아름답게 지을 수는 없다"며 극찬했다.

마침 피렌체에서는 '피렌체에서 세잔Cézanne in Florence'이라는 타이틀로 7월 말까지 열리는 세잔의 전시회를 볼 수 있는 행운도 누렸다. 2007년 7월 4일 내 생일을 피렌체에서 보내게 되어 더욱 의미 있는 도시로 기억될 것 같다. 특별히 생일 저녁을 기념하며 식사를 하고 있는데 한 소녀가 장미꽃을 사라고 내밀었다. 아, 어떻게 알았을까? 오늘이 내 생일인 것을. 해가 긴 유럽의 여름밤, 피렌체 골목길을 한가로이 걸으며 발견한 작은 성당에서 열리는 오르간 콘서트, '아베마리아Ave Maria'와 바흐의 '프렐류드prelude'는 낯선 여행지에서 깊은 안식을 선사했다.

트레비소에서의
유쾌한 식사

-

신문의 책 소개란을 읽다가 이탈리아 음식에 대한 책이 눈에 띄었다. "왜 이탈리아 사람들은 음식 이야기를 좋아할까?" 대답은 이렇다. "음식은 그들 삶의 일부이자 행복이기 때문이다."

이 칼럼을 읽으면서 몇 년 전 트레비소라는 이탈리아의 작은 마을에 들렀다가 남편의 비즈니스 파트너인 이탈리아 사람들과 유쾌하게 식사를 했던 기억이 떠올랐다. 2009년 여름, 남편과 아레나 디 베로나를 관람하기 위해 베로나에 머물렀을 때 회사 바이어인 알펜 뢰베 사장 마르코가 우리를 초대해 성사된 트레비소 여행이었다.

트레비소 기차역에서 기다리고 있는 회사 차를 타고 아름다운 전원주택이 모여 있는 한적한 길을 30분 정도 달리니 회사 공장이 보였다. 마르코의 아버지가 만든 회사를 마르코 사장이 이어받아 동생과 함께 경영하고 있었다. 남편과 작업하는 로우 알파인Lowe Alpine 가방 외에 그들의 등산화 브랜드 아솔로Asolo는 루마니아에서 만드는데, 만든 신발을 가져다가 여러 번 검수한다는 말에 최고의 제품을 만드는 이탈리아 장인 정신과 가족 경영의 현장을 직접 확인할 수 있었다.

모차렐라 치즈와 토마토를 듬뿍 넣은 황홀한 파스타로 점심을 먹고, 저녁에는 마르코가 주변에 와이너리가 펼쳐져 있는 아름다운 정원에 자리한 레스토랑으로 우리를 초대했다. 그 고장에서만 먹을 수 있는 특별한 요리를 맛볼 좋은 기회였다.

식전 음식부터 디저트까지 관광객을 위한 식당이 아니라 현지인이 심사숙고해 결정한 메뉴라서 그런지 내가 먹어본 이탈리아 음식 중 최고라는 생각이 들었다. 식사 전과 식사 중, 그리고 끝에 마시는 와인과 마지막 입가심으로 마시는 와인까지 이어지는 네 가지 와인 코스도 처음 경험해보았다. 7시에 시작한 식사가 무려 밤 11시까지 이어지며 여행과 오페라, 가족, 영화 〈대부〉, 이탈리아 정치 이야기 등 유쾌한 이야기로 여름밤이 깊어갔다.

이탈리아를 여러 번 방문했지만 현지 사람들이 맛있게 먹는 음식을 대접받으니 이탈리아 음식 맛이 최고라는 생각을 했다. 음식이 나올 때마다 자세한 설명과 함께 우리를 위해 최선을 다해 메뉴를 선택하는 모습이 인상적이었다. 우리가 식사하는 정원에서 식당 안쪽 주방 화덕에 스테이크를 굽는 것이 보였다. 화덕 불빛이 참으로 정겨웠다.

이탈리아 음식을 소개한 책에서 이탈리아 사람들의 음식 사랑은 정치 이념도 초월한다고 한다. 그리고 가장 이해할 수 없는 순간이 이탈리아 사람들과 식사할 때라고 한다. 그들은 영화나 주요 사건에 대해 이야기하다가도 결국 버섯을 요리하는 방법이나 환상적인 올리브 오일 등 음식에 대한 이야기로 화제가 넘어간다. 이탈리아 사람들에게 '음식에 대해 말하기'는 삶의 일부이며, 가장 행복한 순간이라고 한다. 저자는 '이탈리아 문화에서 요리법을 전수한다는 것은 자신이 태어난 땅의 기억을 불러온다는 것이고, 그 땅에 속한 자신을 자랑스럽게 여긴다는 것을 의미한다'고 썼다.

실제로 마르코는 나에게 자신은 트레비소에서 태어나고 자라고 공부하고 결혼하고 기업을 경영하면서 산다고 했다. 영어 공부를 하러 1년간 영국에 가 있었던 것을 제외하고는 고향 트레비소를 떠나본 적이 없다고 했다. 약간 바람둥이같이 생긴 외모와 달리 무척 성실하고, 가족과 고향 트레비소를 사랑하고 자랑스러워하는 모습이 인상적이었다. 유쾌한 저녁 식사였지만 며칠 후 독일 쇼에서 만나 제품 가격을 놓고 마르코와 한판 승부를 하게 될 것이라고 남편은 속삭이듯 말했다.

이 책은 음식 하나하나에도 사람들의 사고방식과 생활 습관이 담겨 있음을 보여주는 인문학적인 음식 보고서다. 책을 통해 이탈리아에서 카푸치노는 아침에만 마시고, 피자는 저녁에만 먹는다는 사실도 알게 되었다.

옆 테이블에 앉은 가족이 왁자하게 식사하는 모습에 눈길이 갔다. 할머니 생신에 두 아들 내외와 손주들이 모여 식사하며 케이크를 자르는 모습이 이탈리아 대가족의 생활을 엿보는 듯했다.

맛있는 음식을 먹으며 유쾌하게 이야기를 나누는 시간, 행복이 바로 눈앞에 있었다. 아름다운 여름밤이었다.

합스부르크 가문이 일군
음악의 도시, 빈

-

빈으로 가는 7시 비행기를 타기 위해 새벽 5시에 일어나느라 잠을 설쳤다. 비행기에 오르니 벌써부터 요한 슈트라우스의 '빈 숲속의 이야기'가 경쾌하게 들려온다. 아침 식사로 주는 스낵이 참으로 맛있어서 인상 깊은 오스트리아 항공이었다.

빈은 합스부르크의 역사와 번영의 자취가 남아 있다. 빈은 13세기에 합스부르크가의 본거지가 된 후 신성로마제국의 수도가 된다. 다양한 민족이 모여든 빈에서는 특히 18세기 이후 많은 음악가와 예술가, 학자가 배출되었다. 그 덕분에 하이든, 슈베르트, 모차르트, 베토벤 같은 위대한 작곡가들이 활약한 음악의 도시로 명성이 높았지만, '숲의 도시'로도 유명하다. 나는 어릴 때 요한 슈트라우스의 '빈 숲속의 이야기'를 들으며 빈이라는 도시를 상상해왔다.

　합스부르크가를 통해 풍요로운 문화가 발전한 빈의 슈테판 성당 주위의 광장에는 많은 노천카페가 있다. 우리가 알고 있는 영어식 명칭 '비엔나커피'는 없고 가장 비슷한 것은 멜랑게melange라는 커피다. 그러나 맛은 아인슈페너와 더욱 가깝다. 아인슈페너는 '말 한 마리가 끄는 마차'라는 의미로 블랙커피에 휘핑크림을 섞은 것으로 유리잔에 나온다. 커피 문화는 특히 19세기 초에 번성해 빈의 사회 및 생활의 중심이 되었다. 초기 빈에 있는 커피 하우스는 주로 남성들이 모여 정치, 예술, 문학, 뉴스에 대해 토론하는 사회적·지적 허브 역할을 했다고 한다. 유명한 예술가, 과학자와 정치인들이 자주 방문한 빈의 관광 명소이기도 한 카페 '첸트랄'이 그중 하나다.

빈은 국립 오페라 극장Staatsoper Wien의 공연이 없는 7~8월이면 시청 앞에 대형 스크린을 설치하고 매일 밤 유명 오페라나 오케스트라의 연주회를 상영하는 필름 페스티벌을 연다. 그리고 매년 1월 1일 빈 필이 요한 슈트라우스의 왈츠를 연주하는 유명한 '빈 신년 음악회'를 연다. 우리는 주빈 메타가 이끄는 2007년 신년 음악회 필름을 감상했다. 수많은 관광객과 빈 시민들이 시청 앞 광장에서 맥주를 마시기도 하며 밤늦게까지 아름다운 음악영화를 즐기고 있었다. 음악회에서 앙코르곡으로 빠짐없이 선택되는 '아름답고 푸른 도나우'를 빈에서 들으니 정말 감동이었다.

클림트 미술관으로 영구 임대된 벨베데레 상궁Upper Belvedere에서 만난 클림트의 너무도 유명한 작품 '키스'는 완벽한 남녀의 행복을 묘사했다. 사실 직접 그림을 보기 전에는 클림트를 그리 좋아하지 않았다. 그런데 두 남녀가 애절하게 껴안고 키스하는 모습이 신비롭게 느껴졌다. 클림트의 작품을 채운 황금빛은 합스부르크 제국의 영광이 고스란히 남아 있는 황금빛 도시 빈과 완벽하게 어우러졌다.

레오폴트 미술관에서 만난 에곤 쉴레. 그림을 감상하면서 그동안 잘 알지 못했던 그를 좋아하게 되었다. 세기말 유럽 표현주의를 대표하는 오스트리아의 화가 쉴레는 엄격했던 아버지가 매독으로 고통받다 미치광이처럼 변해 죽는 것을 봤다고 한다. 어쩌면 그 뒤로 그에게는 어른이 된 자기 몸이 공포와 처벌의 대상이었는지 모른다. 일그러진 얼굴, 뒤틀린 몸, 왜곡된 색채, 핏기 서린 살갗을 마치 칼질하듯 마구잡이로 내리찍은 붓 터치는 단 한 번도 자기 몸을 아껴본 적이 없는 이의 불안하고 우울한 내면의 표출이다. 과거를 부정하고 현대로 나아가는 '빈 모더니즘', 클림트와 에곤 쉴레는 건축가 오토 바그너와 그래픽 산업 디자이너 콜로만 모저와 함께 19세기 말과 20세기 초 유럽의 중심을 자처하던 빈의 당대 문화에 큰 영향을 미쳤다. 이 네 사람의 모더니스트는 우연히 같은 해인 1918년에 서거했다.

어렵게 '하일리겐슈타트 유서 Heiligenstadt Testament'의 집을 찾았다. 37번 트램을 타고 종점에 내려서도 한참을 걸었다. 남편이 꼭 가서 보아야 하겠느냐며 길을 물어볼 사람조차 눈에 띄지 않는 한

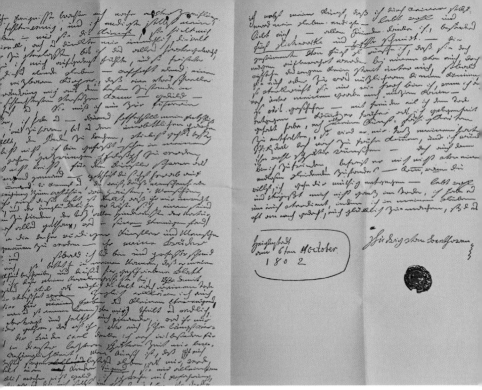

▲ 하일리겐슈타트의 유서

적한 마을에서 투덜댔다. 그때 숨이 턱에 차도록 열심히 걸어오는 노인을 만나지 못했다면 찾는 것을 포기할 뻔했다. 빈 교외에 있는 이곳은 찾는 이가 거의 없어 적막한 분위기였다.

1802년 여름, 청각장애가 심해진 서른두 살의 베토벤은 하일리겐슈타트에 있는 작은 집에서 여섯 달을 머물다가 동생 카를과 요한에게 유서를 쓴다. 글에는 낫지 않는 귓병으로 인한 베토벤의 고통과 좌절이 절절히 담겨 있다. 이후 1819년에 베토벤은 청각을 완전히 잃는다. 후세 사람들은 이 편지를 '하일리겐슈타트 유서'라 불렀다. 이 유서는 그가 쉰일곱 살에 세상을 떠나고 나서야 유품에서 발견되었다.

베토벤의 유서를 간직하고 있는 작은 집. 나는 베토벤이 쓰던 피아노 앞 의자에 잠시 앉아보았다. 우리가 베토벤 이전, 어쩌면 이후에도 영영 들을 수 없는 심오한 음악을 듣게 된 것은 그를 한없이 불행하게 했던 청각 상실 때문이라고 해도 과언이 아닐 것이라는 생각을 다시금 해보았다. 위대한 천재는 항상 개인적 안락함을 희생하고 스스로 고난의 심연에서 이를 데 없는 고통에 시달리면서 인류에게 빛을 던져주기 때문이다.

그곳을 나와 베토벤의 산책로를 따라 그의 작은 동상이 있는 곳까지 걸었다. 그는 이 길을 걸으며 제6번 교향곡 '전원'의 모티브를 떠올렸다고 한다. 근방에 위치한 미카엘라 교회의 종소리조차 들리지 않았지만, 그의 마음은 새들의 노랫소리와 시냇물이 흐르는 소리를 듣고 있었던 것이다.

여행에서 돌아온 뒤 며칠 동안 유럽의 골목길을 돌아다니며 무언가를 찾는 꿈을 꾸며 깊이 잠들지 못했다. 짐과 함께 이동할 때는 힘이 들었고, 수많은 박물관을 욕심부려 보러 다니느라 발가락이 부어 밤에 잠을 잘 이루지 못했지만 돌아와 생각하니 쉼과 자유로움이 있는 꿈과 같은 시간이었다.

'Mein Wunsch und meine hofnung ist-mir Ehre, Ruhm und Geld zu machen(My wish and hope is-to have honour, fame and wealth, 내 소원과 희망은 명예와 명성, 그리고 부를 갖는 것이다).'

빈, 모차르트 하우스 천장에 쓰여 있던 글귀가 머릿속을 떠나지 않고 맴돌았다. 모차르트의 소망과 다르게 그는 너무도 궁핍하고 불행하게 죽어갔기 때문이다. 온통 모차르트로 가득 차 있는 빈을 보며 그가 오스트리아 전체를 먹여 살리고 있다는 생각이 들었다.

'아! 우리가 모차르트 음악 덕분에 이토록 행복하며, 후손들이 모차르트 한 사람 때문에 저토록 영광을 누릴 줄 그는 알기나 했을까?'

4장

휴식과 안식을 주는 여행

호주

코로나의 끝,
호주 여행

-

2022년, 결혼 40주년을 기념하며 호주 여행을 다녀왔다. 아직은 코로나의 위험 때문에 여행하기가 약간 두렵기도 했지만 호주 시드니에 도착해보니 마스크를 쓴 사람은 거의 보이지 않았다. 3년 동안 언제 우리가 그렇게 극심한 두려움 속에 있었나 싶을 정도로 모든 사람이 즐겁고 행복해 보였다. 올해는 결혼 40주년이 되는 해다. 코로나가 종식되어 여행을 할 수 있다는 기쁨과 결혼 40주년을 기념하는 여행이라는 두 가지 의미가 있었다. 코로나 이후로 여행의 의미가 달라졌다. 일상 같은 여행이 이제는 삶의 변화 추구라는 의미에 무게가 실린다. 좋은 것을 본다는 것은 인생의 선물이다.

항구도시
시드니

-

호주 하면 가장 먼저 떠오르는 도시, 시드니에는 오페라하우스와 하버 브리지가 한 폭의 그림 같은 풍경을 자랑하는 아름다운 항구 서큘러 키가 있다. 로맨틱한 분위기의 노천카페와 레스토랑이 있는 달링 하버, 황무지였던 지역을 개발해 쇼핑센터, 레스토랑, 카페, 산책로가 있는 힙한 장소가 되어 새로운 명소로 떠오르는 바랑가루와 시드니 항구 옆 아름다운 대규모 정원, 시드니 로열 보태닉 가든과 도심 속 쉼터가 되는 하이드 파크 등이 있다.

시드니에 도착해서 오페라하우스를 제일 먼저 찾았다. 우리가 묵는 호텔이 오페라하우스 바로 근처에 있어 시드니에 머무는 동안 오페라하우스를 여러 번 가보았고 여유롭게 근처를 산책할 수 있었다.

세계적으로 잘 알려진 시드니의 오페라하우스는 건축의 명작이라 불린다. 낮에 멀리서 보면 하얀 돛, 밤에 불 켜진 조명을 받으면 조개껍질을 닮은 듯한 독특한 외관으로 유명하다. 공사 기간만 16년이 걸린 오페라하우스는 1973년 완공되었으며 지붕 모양은 국제 디자인 공모전에서 우승한 덴마크의 건축가 외른 웃손의 디자인으로 오렌지 껍질에서 연상했다고 한다. 2007년 유네스코 세계문화유산에 선정되었는데 직접 보니 오페라하우스는 정말 특별하고 아름다웠다. 외관의 멋스러움과 내부의 근사함이 어우러져 시드니에 온 유일한 이유가 되어도 좋을 만큼 감탄을 불렀다.

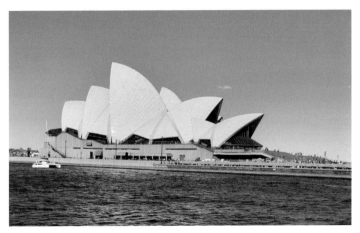
▲ 멀리서 본 오페라하우스

시드니 하버 브리지는 세계에서 두 번째로 긴 아치형 다리로 오페라하우스와 함께 시드니의 랜드마크다. 서울에서 예약해 오페라 〈라 트라비아타〉를 관람했다. 주인공 알프레도 역이 한국인이어서 반가웠고, 클래식 오페라를 새롭게 해석해 연출한 무대 또한 좋아서 감탄의 연속이었다. 오페라하우스에서는 공연마다 영어 자막을 제공한다.

현재도 미사를 진행하는 세인트 메리 대성당은 약 100년 동안 공사가 진행된 영국식 고딕 양식의 성당이다. 내부 장식이 아름다워 호주인들이 결혼식 장소로 가장 선호하는 공간 중 하나라고 한다. 하이드파크와 마주 보고 있어 공원 산책도 하며 함께 즐기기에 좋다.

시드니 시청의 아름다운 건물 앞에 많은 사람이 앉아 있었다. 앤티크한 느낌의 아름다운 건물이 인상적이다. 시드니 관광의 중심지이며 현지인들에게 만남의 광장 역할을 하기도 하는 시청은 19세기에 지었으며 문화유산으로 등록되어 있는데, 시드니의 역사를 가장 잘 보여준다.

시청 바로 옆에는 세상에서 가장 아름다운 쇼핑몰로 손꼽히는 퀸 빅토리아 빌딩이 있다. 1898년 빅토리아 여왕의 이름을 따 만든 비잔틴 양식의 건물로 외부와 내부 모두 아름답다. 지친 다리를 쉬면서 커피를 마시고 손주를 위해 코알라 인형과 호주의 시그너처인 어그부츠도 샀다.

쇼핑한 물건을 잔뜩 든 채 달링 하버, 더 스타 시드니에 있는 로맨틱한 식당에 가서 저녁을 먹은 것까지는 좋았는데 생각지도 못한 일이 기다리고 있었다. 택시를 타고 호텔로 돌아가려는데 남편이 15분 정도 걸으면 갈 수 있는 거리니 택시를 타지 말고 주변을 구경하며 걷자고 했다. 잘 모르는 거리여서 혹시 길을 잃을까 봐 걱정이 되었지만 남편은 식당에서 길을 확인했다며 확신에 차 있었다. 그래서 걸어서 가보기로 했는데 이게 무슨 일인가. 걷고 또 걸어도 호텔은 보이지 않았다. 구글맵을 잘못 보았는지 한참을 헤매다가 강아지를 데리고 산책하는 호주 아주머니를 만났다. 상황을 설명하고 길을 물었더니 아주머니는 친절하게도 길을 같이 찾고 택시를 안전하게 탈 때까지 동행해주었다. 그분이 베푼 친절이 아직도 잊히지 않는다.

전 세계 다양한 동물이 모인 곳,
타롱가 동물원

-

시드니에 머물면서 맨리 비치, 타롱가 동물원에 다녀왔다. 서큘러키 역에서 페리를 타고 타롱가 동물원에 갔다. 타롱가 동물원은 호주뿐 아니라 전 세계 다양한 동물이 모여 있는 곳이다. 케이블카를 타고 내려다보는 시드니 항구의 전망이 압권이었다. 호주를 대표하는 동물인 코알라는 하루에 20시간 잠을 잔다고 한다. 그래서인지 동물원에서 깨어 있는 코알라를 보기 힘들었다.

사람이 입을 벌리고 있는 듯한 모습인 시드니의 항구는 천혜의 조건으로 파도가 항상 조용하고 높지 않아 이탈리아 나폴리, 브라질 리우데자네이루와 함께 세계 3대 미항 중 하나라고 한다. 입구에 해당하는 곳을 각각 북쪽은 노스 헤드, 남쪽은 사우스 헤드라고 하는데, 노스 헤드로 가는 길에 서퍼들의 천국이라 불리는 맨리 비치가 있다. 물이 깊고 맑기에 시내 근처에서 유일하게 스노클링과 스쿠버다이빙을 즐길 수 있는 스폿이다. 남편과 나는 맨리 비치의 바다가 보이는 아름다운 식당에서 점심도 먹고 차도 마시며 여유로운 시간을 보냈다.

스티브 잡스가 "여행은 보상이다 The journey is the reward"라고 말했는데 이번 호주 여행은 힘들었던 코로나 팬데믹 기간을 보상받는 듯 휴식과 안식을 선사했다.

원주민의 전설이 내려오는
블루 마운틴

–

고대 원시림, 블루 마운틴을 시드니에서 일일 투어로 다녀왔다. 블루 마운틴은 시드니 근교 대표 여행지로 몇 억 년 전 형성된 고대 원시림이 잘 보존되어 있는 곳이다. 넓게 자리 잡은 유칼립투스 원시림은 무려 5억 년 전에 형성되었으며 덕분에 블루 마운틴은 2000년 유네스코 세계문화유산으로 지정되었다. 숲 대부분은 사암으로 형성되어 있으며 가장 깊은 협곡 지역은 760미터 깊이라고 한다. 드넓게 펼쳐진 블루 마운틴에 세 자매봉을 한눈에 볼 수 있는 에코 포인트에서 기념사진을 찍었다. 사람 세 명이 서 있는 것처럼 생긴 세 바위라고 해서 세 자매봉이라 부르는데 이곳에는 원주민의 전설이 내려오고 있다.

▲ 블루 마운틴에 있는 세 자매봉

옛날 세 명의 아름다운 자매가 살고 있었는데 자매의 아버지는 마술사였다. 어느 날 세 자매의 부족과 다른 부족 사이에 전쟁이 일어났고, 전쟁 중 세 자매는 다른 부족에 잡혀갈 위기에 처했다. 딸들을 지키기 위해 마술사 아버지는 잠시 세 딸을 돌로 만들었으나 전쟁 중 아버지가 죽어 딸들은 아직까지도 돌이 된 채 남아 있다는 전설이다. 호주 원주민의 전설이 깃든 세 자매봉 케이블카와 산책로, 세상에서 제일 가파르다고 하는 궤도 열차를 즐길 수 있었다.

돌아오는 길에 페더데일 동물원을 방문했다. 그곳에는 모델 코알라가 있다. 관광객은 30달러를 내고 귀여운 코알라와 사진을 찍을 수 있었다. 모델 코알라는 동물원에서 제공하는 정체 모를 풀을 열심히 먹으면서 잠을 자지도 않고 일관되게 귀여운 얼굴로 계속 사진을 찍었다.

남편은 대동강 물을 팔아먹은 봉이 김선달같이 코알라 한 마리로 엄청난 장사를 하고 있다며 투덜댔다. 그러나 사람들은 아무 불평 없이 너무도 귀여운 코알라와 사진을 찍기 위해 긴 줄을 서서 기다리고 있었다. 남편 역시 코알라의 귀여움에 설득당해 같이 사진을 찍었다. 그런데 코알라를 잠들지 않게 하는 그 풀은 대체 무엇이었을까?

주일이 되어 유명한 힐송 처치 Hillsong Church에 갔다. 힐송 처치는 호주를 거점으로 하는 오순절 교회로, 본부는 시드니에 있으며 런던, 뉴욕, 파리 등 세계 각국의 주요 도시에 국제 지부가 있다.

 오십부터 삶이 재미있어지겠다

1983년 브라이언 휴스턴, 바비 휴스턴 목사가 설립했다. 시드니 시내에서 가장 가까운 시드니 워털루 캠퍼스 힐송 처치에서 예배를 드렸다. 그런데 예배를 드리러 가려고 호텔을 나서는 순간, 들려온 이태원 참사 소식. 힐송 처치에서 찬양을 드리는 수많은 젊은이를 보면서 참담하게 희생된 우리 청년들을 위해 절절한 기도를 드리지 않을 수 없었다.

멜버른 골목에서라면
길을 잃어도 좋다
-

멜버른에 도착해서야 내가 가지고 다녔던 가이드 책자가 없다는 사실을 알았다. 시드니에서 멜버른에 오기 전에 잃어버렸는데 그걸 몰랐던 것이다. 시드니에서 묵었던 호텔에 연락해보았지만 찾을 수 없었다. 지금까지 이 책에 의지해서 다녔는데 난감했다. 읽고 또 읽으며 준비했던 것을 기억하고 더듬어가며 다니는 수밖에 없었다. 일일 투어 여행은 다 예약하고 왔고 호주는 넓은 나라여서 유럽처럼 길을 찾으며 다니는 일이 많지 않아 그나마 다행이었다.

'멜버른 골목에서라면 길을 잃어도 좋다'라는 말을 들은 적이 있다. 골목마다 개성 넘치는 카페와 가게가 넘쳐나기 때문이란다.

책을 잃어버려서인지 이 말을 기억하며 위로 삼았다. 길을 잃어도 좋은 도시라니 말이다.

멜버른은 남반구의 유럽이라는 별명답게 유럽과 가장 비슷한 도시이자 호주에서 두 번째로 큰 도시다. 모던한 건물과 유서 깊은 유럽풍 건물이 공존하며 도시와 자연의 조화 역시 아름답다. 멜버른 시내 중심을 잔잔히 흐르는 아라강 주변의 예쁜 산책로와 호주에서 가장 오래된 기차역인 플린더스 스트리트 역, 고딕 양식의 세인트 폴 성당, 만남의 광장이자 시민들의 쉼터인 페더레이션 광장이 어우러져 있다. 멜버른 문화와 엔터테인먼트의 중심인 페더레이션 광장에서는 미술관, 팝업 전시, 특별 행사, 문화 전시가 열리고 쇼핑 매장, 맛집이 모두 주변에 몰려 있다. 광장 주변의 모던한 찻집에서 플랫 화이트 커피를 마셨다. 진한 에스프레소에 부드러운 우유 거품을 얹은 '플랫 화이트'는 호주에서 처음 마셔보았다. 호주를 다녀온 이후 서울에서 자주 플랫 화이트를 주문하곤 한다.

멜버른에는 2,000여 개의 크고 작은 독립 카페가 있다고 한다. 멜버른 시내에서 차로 20여 분 떨어진 곳에 있는 브런즈윅 스트리트는 젊은 예술가와 창업가가 몰려드는 곳이다. 인더스트리 빈스도 그중 하나다. 20대 형제 창업자가 2010년 이 거리의 창고에서 문을 연 커피 전문점은 지금 호주 전역에 7개 매장으로 확장되었다고 한다. 창업자 트레버 시먼스는 "멜버른 사람들은 정형화된 커피 맛보다 독창적인 소규모 커피 전문점에서 자신만의 스타일을 추구한다. 멜버른에서는 외국인만 스타벅스를 마신다"라고 했다.

멜버른의 상징이라는 플린더스 스트리트 역에서 5분 정도 거리에서 호시어 레인이 시작된다. 골목을 가득 채운 그래피티는 한 번도 같은 모습을 보인 적 없이 매일 새로운 것으로 대체되어 언제가도 새로운 곳을 방문하는 기분을 준다고 한다. 덕분에 멜버른의 힙한 분위기를 물씬 느낄 수 있다.

멜버른 근교에도 아름다움이 가득하다. 죽기 전에 꼭 보아야 할 곳으로 선정된 아름다운 해안 도로 '그레이트 오션 로드'를 따라 찾아가는 위대한 여정 십이사도 바위The Twelve Apostles는 호주 빅토리아주에 있으며, 수만 년 동안 파도의 침식작용으로 형성된 바위기둥이다.

　그레이트 오션 로드의 하이라이트인 십이사도. 바닷바람과 파도에 의한 침식작용으로 육지에서 떨어져나간 거대한 규모의 바위기둥들이 서 있는 모습이 마치 성경 속 12명의 제자가 서 있는 것처럼 보여 십이사도라는 이름이 붙었다. 바위마다 새겨진 시간의 흔적과 자연의 위대함을 보면서 오래된 것에 대한 경이로움을 느꼈다. 세찬 바람 때문에 제대로 서 있기도 힘들었지만 여기까지 와서 볼 수 있다는 사실에 감사하는 시간이었다.

　'올디스 벗 구디스Oldies But Goodies. 모두가 새로운 것을 찾는 시대
지만 우리를 버티게 하는 것은 오래되고 좋은 것인지 모른다.'

▼ 그레이트 오션로드의 하이라이트, 십이사도

필립 아일랜드Phillip Island를 일일 투어로 다녀왔다. 그레이트 오션 로드와 함께 멜버른에서 꼭 가봐야 할 곳으로 꼽힌다. 필립 아일랜드에는 작은 요정같이 귀여운 쇠푸른펭귄이 서식한다. 저녁에 방문하면 먹이를 찾으러 나갔다가 집으로 돌아오는 펭귄을 볼 수 있다고 해서 기대가 되었다.

필립 아일랜드의 하이라이트인 펭귄 퍼레이드가 장관을 이룬다는데 우리가 간 날은 퍼레이드를 볼 수 없었고, 한두 마리씩 뒤뚱거리며 해변으로 들어오는 귀여운 펭귄을 볼 수 있었다. 하지만 플래시 조명에도 펭귄이 시력을 잃을 수 있다고 해서 절대로 사진을 찍을 수 없었다. 해변에 계단식 스탠드를 설치해 앉아서 펭귄이 오는 모습을 보게 되는데, 초여름이었는데도 굉장히 춥고 찬바람이 불었지만 수많은 사람들이 펭귄을 보기 위해 스탠드를 떠날 줄 몰랐다. 해가 진 후 집으로 돌아오는 펭귄을 보는 일정이라 펭귄을 보기까지 오랜 시간 인내심이 필요했다.

관람을 마치고 버스로 돌아오니 남편이 숄더백을 두고 온 것을 알았다. 숄더백을 찾아 다시 바닷가 스탠드까지 뛰어가는 10여 분 동안 남편은 별의별 생각이 다 들었다고 한다. 가방 안에 여권이 있었기 때문이다. 가방은 직원들이 안전하게 보관하고 있었고, 새삼 감사한 마음으로 여행을 계속할 수 있었다.

애들레이드

-

애들레이드는 남호주의 주도다. 애들레이드에서 맞은 주일날 아침, 아련한 어릴 적 기억처럼 아름답고 거룩한 교회의 종소리를 관광객이 북적이는 거리에서 들었다. 아주 오랜만에 들어보는 아름다운 종소리였다. 남호주의 주도 애들레이드는 초창기에 다양한 신앙을 믿는 정착민을 받아들였고 오늘날까지 '교회의 도시'라는 별명이 이어진다고 했다.

애들레이드에서는 어디에 살아도 20분이면 바다에 닿을 수 있다. 포트 윌룽가Port Willunga는 그중에서도 호주 사람들이 사랑하는 해변이다. 깎아지른 절벽과 유리구슬보다 맑은 바다 밀가루처럼 고운 백사장을 갖춘 포트 윌룽가는 전에는 부두로 사용했던 곳이다. 관련 시설을 철거해버려 바다에 남아 있는 길쭉한 철근으로만 그 흔적을 유추할 수 있다.

절벽 위에 자리해 윌룽가 비치를 내려다보며 식사할 수 있는 해산물 식당 '스타 오브 그리스'가 유명하다. 레스토랑 이름은 이 바다에 1888년 침몰한 화물선 이름에서 따온 것이다. 난파선 일부는 여전히 바다에 남아 있어 스쿠버다이빙의 성지가 되었다고 한다. 식당에 가기 위해 택시를 타고 포트 윌룽가로 가자고 하니 기사가 먼저 식당에 가냐고 하면서 스타 오브 그리스 앞에 내려주었다. 서울에서 오기 전부터 결혼기념일에 이곳에서 저녁 식사를 할 계획이었는데 알아보니 그날 저녁과 다음 날 저녁까지 예약이 다 차서 더 이상 받을 수 없다는 대답이 돌아왔다. 어찌나 안타까운지.

애들레이드에서 자동차로 한 시간 거리에 바로사 밸리가 있다. 호주 와인의 절반 이상이 생산되는 이곳에 150개의 와이너리가 있다. 호주 와인의 역사를 배울 수 있어 서울에서 와이너리 투어를 예약했다. 우리가 묵는 인터콘티넨털 호텔 바로 옆에 뜻밖에도 고급 베트남 식당 미스 하노이가 있어 반가웠다. 저녁 식사를 하면서 애들레이드 근교인 다렌버그로 가는 길을 물으니 친절하게 설명해주었다. 택시로 그곳을 갈 예정이었는데 기차로 40여 분을 가면 도착하는 역에서 택시를 타고 와이너리까지 가면 된다고 했다.

　호텔 바로 옆이 기차역이어서 아주 편했다. 아침 일찍 기차를 타니 사람이 거의 없어 쾌적하고 내부도 깨끗해서 기분이 상쾌했다. 내가 가고 싶은 곳은 맥라렌 베일 다렌버그 와이너리였다. 큐브 작품으로 유명한 다렌버그 큐브d'Arenberg Cube 와이너리는 큐브 모양의 외관부터 눈길을 사로잡는다. 다렌버그 큐브 와이너리는 정원에 살바도르 달리의 작품이 있고 큐브 모양 건물은 퍼즐을 맞히기 위해 큐브를 한참 돌리다가 중단한 듯한 매우 독특한 구조인데, 호주 여행 오기 전 신문에서 소개한 것을 보고 여행지로 선택했다.

▲ 다렌버그 큐브 와이너리

실제로 현재 와이너리를 운영하는 체스터 오스본이 디자인한 이 건물은 프리스티저스 오스트레일리안 디자인 어워드에서 2018년 1위로 선정되었다고 한다. 또 2021년 최고의 남호주 와인 관광지로도 뽑힐 정도로 애들레이드 관광에서 빼놓을 수 없는 명물이다. 와인메이커 체스터 오스본은 최고의 와인을 만들어내기까지의 복잡한 양조 과정이 마치 큐브를 하나하나 맞춰나가는 과정과 비슷하기에 이런 모양의 건물 디자인을 고안했다고 설명했다.

 오십부터 삶이 재미있어졌다

와인은 결국 땅이 빚는 것이라며 이 땅을 후손에게 그대로 물려주기 위해 포도 재배부터 발효까지 와인을 만드는 일련의 과정을 모두 유기 농법과 친환경 방식으로 진행한다고 했다.

다음 날은 직접 포도밭에 가는 코스도 있었다. 넓은 포도밭을 지프차로 달리며 호주 와인의 대명사 시라즈Shiraz와 템프라니요Tempranillo 품종의 포도밭을 구경했다. 그리고 나니 점심은 피크닉으로 간단히 숲속에 준비해놓았으니 길을 따라 찾아가면 만날 수 있다고 해서 숲속에 이리저리 팻말이 가리키는 곳으로 따라갔다. 드디어 도착. 눈앞에 호수가 펼쳐지고 호수 앞에 테이블이 차려져 있는 것을 보고 환호성을 질렀다. 그날은 마침 11월 5일 결혼기념일이었다. 아무도 없는 숲속에 두 사람만을 위해 차린 조촐하고도 특별한 점심은 한 편의 동화 같았다. 예상하지 못해서 더 기억에 남을 감동과 기쁨의 결혼기념일 선물이었다.

▼ 숲속에 놓인 식탁

여행을 가면 내가 살고 있는 세상이 좁다는 사실에 놀라고, 드넓은 미지의 세계를 목격하며 또 한 번 놀란다. 현지 사람들을 만나면서 그들의 삶의 방식과 생각을 들을 기회도 있었다. 제2차 세계 대전 이후 유럽과 중동 등 다양한 나라에서 이민자들이 유입되며 진정한 이민자의 나라가 된 호주.

　그래서인지 여행 중 인도, 방글라데시 등에서 온 택시 기사에게 오래된 이민 생활 이야기를 듣기도 했다. 그들 대부분은 호주 생활에 만족한다고 했다. 마트나 편의점에서 절대 술을 팔지 않고, 도시마다 동물원이 많아서인지 어린아이들이 행복해 보였다. 그리고 아름다운 해변에 갈 때마다 유모차를 끄는 젊은 부부와 아이들을 볼 수 있었다. 길을 물으면 끝까지 따라와 알려주고, 호젓한 시골길에서 전화로 택시도 불러주고 그 택시를 타는지 끝까지 확인하는 친절한 사람들이 사는 호주를 여행하는 동안 몸과 마음이 건강해지는 듯한 기분이 들었다.

여행지에서 만난 사람들의 선의와 사랑에 대한 기억, 좋은 예술 작품을 만나는 경험과 멋진 경치를 보는 기억. 그런 좋은 기억들이 이어져 일상을 건강하고 꿋꿋하게, 그리고 아름답게 살아내는 힘을 가지기를 원하며 또다시 여행을 꿈꾼다.

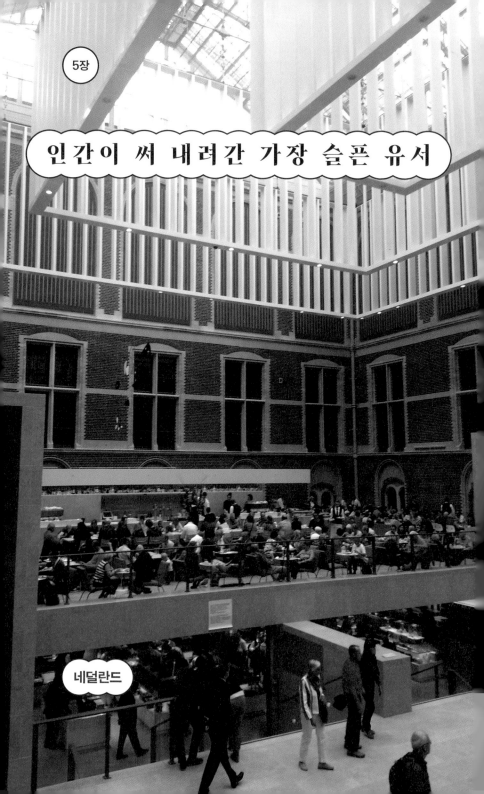

5장

인간이 써 내려간 가장 슬픈 유서

네덜란드

암스테르담
미술관 순례
－

르네상스 최대의 인문학자 에라스무스, 빛의 화가 렘브란트, 자유인 철학자 스피노자, 일기장 한 권으로 나치의 만행을 전 세계에 알린 안네 프랑크. 이 모든 인물의 역사적 발자취로 형성된 가장 진보적인 도시 암스테르담은 네덜란드의 수도로 800만 명이 거주하고 있다.

공사 때문인지 암스테르담의 첫인상은 어수선하고 정리가 덜 된 것 같았으나 서로 어깨를 맞대고 있는 건물과 크고 작은 아름다운 운하 때문에 유럽 다른 도시에 비해 개성 있었다. 자전거가 사람 수보다 많은 나라답게 자전거도로를 잘 갖추어 자전거 타는 사람들에게는 행복한 도시가 틀림없었다. 낡은 것과 새것이 공존하는 도시, 암스테르담은 하나로 정의할 수 없는 다채로운 매력을 지니고 있다.

자유와 관용의 도시 암스테르담에서 가장 하고 싶은 일은 단연 미술관 순례다. 무엇보다도 국립미술관 레이크스와 반 고흐 미술관이다. 암스테르담을 방문하는 여행자들은 대부분 이 미술 작품을 보기 위해서가 아닐까?

암스테르담 레이크스 국립미술관에서 렘브란트와 페르메이르의 작품을, 그리고 반 고흐 미술관에서는 보석 같은 고흐의 작품을 만날 수 있다. 세계 곳곳에서 렘브란트, 페르메이르, 고흐의 작품을 볼 수 있지만 암스테르담은 그들의 걸작 중 걸작이라고 할 수 있는 작품을 소장하고 있다.

암스테르담에 도착한 후 가장 먼저 레이크스 국립미술관으로 향했다. 레이크스 국립미술관은 1885년 고딕과 르네상스 양식으로 건축되었다. 멀리서도 눈에 잘 띄는 멋있는 건물에 17세기 황금시대를 누린 네덜란드의 영광이 살아 숨 쉰다. 미술관에 들어가는 입구에서 알렉산더 칼더의 모빌을 볼 수 있었고 'I Amsterdam'이라고 크게 쓴 조형물이 인상적이었다.

▲ 사람들이 | Amsterdam 조형물 앞에서 기념사진을 찍고 있다.

렘브란트의 방으로 가면 널리 알려진 그의 작품 '야경'이 먼저 눈에 들어온다. 모두 16명의 민병대원이 등장하는 이 작품에서는 렘브란트의 장기인 빛과 어둠을 다루는 솜씨를 엿볼 수 있다. 이 작품은 스페인에서 독립하기 위해 끊임없이 투쟁한 네덜란드 시민 민병대의 모습을 그린 것이다. 당시 렘브란트는 집단 초상화를 그리는 데 최고의 명성을 누리던 작가였다고 한다. 갖가지 동작을 취하고 있는 이들의 얼굴에서 뿌듯한 자신감을 읽을 수 있다. 모든 민병대원이 드러내는 자신감은 당시 네덜란드에서 부흥하던 중산층 상공업자들의 모습이기도 하다. 나중에 델프트 도자기 회사에서 렘브란트의 야경을 도자기로 만든 작품을 볼 수 있었다.

요하네스 페르메이르의 방으로 가면 실내에서 벌어지는 일상적인 풍경을 즐겨 그리던 그가 남긴 두 점의 야외 풍경 중 하나인 '델프트의 거리'를 볼 수 있다. 다른 한 점 '델프트의 전경'은 헤이그에 있는 마우리츠하위스 미술관에 있다. 세부 묘사에 뛰어난 페르메이르답게 이 작품 역시 극도로 세밀하게 작업한 것을 알 수 있다. 그림 안에서 델프트의 거리와 집은 언제나 그때의 모습으로 살아 있다.

내가 가장 보고 싶은 페르메이르의 작품은 '우유를 따르는 하녀'였다. 크기가 작은 이 그림은 창으로 들어오는 햇빛이 왼편에 강한 명암 대비를 만든다. 극적인 사건은 없지만 고요함 속에서 우유를 따르는 여인의 포즈, 자기 일에 몰두하는 하녀의 모습이 숙연한 분위기를 풍긴다.

페르메이르의 그림은 인물을 대상으로 한 정물화 같다. 그는 우리로 하여금 단순한 정경이 뿜어내는 조용한 아름다움을 새삼 발견하게 한다. 그녀 앞의 식탁 위에 놓인 빵 조각들, 여인이 우유를 따르는 소리가 들리는 듯한 섬세함이 느껴진다. 우유가 가느다란 실처럼 흘러내리고 거기에 몰두하는 하녀의 그을린 얼굴과 건강한 팔뚝에서 노동의 숭고한 아름다움이 느껴진다. 당시 칼뱅주의에 빠져 있던 페르메이르가 우유 따르는 행위라는 소박한 주제를 통해 17세기 네덜란드의 청교도 정신, 그리스도교적 삶의 신성함을 드러낸 작품이라 평가받는다.

반 고흐
미술관

-

반 고흐 미술관은 레이크스 바로 옆에 있어서 찾기도 쉽다. 안으로 들어가면 반 고흐의 주요 작품이 그려진 장소에 따라 네덜란드, 파리, 아를, 생레미, 오베르쉬르우아즈의 방으로 나누어진다. 처음 네덜란드 시기에 그린 작품에 '감자 먹는 사람들'이 있다. 그는 화가 밀레의 영향을 많이 받았고, 이 시기에는 어두운 화면에 거친 터치로 사람들을 그렸다. '감자 먹는 사람들'과 함께 이 시절에 그린 '성경이 있는 정물'은 빈센트 반 고흐의 대표작으로 꼽힌다.

고흐는 삶의 의미와 사명이 무엇인지 알아내기 위해 고통스럽게 방황했고, 한때는 아버지처럼 목사의 길을 걸으려고 했다. 고

▶ '고흐의 성경이 있는 정물'(그림)

흐가 성경책과 에밀 졸라의 소설을 한 공간에 배치한 것은 우연은 아닐 것이다. 기독교 정신을 이해시키는 데 예술 작품도 도움이 된다는 생각을 갖고 있었다.

그다음 방은 파리 시대의 작품들을 전시한 곳이다. 그의 그림들은 예전 어두운 색조에서 벗어나 밝은 원색에 파리나 교외의 한가로운 풍경을 묘사한 것이지만, 답답한 파리 생활에 염증을 느낀 고흐는 아를로 가서 새로운 보금자리를 만든다. 그는 햇살 가득한 남프랑스와 풍경에 반해 정열적으로 그림을 그렸다. 이 시기 그의 작품은 원색의 강렬함으로 가득하다. 파리에서 만난 고갱을 불러 같이 살기도 한다. 이때 고갱을 위해 그린 그림이 '해바라기'다.

고갱은 이 그림을 보고 "가장 고흐다운 작품"이라 말했다고 한다. 그리고 생레미와 오베르쉬르우아즈 시기의 작품이 있다. 아를에서 고흐는 점점 악화되는 자신의 정신병을 치료하기 위해 자진해서 생레미 정신병원으로 들어간다. 하지만 그곳의 어두운 분위기를 견디지 못하고 다시 오베르쉬르우아즈로 간다. 하지만 이 시기는 매우 짧았고, 곧 권총 자살로 생을 마감한다.

고흐가 최후에 그린 그림이 '까마귀가 나는 밀밭'이다. 이 작품은 그의 광기와 에너지로 가득하다. 꿈틀거리는 땅을 지나 검게 변해 가는 지평선 너머 날아가는 까마귀들은 고흐 자신의 모습이다. 그의 작품을 보는 우리는 이렇게 행복한데 그는 왜 그토록 고통스러운 삶을 살았을까? 이 질문을 마음속에 품으며 미술관을 나왔다.

헤이그,
마우리츠하위스 미술관

–

암스테르담에서 일일 투어를 예약했다. 풍차 마을 잔서 스한스 Zaanse Schans, 치즈 시장으로 유명한 알크마르Alkmaar, 푸른 도자기 마을 델프트, 그리고 헤이그에서 마우리츠하위스 미술관을 보고 돌아오는 코스였다. 잔서 스한스는 네덜란드의 전형적인 풍경을 간직하고 있는 곳인데 17~18세기 목조 가옥과 크고 작은 풍차들이 마을 곳곳에 흩어져 있어 동화 같은 분위기를 자아냈다.

내가 기대한 것은 델프트에 있는 로얄 델프트 도자기 회사와 마우리츠하위스 미술관이었다. 그러나 예상치 못하게 미술관은 밖에서 건물만 보고 돌아오는 스케줄이어서 결국 다음 날 기차로 한 시간 걸리는 헤이그로 다시 가서 '진주 귀걸이를 한 소녀'를 보았다. 마우리츠하위스 미술관은 르네상스 양식의 고전 건축물로 소장품 외에 건축물 자체로도 무척 인상 깊은 곳이다. 귀족의 저택에 초대받은 듯 고즈넉하고 우아하며, 규모는 작지만 우리에게 친숙한 네덜란드와 플랑드르 화가인 렘브란트, 루벤스, 페르메이르, 프란츠 할스 등의 작품이 소장되어 있다.

드디어 '진주 귀걸이를 한 소녀'를 만났다. 페르메이르의 작품 중에서 가장 대중적인 작품으로 인물의 얼굴만 클로즈업했다. 소녀에게서 느껴지는 신비한 분위기 때문인지 '북유럽의 모나리자'

라고 불리기도 한다. 루브르 박물관의 '모나리자'처럼 이 그림 앞에도 많은 사람들이 서 있었다.

　페르메이르 특유의 미묘한 빛의 표현, 단순하지만 조화로운 구성, 선명한 색채가 특징이다. '요즘 레오나르도 다빈치의 '모나리자'를 보면서 모나리자가 아름다운 여성이라고 느끼는 사람이 얼마나 되는지 묻고 싶다'는 글을 본 적 있다. 이렇게 의문을 제기하는 글을 보니 놀랍기도 했다. 그렇다면 미적 관점에서 최고의 초상화는 누구의 그림일까? 각자의 세계관에 따라 다르겠지만 페르메이르의 '진주 귀걸이를 한 소녀'에 나오는 소녀라는 것이다. 전문가들의 평도 있지만 '진주 귀걸이를 한 소녀'는 관람객 스스로가 보는 즉시 판단을 내릴 수 있는 '쉬운 그림'이다. 아름다운 여성의 초상화이기 때문이라는 것이다. '진주 귀걸이를 한 소녀'를 보면서 나도 거기에 동의하게 되었다.

▼ 마우리츠하위스 미술관 입구

마우리츠하위스 미술관에 있는 렘브란트의 작품으로는 뛰어난 그의 자화상들과 출세작 '해부학 강의'가 있다. 나는 '니콜라스 튈프 박사의 해부학 강의'라는 그림이 렘브란트의 출세작인 이유가 궁금했다. 14~16세기 르네상스 시대에서는 인간을 중심으로 한 철학과 예술, 과학 등이 크게 융성했고 '과학의 세기'라고 불릴 만큼 자연에 대한 탐구 정신이 강한 시기였다. 사람들은 특히 인간의 몸에 관심이 있었고, 어떤 구조와 원리로 움직이는지 궁금해했다고 한다. 이렇게 인체에 대한 지적 욕구가 높은 시대성을 바탕으로 17세기에 이르러 해부학 강의가 지식인들 사이에서 일종의 특별 행사처럼 여겨졌다.

네덜란드에서는 해부학이 인기를 끌었고 네덜란드 레이던 대학에서는 해마다 겨울이면 입장료를 받고 관객 앞에서 시신을 해부하는 쇼가 이루어졌다. 이 해부 쇼에서 사진을 찍듯 화가가 현장의 초상화를 그렸다고 하는데, 튈프 교수의 해부학 시연 초상화를 의뢰받은 화가가 바로 렘브란트였다.

이런 연유로 렘브란트의 '해부학 강의'가 그를 신인 화가에서 단숨에 스타 화가로 만들었다는 것이다. 이 그림은 시체를 해부하는 외과 의사와 해부된 시체의 팔을 흥미롭다는 듯 들여다보는 사람들을 그린 것인데, 실존 인물인 튈프 박사가 팔 근육의 움직임을 설명하는 것을 볼 수 있다.

델프트 도자기

–

델프트는 페르메이르가 활동한 도시로 유명하다. 네덜란드에 도자기가 들어온 것은 17세기 초였다. 당시 네덜란드 동인도회사는 이국적이면서도 화려한 장식을 자랑하는 중국 도자기를 들여왔다. 대중의 관심은 높아졌지만 이를 구입할 수 있는 사람은 부유한 사람들에 한정되었다.

이 때문에 네덜란드의 도예 공방은 중국 도자기와 똑같은 제품을 만들기 위해 노력했다. 이들의 손에서 빚어진 도자기가 바로 오늘날의 '더치 델프트 웨어'다.

17세기만 해도 더치 델프트 웨어는 최상급 '모조품'으로 인식되었다. 하지만 계속되는 시도 끝에 반짝이는 표면과 동양적인 모양을 비슷하게 표현할 수 있었고, 이후 그들의 공예품은 더치_{Dutch} 혹은 델프트 도자기라는 독자적 명칭으로 불리게 되었다. 모방에서 시작한 델프트 도자기의 인기가 높아지자 오히려 중국 공방에서 모방하기에 이르렀다.

오늘날 델프트 블루를 생산하는 곳은 로얄 델프트 공장이다. 1653년에 문을 연 이후 전통을 지켜온 로얄 델프트 공장을 방문해 램브란트의 '야경'을 모티브로 만든 제품도 보았고, 도자기를 만드는 사람들과 델프트 블루 박물관에 전시된 멋진 도자기들을 볼 수 있었다. 나는 델프트 블루 도자기 하나를 구입했는데, 여행할 때 무거운 물건을 사기가 망설여지지만 집에서 델프트 도자기를 볼 때마다 잘했다는 생각을 하며 그때를 추억한다.

안네 프랑크의 집

–

암스테르담에서 안네 프랑크의 집을 방문했다. 입장하기 위해 꼬박 한 시간 이상을 기다려야 할 정도로 많은 사람들이 안네 프랑크의 집을 찾고 있었다. 안네의 짧은 삶이 지금까지 많은 사람에게 감동을 주는 것은 그녀가 남긴 일기 때문이다.

1929년 독일 프랑크푸르트에서 태어난 안네는 유대인 부모 밑에서 평범한 어린 시절을 보내다 1933년 나치 정권이 유대인 통제를 강화하자 가족과 함께 암스테르담으로 거처를 옮겼다. 1939년 제2차 세계대전이 벌어져 독일이 네덜란드를 점령하자 결국 아버지가 근무하던 회사의 별관으로 피신해야 했다. 여덟 명의 안네 가족은 약 52.8㎡(16평)의 좁은 공간에서 살게 된다. 안네는 열세 번째 생일 선물로 받은 빨간 체크무늬 일기장을 '키티'라 부르며 마치 친구에게 편지를 쓰듯 일기를 썼다.

유럽을 여행하다 보면 독일의 다하우, 폴란드의 아우슈비츠 등 제2차 세계대전 당시의 비극을 보여주는 장소를 마주한다. 당시 나치

'Eens zal deze verschrikkelijke oorlog toch wel aflopen, eens zullen wij toch weer mensen en niet alleen Joden zijn!'

Anne Frank, 11 april 1944

▲ 안네 프랑크의 일기

의 억압을 피해 숨죽여 살아야 했던 유대인의 일상을 알아볼 수 있는 곳 중 한 곳으로 암스테르담 안네 프랑크의 집을 꼽을 수 있다.

'안네 프랑크의 집'은 안네와 가족이 실제로 나치의 감시를 피해 25개월간 은둔 생활을 하던 곳이다. 동선을 따라가며 안네가 일기를 쓰던 다락방과 숨어 있던 책장 뒤 비밀 방을 볼 수 있었고, 그녀의 유품과 사진, 빨간 체크무늬 일기장에 쓴 자필 일기도 전시되어 있다. 안네 프랑크는 극심한 공포 속에서 절망을 이겨내고자 일기를 썼고, 그 일기는 훗날 나치의 실상을 고스란히 담아낸 생생한 증거가 되었다.

안네 가족은 2년 후 발각되어 강제수용소로 압송되고 1945년 베르겐벨젠 강제수용소에서 생을 마감한다. 《안네의 일기》는 1947년 유일하게 생존한 아버지 오토 프랑크가 딸의 일기를 세상에 알리면서 네덜란드어로 출간되었다. 이후 각국 언어로 번역되면서 세계적인 베스트셀러가 되었다.

"무엇이 많은 사람들의 발길을 암스테르담의 이 작은 집으로 몰려들게 하는가?" 안네의 아버지 오토 프랑크의 인터뷰가 마음을 붙든다. "일기장은 사람들이 어느 곳에 살든 감동을 줍니다(The diary touches people, no matter which they live in)."

안네의 집을 둘러보고 내려오니 영상이 준비되어 있었다. 세계 각국의 많은 사람들이 어떻게 안네를 기억하는지 보여주는 인터뷰 영상이었다. 배우 오드리 헵번은 안네 프랑크를 가리켜 '내 영혼의 자매'라고 표현했다. 안네 프랑크와 동갑이었던 그녀는 제2차 세계대전 당시 독일 치하의 네덜란드에서 어린 시절을 보냈다고 한다. 헵번의 아들 루카 도티가 최근 발간한 회고록《집에서의 엄마 오드리Audrey at Home》에서 제2차 세계대전 당시 나치에 목숨을 잃은 안네 프랑크와 달리 그녀 자신은 살아남은 것에 대해 평생을 죄책감에 시달렸다고 증언했다. 이런 죄책감으로 헵번은 죽기 전까지도 자신이 강제수용소로 끌려가는 악몽을 자주 꿨다고 한다. 또 자신의 아버지가 한때 친나치 활동을 한 것에 대해서도 속죄하는 마음으로 유니세프의 친선 대사로 활동하며 어린이 구호 활동에 앞장섰다.

안네 프랑크의 일기는 인간이 써 내려간 가장 슬픈 유서 중 하나일 것이다.

6장

어느 멋진 소도시에서

프랑스 프로방스

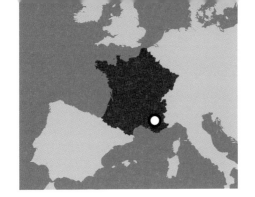

프로방스
이야기

-

고흐, 세잔, 피카소, 마티스, 샤갈, 장 콕토, 알퐁스 도데, 에밀 졸
라, 알베르 카뮈는 왜 프로방스를 선택했을까? 프로방스의 찬란
한 햇빛과 자연이 예술적 영감을 불어넣기 때문인 것 같다. 실제
로 프로방스의 여유와 낭만을 즐기는 사람들이 많다. 나도 프로방
스의 찬란한 햇살을 경험하고 싶어서 2011년 여름, 복잡하고 바
쁜 일상을 뒤로하고 프로방스로 여행을 떠났다.

니스와
주변 소도시들

–

파리에서 비행기로 한 시간 걸려 니스에 도착했다. 코트다쥐르의 보석 같은 휴양지 니스의 해변가에는 잘 정비된 산책로가 있다. '영국인의 산책로'라 불리는 프롬나드 데 장글레Promenade des Anglais 다. 니스의 산책로는 하루 종일 뛰고 걷는 사람들로 가득하다.

　해변을 따라 3킬로미터 넘게 이어지는 산책로는 18세기부터 니스를 동경해 이곳을 자주 찾던 영국인들의 기부로 조성되었다고 한다. 당시 영국인들이 얼마나 니스를 사랑했는지 보여주는 대목이다. 비가 많이 오고 춥고 변덕스러운 날씨에 익숙한 영국인들에게는 이 햇빛이 참으로 경이로웠을 것이다. 영국인의 산책로는 거주자와 여행자 모두에게 소중한 휴식 공간이다. 바다와 해변 산책로, 하늘과 하얀색 벤치 등 모든 것이 시각적 즐거움을 준다.

　니스에서 며칠을 묵으며 주변 지역인 앙티브, 에즈, 모나코, 칸, 생폴드방스 등을 다녀왔다. 코트다쥐르 여행의 백미는 역시 해안을 따라 달리는 드라이브다. 칸, 앙티브, 니스, 에즈, 모나코 등이 이 길 사이에 있다. 휴양의 도시 니스, 피카소의 흔적이 남아 있는 앙티브, 1950년대 할리우드 은막의 천사로 불렸던 그레이스 켈리가 궁전 안주인이 되면서 전 세계의 관심을 끌어모았던 지중해의 소왕국 모나코, 절벽 위에 펼쳐진 아름답고 동화 같은 오밀조밀

한 마을 에즈를 돌아보고, 전 세계 영화인의 꿈인 칸에서 레드 카펫도 밟아보았다. 그리고 샤갈의 편안한 안식처가 된 생폴드방스는 그가 아흔일곱 살 나이로 삶을 마감하기 전 마지막 20년을 보낸 제2의 고향으로도 잘 알려져 있다. 이 아름다운 도시들을 포함하고 있는 코트다쥐르는 건조하고 더운 여름, 부드러운 겨울, 끝없이 펼쳐진 모래사장과 해변, 풍부한 태양 등 전형적인 지중해성 날씨로 유럽 최고의 휴양지가 되었다.

▼ 한가로운 니스 해변

니스에서 만난
샤갈

–

니스는 수많은 예술가와 작가에게 영감을 준 곳이다. 샤갈 미술관은 시미에 지구라 불리는 니스 주택가에 있다. 나는 샤갈 미술관을 보는 것만으로도 니스를 사랑하게 되었다. 호텔에서 나와 버스를 타고 시미에 지구를 어렵게 찾았다.

샤갈 박물관의 중앙홀에는 구약을 주제로 한 열두 점의 대형 그림이 걸려 있다. 이곳은 우리가 자주 접했던 샤갈의 작품보다 말

▼ 샤갈 박물관 이정표

년에 그가 그린 성서 모티브 작품으로 이루어진 미술관이기도 하다. 인간의 창조, 아브라함, 모세, 야곱의 이야기를 다룬 그림이 대부분으로 〈창세기〉와 〈출애굽기〉의 이야기를 천진하고 맑게 표현했는데, 샤갈만이 그려낼 수 있는 유쾌한 성화들이다.

샤갈은 일흔 살이 넘을 때까지 작업을 계속했다. 샤갈이 평생 열정을 가진 대상은 성서였다. 그는 1950년부터 성서의 삽화를 그렸는데, 예순아홉 살에 시작한 작업이 여든한 살에서야 끝난다. 샤갈은 "나는 성서야말로 시대를 불문하고 시 문학의 가장 위대한 원천이라고 믿었으며 지금도 그렇게 믿고 있습니다. 성서는 자연의 메아리입니다"라고 했다.

그의 작품 '아브라함과 세 명의 천사들' 앞에서 오랜 시간 머물렀다. 창세기 18장 1~15절 말씀을 주제로 한 이 작품이 너무 좋아서였다. 강렬한 여운이 남는 연극 한 편을 보는 듯한 성서의 드라마틱한 내용을 샤갈이 그림으로 남긴 것이다. 하나님께서 세 명의 사람으로 상수리나무가 있는 곳에 나타나시고, 아브라함이 그들을 보자 곧 장막 문에서 달려가 영접하는 모습에 대해 말씀하셨는데, 성경은 나그네를 영접하는 아브라함의 모습을 이렇게 묘사하고 있다.

'아브라함이 엉긴 젖과 우유와 하인이 요리한 송아지를 가져다가 그들 앞에 차려놓고 나무 아래에 모셔 서매 그들이 먹으니라(창 18:8).

하나님을 맞이하는 아브라함의 특징은 '흥분'이다. 우선 그는 달려가서 손수 음식을 요리하며 목축업자가 대접할 수 있는 최고의 음식인 송아지와 엉긴 젖을 대접한다. 잔치를 하는 아브라함의 모습은 붕 떠 있고 잔치 분위기가 다소 과하지만 중요한 건 아브라함의 빛나는 마음과 본질이다. 음식을 만드는 사람과 드시는 하나님이 다 즐거워했다. 부지중에 천사를 대접한 아브라함! 나그네를 선대하라고 하신 하나님께서 "네 아내 사라에게 아들이 있으리라"는 약속을 주시고 그 축복은 현실이 된다.

▼ '아브라함과 3명의 천사들'(그림)

아브라함은 일흔 살에 아들 이삭이 태어날 것이라는 예언을 듣지만 백 살이 되어서야 이삭을 얻는다. 그때까지 많은 일이 일어나는데, 아브라함은 하나님의 약속을 끝까지 인내하며 견디지 못하고 사라의 권유로 하갈을 맞이해 이스마엘을 낳는 실수를 저질렀다. 하나님의 늦은 등장은 분명한 메시지를 던져준다. 세상의 역사를 움직이는 힘의 차원은 인간이 간섭할 수 없는 하나님의 영역인 것이다.

축복으로 얻은 생명 같은 아들 이삭을 바치라는 하나님의 말씀에 순종하는 아브라함의 믿음의 절정을 그린 '이삭의 희생'이라는 작품도 샤갈 미술관에서 보았다. '이삭의 희생'은 창세기 22장의 말씀을 담고 있다. 아브라함의 일생을 생각할 때, 전환점이 될 만한 두 가지 사건이 있는데 하나는 아브라함이 하란을 떠나는 일이요(창 12:1), 또 하나는 이삭을 데리고 모리아산으로 간 사건이다. 내가 성경 말씀 중 특히 좋아하는 구절이 창세기 12장 1절, 아브라함이 하나님께서 지시하는 땅으로 갈 바를 알지 못하고 떠나는 장면이다. 또 하나님은 이삭을 번제로 바칠 것을 명함으로써 아브라함의 믿음을 시험하셨다.

'본문 내용은 극적인데 성경은 담백하고 단순하게 묘사하고 있다. 그림의 색깔은 선명하고 신의 말씀을 나타내는 천사는 파란 하늘에 스케치만 되어 있다. 그의 오른쪽에 유대 사람들의 시련이 예고되어 있고 아래는 아브라함과 그의 아들은 홀로코스트 불길로 색칠해져 있다. 이삭의 몸은 버려졌다. 인간의 창조에서 아담이 그랬던 것처럼 그림은 신에 대한 인간의 복종을 증명하고 있다.' _ '이삭의 희생' 그림 설명 중

모리아를 향해 가는 동안 아브라함의 마음은 어떠했을까?

이야기의 겉만 읽으면 거기서 아브라함의 고통을 찾아내기가 쉽지 않다. 아브라함의 순종은 신속하고도 과감했다. 하나님의 뜻을 도저히 알 수 없는 상황에서 철저히 순종의 길을 가는 아브라함이 아들 이삭을 잡으려 할 때 하나님의 천사는 아브라함의 팔을 잡는다. '그에게 아무 일도 하지 마라. 내가 이제야 네가 하나님을 경외하는 줄 아노라.' 신앙의 출발점은 하나님을 경외하는 것으로 시작해 사랑과 능력을 더해가는 것이다.

숫양이 어디서 왔을까?

아브라함이 산을 올라가는 동안 숫양도 산 건너편에서 올라오고 있었다. 아브라함이 보지 못하는 측면에서 숫양은 준비되고 있었던 것이다.

'여호와 이레, 여호와의 산에서 준비되리라.' (창 22:14)

구약의 드라마틱한 장면을 그림으로 완성한 샤갈의 작품을 감

상하면서 큰 감동을 받았다. 나는 샤갈의 그림 삽화가 있는 예쁜 《구약성서》한 권을 사 들고 샤갈 미술관을 나왔다.

교황의 와인이 있는 곳, 아비뇽

–

니스에서 아비뇽으로 갔다. 아비뇽에서 며칠 묵으면서 근처의 아를과 고르드, 그리고 뤼베롱을 돌아보았다. 아비뇽에서 먼저 아비뇽 교황청을 찾았다.

현존하는 가장 뛰어난 고딕 양식의 교황청 '팔레 데 파프'는 14세기 가톨릭교회 영향력의 상징인 교황이 거주하던 기념비적인 곳이다. 프랑스 왕 필리프 4세가 지정한 클레멘스 5세부터 총 일곱 명의 교황이 로마의 바티칸을 떠나 교황청에 거주했다. 이를 유대인이 바빌로니아 제국에서 식민지 생활을 한 것과 비교해 '아비뇽 유수'라고 부르는 역사적 현장이며, 전 세계에 남아 있는 고딕 양식 건물 가운데 가장 중요한 곳이다. 나는 돌로 만든 아치형 기둥과 웅장한 성벽, 당시의 위엄을 상상하며 그 속에 담겨 있을 교황들의 흔적을 더듬어보았다.

어디선가 아름다운 음악 소리가 들려오는데 밖을 보니 궁전 뜰에서 오늘 있을 음악회 준비 연습이 한창이었다. 교황청 내부 공간은 상당 부분 비어 있어 문화 행사와 예술 전시가 자주 열린다고 한다.

아비뇽은 교황의 도시이고 천주교 미사에는 포도주를 쓴다. 이 때문에 아비뇽은 '샤토뇌프 뒤 파프'라 불리는 교황의 와인이 유명하다. 철학자 플라톤은 와인을 두고 '신이 인간에게 내려준 선물 중 와인만큼 위대한 가치를 지닌 것은 없다'라고 했다. 기독교가 유럽에 전파되면서 와인은 예배에 사용되는 거룩한 음료가 되었다. 중세 들어 본격적으로 이 신의 선물을 만든 사람들은 수도승이었고 주교들은 와이너리를 소유하고 넓히는 데 힘썼다. 철저한 금욕이 수행되는 수도원이 와인과 역사를 함께한다는 것이 아이러니하다.

70년에 가까운 '아비뇽 유수' 시절 열렬한 와인 애호가였던 교황 클레멘스 5세를 비롯한 역대 아비뇽 교황들은 그들의 궁전에서 10킬로미터 내외에 있는 땅 중 최적의 포도 재배지를 찾아 개발했다. 이렇듯 타고난 자연환경에 교황의 애정까지 더해지면서 명성을 높인 샤토뇌프 뒤 파프는 이제 프로방스 와인의 자부심을 책임지는 위치에 섰다.

고흐가 사랑한 마을,
아를

–

고흐가 말년에 머물던 아를은 프로방스의 아주 작은 마을이다. 아비뇽에 머물면서 근처 아를로 가기 위해 호텔에서 차편과 가이드를 신청했는데 점잖은 영국인 부부와 동행하게 되었다. 아를이라는 도시 이름에는 '예술과 역사의 도시'라는 말이 따라다닌다. 반 고흐가 아를을 예술의 도시로 만들었다면 고대 로마와 중세의 건축물은 아를을 역사의 도시로 만든다.

파리 생활에 염증을 느끼고 프로방스의 매력에 빠져든 반 고흐는 아를에서 14개월을, 생레미 드 프로방스 정신병원에서 2년 남짓 시간을 보냈다. 고흐가 1888년 초 프로방스로 내려온 것은 평소 동경하는 시골 생활 때문이었다. 자신의 그림처럼 강렬한 생애를 산 빈센트 반 고흐가 파리를 떠나 남프랑스의 작은 도시 아를로 가서 그린 '아를의 고흐의 방', '해바라기', '아를의 별이 빛나는 밤', '밤의 카페 테라스' 등 미술사에 획을 그은 걸작들은 바로 이때 탄생했다. 아를에서 고흐는 300점이 넘는 그림과 100여 점의 데생, 200통이 넘는 편지를 쓰며 예술가로서 충만한 날을 보냈다.

아를 시내를 산책하다 보면 곳곳에서 반 고흐라는 이름을 만날 수 있다. 고흐가 사랑한 아를에서는 '밤의 카페 테라스' 모습을 그

▲ 반 고흐 카페   ▲ 생레미 정신병원 안뜰

대로 간직한 고흐 카페를 볼 수 있다. '밤의 카페 테라스'의 배경이
된 포럼 광장의 카페는 '반 고흐 카페'라는 이름을 내걸고 있다. 노
란색 영감이 가득한 카페에 앉아 커피를 마시며 그를 추억했다.

아를에 온 지 1년도 안 되어 결국 삶의 평정을 찾지 못한 고흐
는 극도의 신경쇠약과 광기에 빠져든다. 결국 오랫동안 꿈꿔온 화
가 공동체의 일환으로 초대한 폴 고갱과 예술적 언쟁을 벌이다가
자신의 왼쪽 귀를 베어내고 만다. 고흐가 입원했던 병원의 정원은
그의 그림 속 한 장면 같다. 첫눈에 참 아름다워 보이지만 시간이

갈수록 쓸쓸함이 느껴지는 것은 고갱과의 불화로 귀를 자르고 입원했던 고흐가 생레미 정신병원에서 치료받으면서 고통 가운데서도 계속 그림을 그렸기 때문일까?

어느 멋진 순간이 있는
뤼베롱

–

고등학교 국어 교과서에 실린 알퐁스 도데가 쓴 양치기 소년 이야기 《별》을 읽고 나는 뤼베롱을 처음 알았다. 《별》의 배경이 되는 산이 바로 뤼베롱산이다. 점심나절에 내린 소나기로 강물이 불어나 마을로 돌아갈 수 없게 된 양치기 소년이 아름다운 주인집 딸 스테파네트와 밤을 지새우는 순수한 사랑 이야기가 너무 아름다워, 《별》의 무대가 된 뤼베롱산을 그리게 되었다.

'아가씨는 날이 밝아 하늘의 별들이 희미하게 사라질 때까지 내게 가만히 기대고 있었습니다. 가슴은 두근거렸지만 나는 아름다운 생각만을 보내주는 별의 보호를 받으며 아가씨의 잠든 모습을 바라보았습니다. 우리 주위에 별들이 양 떼처럼 조용한 운행을 계속하고 있었지요. 나는 생각했습니다. 저 별들 가운데서 가장 곱고 빛나는 별이 길을 잃고 내려와 내 어깨 위에서

잠든 것이라고.' _《별》중에서

    고향의 자연을 사랑했던 알퐁스 도데는 비 온 뒤의 싱그러움과 인적 드문 깊은 산속 풍경, 별이 쏟아지는 신비한 밤 풍경 등을 그림 그리듯 섬세하게 표현했다. 직접 와서 본 뤼베롱의 마을은 전형적인 프로방스의 아름다운 시골 마을이었다.

뤼베롱의 높고 낮은 산들 사이로 펼쳐진 구릉 속 아주 작지만 다양하게 빛나는 마을들을 찾아 대표적 언덕 마을인 고르드Gordes로 향했다. 여행을 떠나오기 전 프로방스를 더 잘 이해하기 위해 영화 한 편을 보았다. 원제는 〈어느 멋진 순간A good Year〉으로 프로방스에 실제로 와인 농장을 소유하고 있는 리들리 스콧 감독의 영화다.

    런던 증권가의 펀드매니저로 일하던 주인공 맥스 스키너(러셀 크로)가 프로방스의 와인 농장을 물려받지만 팔기로 결심하고 농장을 방문한다. 그러나 이곳에서 운명처럼 여인을 만나게 되는 행복한 내용으로 프로방스의 아름다운 분위기와 전원의 향기를 가득 느낄 수 있다. 뤼베롱 지역의 고르드는 영화 〈어느 멋진 순간〉

▼ 고르드 전경

의 무대가 된 곳이다.

돈밖에 모르는 영국의 차도남이 프랑스에서 한 여자를 만나 인생이 바뀌는 이야기로, 영화의 원제 'A good Year'는 포도 농사가 잘된 해를 의미한다고 한다. 와인 사랑은 프랑스 사람들에게 삶과 같은 것인가 보다. 고르드로 가는 동안 가이드가 밖을 가리키며 이 지역에 실제로 프랑스의 유명 배우 제라르 드파르디외가 소유한 와이너리도 있다고 말해주었다.

엑상 프로방스,
세잔의 아틀리에

–

엑상프로방스, 세잔의 아틀리에아비뇽에서 TGV를 타고 엑상프로방스에 도착했다. 엑상프로방스는 폴 세잔의 도시로 유명하다. 폴 세잔이 여생을 보낸 세잔 아틀리에, 엑상프로방스의 중심가인 미라보 거리, 생 소뵈르 성당 등이 볼거리다. 미라보 거리를 등지고 도시 한가운데로 파고들면 좁은 골목과 작은 광장, 야트막한 언덕의 연속이다. 그리고 세잔이 있다.

엑상프로방스 최고의 관광자원은 폴 세잔이다. 너무나도 유명한 세잔의 아틀리에는 언덕 중턱에 있다. 아틀리에를 찾아 걸어가는 동안 유명한 생 소뵈르 성당을 지나 그 언덕을 올라 도착하니 숨이 가빴다. 생 소뵈르 성당은 프랑스에서 가장 오래된 성당 중 하나인데, 특히 이곳은 세잔의 장례식이 거행되었던 곳으로 유명하다.

세잔의 아틀리에는 2층에 있는데 정원 쪽으로 난 창문으로 보이는 엑상프로방스 풍경이 멋지다. 벽에는 그림 몇 점과 세잔이 정물화를 그릴 때 쓴 미술 도구가 걸려 있고, 1층 입구에서는 세잔과 관련된 엽서나 달력 같은 기념품을 판매한다. 아틀리에만큼 세잔이 많은 시간을 보냈다는 정원에는 좁다란 산책로와 그가 앉았을 법한 벤치가 곳곳에 남아 있다. 정원에 있는 의자에 앉아 세잔을 생각해보았다.

세상을 바꾼 3개의 사과가 있다고 한다. '아담과 이브의 사과', 만유인력의 법칙을 발견한 '뉴턴의 사과', 그다음으로 꼽히는 게 정물화 중에서도 사과를 즐겨 그린 '세잔의 사과'다.

세잔이 집중한 주제는 정물화, 인물화, 풍경화와 목욕하는 사람이었다. 세잔은 정물화의 불문율도 깼다. 당시 과일 그릇과 병은 수직으로 그리지 않았고 모서리가 절대 테이블 밖으로 나오지 않게 했는데, 세잔은 이런 것을 무시하면서 '세잔 스타일'을 만들었다. 결국 세잔은 그곳에서 자신만의 독자적인 화풍을 발전시켜 20세기 회화의 참다운 발견자로 칭송받으며 '근대 회화의 아버지'로 불리게 되었다.

아틀리에에서 내려와 카페 가르송에서 지친 다리를 쉬며 커피를 마시며 세잔을 추억했다. 이 카페는 엑상프로방스에서 가장 오래되었다고 하는데 그 역사가 1792년부터 시작되었다는 간판의 글씨가 보인다. 세잔과 에밀 졸라가 수시로 들러 문학과 예술을 논한 카페로 세잔이 무척 사랑했던 장소라고 한다.

에필로그

–

프로방스 여행을 마치며 "프랑스의 지방 도시는 얼마나 아름답고, 그곳에서 안락하게 살아가는 사람들은 얼마나 세련되었는지!"라는 알랭 드 보통의 말에 깊이 공감하게 되었다.

　나는 프로방스의 특별한 햇빛 속에서 천천히 걸으며 느림과 휴식, 삶의 고단함을 내려놓을 수 있는 멋진 순간을 경험하고 서울로 돌아왔다.

빛나는 후반기 인생을 위한 여행의 의미

오십부터 삶이 재미있어졌다

초판 1쇄 인쇄 2024년 10월 18일 ｜ 초판 1쇄 발행 2024년 10월 31일

지은이   박경희

펴낸이   신수경
책임편집   신수경
디자인   디자인 봄에
마케팅   용상철 ｜ 제작   도담프린팅
펴낸곳   드림셀러
출판등록   2021년 6월 2일(제2021-000048호)
주소   서울 관악구 남부순환로 1808, 615호 (우편번호 08787)
전화   02-878-6661
팩스   0303-3444-6665
이메일   dreamseller73@naver.com
인스타그램 dreamseller_book
블로그   blog.naver.com/dreamseller73

ISBN 979-11-92788-29-6 (03810)

※ 드림셀러는 당신의 꿈을 응원합니다.
　드림셀러는 여러분의 원고 투고와 책에 대한 아이디어를 기다립니다.
　주저하지 마시고 언제든지 이메일(dreamseller73@naver.com)로 보내주세요.